KB124738

노래는
누가
듣는가

* 이 도서의 국립중앙도서관 출판시도서목록(CIP)은 e-CIP홈페이지(http://www.nl.go.kr/ecip)와 국가자료공동목록시스템(http://www.nl.go.kr/kolisnet)에서 이용하실 수 있습니다.
(CIP제어번호: CIP2015009053)

제1회 황산벌청년문학상 수상작

노래는
누가
듣는가

이동효 장편소설

은행나무

◈ 차례

프롤로그

식전부터 내리던 비가 오후가 되니 더욱 거세진다. 이 층 창문으로 내다보니 차들은 아스팔트에 고인 물을 튕기며 조심스레 움직이고, 오가는 거리의 사람들도 뒤집힐세라 우산을 부여잡고는 잔뜩 수그린 채 걸음을 옮긴다.

구석자리에 앉은 젊은 두 남녀는 연신 맥주잔을 기울인다. 오전 열한 시 카페 문을 열자마자 들어온 남녀는 커피 대신 맥주를 두 병 주문했다. 한동안은 심각한 표정으로 말들을 아끼며 입술만 축이더니 어느 순간부터 거침없이 술잔을 비운다. 빈 술병이 늘어갈수록 언성도 높아만 간다. 처음엔 한 병씩 야금야금 추가 주문하더니 그것도 귀찮은지 이제 네 병씩 갖다달란다. 나야 매상이 오르니까 좋지만 그래도 마음 한편에선 안타까움이 스민다. 이따금 귀에 감기는 대로 저들의 대화를 들어보니 아무래도 이별을 앞둔 커플 같다. 그런데 술을 저런 속도로 마시면 이별로 치닫든 화해로 봉합되든 무슨 의미가 있을까. 술에 취한 채 이루어진 모든 교감은 감정의 과잉이라 허망할 수밖에 없다는 게 내 생각이다. 그나저나 심란한 날씨 때문인지, 저 커플이 하도 열심히 마셔댄 탓인지 나도 오늘은 꽤나 술이 간절하다.

음악을 바꾼다. 제이슨 므라즈를 걷어내고 조동진을 튼다. 시디도 있지만 일부러 LP를 끄집어낸다. 지지직, 바늘 닿는 소리가 왠지 유난하다. 낡은 LP라 잡음이 심하지만 구석자리 커플은 흘러나오는 노래 따위에는 전혀 신경을 쓰지 않는다. 이 카페의 손님은 자기들뿐이니 눈치 볼 게 뭐가 있냐는 듯 목소리는 갈수록 커진다. 둘 다 얼굴이 불콰한 걸 보니 술기운이 꽤 올랐다. 하긴 저 정도 취기라면 누가 옆에서 악을 쓰건 노래를 부르건 상관을 하지 않을 게다.

나는 고2 때 난생처음 술을 마셔봤다. 그때가 1985년이니 무척이나 오래전의 일이다. 그 시절 맛도 모르면서 마신 술과 그때의 분위기를 떠올리자면 무엇보다도 먼저 개둥이가 생각난다. 그전까지 나는 친구 하나 변변히 사귀지 못한 한심한 위인이었다. 학교에서도 밖에서도 언제나 땅만 보며 걸었고, 공부도 못해서 이대로 갈 바엔 학력고사에서 영수를 포기하는 게 낫지 고1 겨울방학 때 벌써 그런 가늠을 하고 있었고, 이마에는 여드름이 빨갛게 성이 나서 번들거렸다. 여자 친구를 사귀고 싶었지만 스스로의 꼬라지를 아는지라 미팅은 꿈도 못 꿨다.

그러던 나는 개둥이를 만나고 나서 새로운 삶을 맛보았다. 나는 남의 말을 귀 기울여 듣는 재미도 알았고, 내 느낌과 의견을 개진한다는 게 어떤 건지도 알았다. 개둥이는 학창 시절 나의 유일한 친구였다. 그리고 삶에서 나의 스승이기도 했다. 나는 개둥이를 통해 담배도 처음 피웠고, 당구장도 처음 출입했고, 칵테일도 처음 맛보았고, '월팝'이니 '유니콘'이니

'ABC'니 하는 나이트클럽도 처음 가보았다. 개둥이를 떠올리자면 마음이 설레기도 하지만 한편으론 아프기도 하다. 아직은 그를 볼 수 없으니 말이다. 다만 음악을 통해 그와 소통할 수 있었다는 게 못내 그립고 고마울 뿐이다. 당시에 나는 집에서나 학교에서나 도서관에서나 틈만 나면 음악을 들었다. 이제는 외려 그때 노래를 잘 듣지 않지만 술 생각이 간절할 땐 요즘도 한 번씩 찾아듣는다. 그 시절, 우리는 고민이 많았던 것 같다. 어쩌면 그래서 더 기를 쓰고 음악을 들었는지도……

1
나의 개주둥이

여느 아이들도 마찬가지겠지만 나 역시 개둥이에게 절로 눈이 간 건 그의 화려한 '이빨' 때문이었다. 고교 2학년 반 편성이 새로 되어서 다들 서먹해 있는데 개둥이는 쉬는 시간마다 쉴 새 없이 떠들어댔다. 당시 우리 또래의 흥밋거리 대화라는 게 기껏해야 미팅이나 프로야구인데 비해 개둥이의 '썰'은 처음부터 좌중을 압도했다. 그는 박종우란 이름이 있지만 학기 초부터 개둥이라고 불렸는데 그건 그가 개주둥이마냥 낄 때 안 낄 때 가림이 없이 아무 때나 잘도 말문을 열고, 또한 걸쭉하게 이야기를 잘한대서 붙여진 별명이었다. 개둥이는 이마가 적당히 번듯하고, 코도 우뚝하고, 눈썹도 짙고, 게다가 눈도 시원하게 커서 대단히 잘생긴 얼굴이긴 하지만 키가 훌쩍한 것도 아니었고, 얼굴빛도 검었고, 입도 조금 튀어나왔고, 더구나 이야기를 할 때면 언제나 모가지를 앞으로 쑤욱 빼는 버릇이 있어서 그가 둘러선 아이들 틈에서 얘기에 열중하자면 아닌 게 아니라 검둥개가 밥바가지에 주둥이를 디미는 것 같기도 했다.

개둥이는 음악뿐 아니라 영화나 책이나 기타 다방면으로 썰을 풀었는데, 그의 썰은 빈정거릴 때 효과가 좋았고, 특히나 여자 꼬신 이야기를할 때는 그 표현이 실감난 탓에 다들 홀린 듯 들었다. 나는 개둥이가 점심시간에 한 번이라도 공을 차러 나가거나 혹은 다른 일 때문에라도 자리를 비운 걸 보지 못했다. 그는 도시락은 쉬는 시간에 후딱 까먹고는 듬성듬성 자리를 지키고 앉아 있는, 나같이 겉도는 아이들이나 혹은 운동에 영 재주가 없어 눌러붙어 있는 몇몇의 아이들을 대상으로 점심시간내내 떠들어댔다. 물론 나는 멀찍이서 그의 말을 들을 뿐이었지만 그가한번 주둥이를 까기 시작하면 다른 반 아이들까지 하나둘 몰려들어서는진을 쳐댔다.

"생물학적으로 생각해도 그렇고 프로이드적으로 고민해도 그렇고, 성적리비도라는 건 억제한다고 되는 게 아니거든. 여자가 가슴이 나오고남자가 새벽마다 좆이 서는 게, 그게 다 한 이불 덮고 씹할 때가 되었느니라 하는 조물주의 메시지거든. 근데 우리 같은 청춘남녀들을 왜 한 학교에 같이 있지도 못하게 만드냐 말야. 이건 무조건 성이라면 쉬쉬하려고만 드니 나라꼴이 이게 뭐냐구? 이웃나라 일본만 봐두 그래. 같은 동양권이지만 얼마나 내추럴한 소사이어티냐구. 우리처럼 음침하지 않고탁 까대잖아. 일본처럼 대놓고 가판대에서 포르노잡지를 팔지 못할망정 무조건 숨기기만 하면 장땡인가? 젠장, 구라파에선 여자애가 열네 살만 돼도 지갑 안에다 콘돔을 집어넣어주며, 피임에 대한 교육은 미리미리 부모가 알아서 시킨다는데 이놈의 나라는 기집애 하나 만나는 것도힘드니. 씨발, 저번에 카페 안에서 기집애 어깨에 팔을 걸치고 간만에 오르락내리락 피아노 좀 치고 있는데 중늙은이 하나가 떡허니 다가와서는,

고등학생 같은데 여기서 담배를 펴도 되네? 쭝 좀 보재? 나 참 어이가 없어서."

"야, 어제 〈젊음의 행진〉 본 사람 있냐. 짝궁들인지 뭔지 하는 백댄서 애들이 홀라후프 갖고 나와서는 그걸 손으로 들고 주욱 무대를 돌더라. 아니 갸들은 에이에프케이엔도 안 본다냐. 도대체 그게 춤이냐 뭐냐. 아주 일렬로 발맞추어 행진을 하더만. 그게 70년대 국민체조도 아니고. 아니, 국군의 날에 할 걸 왜 스테이지에서 그렇게 힘들게 하냐구…… 그래 너도 봤구나. 넌 보면서 아무 생각 안 들디? 뭐? 멋있기만 하더라구? 옳아, 그러고 보니 니가 지난주에 〈밤을 잊은 그대에게〉에 엽서 보내서 이 더위에도 공부하느라 애쓰고 있는 학동고 2학년 3반 학우들과 같이 듣고 싶어요, 하면서 〈새디스트 땡〉인가 그거 신청한 바로 그 아해로구나? 왜 가요도 한번 신청해보지. 전영록의 〈종이학〉. 천 번을 접어야만 학이 되는 그 사연은 안 슬프디? 으이구, 여상 야간, 그것도 주산도 못 놔개지구서 빌빌대다가 인생이 따분하니까 엠알에이 같은 이런 서클 들어서는 샤웃샤웃 뭐 이러면서 흰 장갑 끼고 팔짝팔짝 뛰는 애들이나 그런 데다 엽서를 보내는 거지, 나 참 쪼발려서리."

"어제 오랜만에 극동장에서 미스 박 불러다가 한 게임 뛰었거든, 내가 그날 좀 피곤해서 말야, 미스 박 보내고 한잠 자고 나왔어. 근데 여관 복도를 걸어오는데, 미스 박 이년이 이번엔 생물선생이랑 들어오더라구. 생물선생은 얼굴이 벌게져서는 일부러 방 찾는 것처럼 고개를 돌리고 두릿두릿하는데, 히히 아는 척할까 하다가 내가 인생이 불쌍해서 그냥 지나쳤다. 젠장, 극동장 미스 박이 무슨 학동고 공식 변소냐. 이놈저놈 올라가서 다 싸대게. 내가 거기서 선생들하고 부딪친 게 벌써 몇 번째냐. 가만있자 생물선생이 올해 왔으니 구멍동서로 치면 내가 형님이네. 히히 새끼, 형님이 길 닦았으니 설렁설렁 하기는 좋았겠구만……"

개둥이의 이런 너스레가 아이들에게 밉지 않게 보인 까닭은 이야기를 하면 입만 놀리는 게 아니라 대개는 모션을 같이 했기 때문이었다. 가령 여자애랑 침침한 카페 안에서 키스했다는 것도 그냥 말로만 하는 게 아니라, 혓바닥을 돌리고 손가락을 살금살금 목덜미에서 가슴으로 내려가는 동작을 너무도 리얼하게 재현해서 지켜보는 아이들의 목구멍에서 꼴깍꼴깍 침이 넘어가게 했다.

그렇지만 개둥이도 가끔씩은 쉬는 시간에 입을 다물었는데, 그럴 땐 그가 나름 책 읽기에 빠져든 순간이었다. 그는 그때 벌써 사르트르의 《구토》니 한완상의 《민중과 지식인》이니 하는 책들을 책상 위에 펼쳐놓았다. 반 아이들이 이걸 알고 읽느냐 물으면 애인이 이대생이라 어쩔 수 없이 이대보지 한번 먹으려고 이런 생고생을 한다고 낄낄거렸고, 그러면 우리도 같이 낄낄거렸는데, 딴 녀석이 그러면 정말 놀구 있네 하면서 꼴같지 않게 보겠지만 녀석은 워낙에 그런 말을 하면서도 태연스러웠고, 또 그 책을 보고 나서는 정말이지 모든 이해력을 동원해서 나름대로 썰을 풀어댔다. 그때부터 그는 무슨 이상한 자기 나름의 논리 같은 걸 세워가지고는 걸핏하면 모든 극한은 아름다운 거야, 인간 실존의 아름다움은 얼마나 한 인간이 극한으로 가느냐에 달려 있지, 이렇게 씨불였는데 말은 근사하고 진지해도 들어보면 결국 어떤 일이건 간에 미쳐서 몰입하는 삶은 아름답다는 것이고, 그건 하나도 새로운 얘기가 아니건만 그는 자신이 형이상학적 세계관이라도 구축한 양 꽤나 심각해했다.

선생들은 점심시간 직후에 아이들에게 식곤증이 몰려오거나 혹은 자기가 전날 과음을 해서 컨디션이 나쁘면 개둥이를 교단으로 불러냈고, 그러면 그는 곧잘 선생들 흉내를 냈다. 이게 어려운 것 같지만 어렵지 않네, 요러니까 바로 공식만 대입하면 문제가 풀리네 하면서 출석부를 교탁 위로 탁탁 치면서 허허허 웃는 그 웃음소리로 바보라는 별명이 붙은 수학선생 흉내도 기가 막히게 냈고, 교장선생님의 팔자걸음도 흉내 냈고, 키가 작고 배가 나와 이기동이라는 별명이 붙은 물리선생이 수업 끝날 무렵, 분필 묻은 손을 갖다댈 수가 없어서 언제나 손목을 이용해 배꼽 위로 바지를 추키는 동작도 똑같이 재현해서 아이들을 웃기곤 했다.

그렇듯 개둥이 주위에는 아이들이 넘쳐났는데, 아이들이 그의 말을 경청하고 그의 몸짓에 웃음을 터뜨리는 건 그가 단순히 어느 학교에나 하나쯤 있는 괴짜나 명물이라서가 아니었다. 그는 쉬는 시간에 화장실에서 담배를 피우고 돌아오다가 양말 속에 숨긴 담뱃갑이 걸려 정학도 맞고, 벌써 나이트클럽에서 여대생을 꼬시기도 하고, 당구장을 수시로 출입해서 당구 점수를 무려 150으로 올려놓은 잘나가는 날라리이기도 했지만 무엇보다 그는 교내 보컬그룹 '레드문'에서 리드기타를 치는, 우리 같은 범인들하고는 차원이 다른 존재였다.

강당에서 연습할 때 보니까 손가락이 안 보이더라, 하는 말들이 돌긴 했지만 그의 실력을 처음 본 건 수학여행 때였다. 장기자랑 시간에 아이들의 성화에 못 이겨 나간 그는 꽤나 귀찮다는 얼굴로 기타를 잡았다. 튜닝을 느릿느릿하면서, 무슨 노래를 할까 하도 허공을 오래 응시해, 저 자식이 허명만 높았지 평소의 구라마냥 다 뻥이었구나 우리가 하품할 즈음, 갑자기 두다당 하면서 경주마가 박차나오듯이 강렬한 기타음을 울려댔다. 그때 부른 노래가 〈위어 낫 고나 테이크 잇〉이나 〈컴 온 필 더 노이즈〉 같은 곡이라 기억되는데, 그 시끄러운 노래를 그는 통기타 하나로 반주해대며 노래를 불러줬어서 듣는 우리들을 전부 쓰러지게 만들었다. 도대체 저 자식은 당구 치고 나이트클럽 다니면서 언제 기타 실력을 키웠을까? 나뿐만 아니라 그때 연주를 들었던 모든 아이들은 하나같이 그렇게 생각했으리라.

여름방학이 끝나고 2학기가 시작될 때까지도 나는 개둥이와 한 번도 말을 나눈 적이 없었다. 내가 그에게 다가가지도 않았지만 개둥이 역시도 나 같은 하찮은 범생이, 다시 말해 혼자 구석에 처박혀서 말이나 더듬는, 공부도 별로고 노는 쪽으로도 별로인 시쳇말로 '삐리'한테야 관심을 둘 리 없었다. 관심 차원이 아니라 아마도 개둥이는 내게 은근히 기분 나빠 할 수도 있을 터였다. 점심시간에 개둥이의 너스레가 한참 고빗길에 오르면 아이들은 하나같이 빙그레 웃어댔지만 나는 구석자리에서 뚱한 얼굴로 거의 웃는 법이 없었다. 어릴 때부터 아비의 매질에 시달린 나는 집에서는 웃을 일이 없었고, 그런 우울함이 굳어진 나머지 집 밖에서도 웃음을 짓는 데는 영 서툴렀다. 그래서 기껏 웃는다는 게 나도 모르게 입가를 일그러뜨리며 피식대는 것인데 그건 웃음이 아니라 남이 보면 꼭 자신을 경멸하는 듯한 냉소로 비치기 십상이었다.

우리는 그렇게 서로를 뚱하게 바라만 봤다. 개둥이와는 집의 방향이 같아서 방과 후에 버스에서 내려 몇 번 길을 함께 걸었지만 서로 제 갈 길을 갈 뿐 누군가 먼저 이야기를 붙이거나 한 적도 없었다. 나는 개둥이의 구라를 재밌게 들으면서도 한편으로는 그가 마땅치 않았다. 말을 심하게 더듬던 당시의 나로서는 말이 많고 번지르르 말을 잘하는 사람은 무조건 미워했는데, 그런 내 인식에 결정적인 변화를 줄 사건이 터졌다.

내가 다니는 학동고는 주위의 다른 학교들에 비해 대입 진학률도 시원찮았고, 서울대와 연고대를 제일 적게 보내서 학부모들한테서도 인기가 시들했는데, 그에 걸맞게 싸움을 잘하는 것으로는 유명해서 곧잘 인근의 학교와 패싸움을 벌였다. 재단 이사장의 사촌동생뻘인 교장은 대머리가 훌렁 까진 데다 턱도 육각이고 씨름선수마냥 어깨가 벌어져서 마징가란 별명으로 불렸는데, 별명만큼이나 생각도 우직해서 월요 조회 때마다 절대로 대학 가서 데모하지 말라는 훈시를 삼십 분씩 늘어놓곤 했다. 게다가 이 양반은 교육관 또한 단순해서 '체력은 국력'이라는 걸 으레 내오는 표어가 아니라 몸소 믿고 실천하는 바였다.

따라서 사립학교치고는 지나치게 운동부도 많아서 이십 년 역사의 핸드볼부도 있었고, 동계체전에서 곧잘 메달을 따오는 빙상부도 있었고, 전국대회를 매년 휩쓰는 검도부도 있었건만 주먹만큼은 어찌된 게 대대로 밴드부가 실권을 잡았다. 중학교 때부터 날린 애들은 학동고에 입학하자마자 좋건 싫건 밴드부에 가입을 해야 했는데, 밴드부에게 찍힌 이상 거절할 엄두도 나지 않을뿐더러, 또한 밴드부 입성은 깡으로 한주먹한다는 공인인증서였기에 거절은커녕 영광으로 아는 아이들도 있었다.

밴드부원이 없는 반도 있었지만 우리 반에는 한 해 꿀어서 우리한테 형 소리를 듣는 은기라는 애를 비롯해, 밴드부원이 무려 다섯이나 되었다. 어차피 밴드부원이 반에 있으면 골치가 아프니까 선생들이 회피해서 그런 모양이었는데, 아닌 게 아니라 우리 담임은 음악교사 겸 밴드부 지휘자였고, 밴드부를 대대로 맡아온 담임의 입장에선 아무래도 밴드부 애들의 탈선은 어지간하면 눈감아줄 수밖에 없었다. 아무튼 그들 밴드부 다섯 명은 처음부터 반 아이들에게 공포의 대상이었는데, 특히 은기는 한 해 꿀기도 했고, 고등학교 2학년 신분임에도 그의 친형이 밴드부 악장으로 날리다가 작년에 졸업을 한 이력도 있어서 그런지 수시로 밴드부 형들이 우리 교실에까지 왕림해서 은기와 함께 담배를 피우다 돌아갔기에 더욱더 대단한 인물로 추앙받았다.

16

게다가 그에 대한 소문이라니…… 지난해 가을, 은기는 점심시간에 교실에서 담배를 피우다가 걸려서 담임인 수학선생에게 한번 된통 맞은 적이 있었는데, 그 일로 앙심을 품고는 며칠 뒤 골목에 숨어 있다가 술 마시고 귀가하는 담임의 뒷머리를 짱돌로 깠다는 것이었다. 선생은 그 일로 피를 흘리고 쓰러져서 새벽에야 발견되었고, 부랴부랴 병원으로 옮겼지만 뇌를 다쳐 말이 조금 어둔해졌다는 말도 들렸고, 혹은 걸음걸이가 시원찮아졌다는 말도 들렸고, 또 어떤 소문은 그게 아니라 은기에게 혐의는 있지만 물증이 없는 데다 제자에게 뒤통수를 가격당한 게 창피해서 한 해 병가 휴직 중이라고 했는데, 어쨌거나 은기는 우리와 노는 물이 달랐다.

은기는 학기 초엔 우리 같은 중생들은 아예 거들떠도 안 보며 밴드부 활동에만 열심이더니 2학기에 접어들자 본색을 드러냈다. 같은 반 아이들을 대상으로 상납에 들어간 것이다. 그때도 물론 방과 후 길을 가다보면 껄렁껄렁한 새끼깡패들이 외진 골목 어귀를 지키고 있다가 학생들에게 '삥'을 뜯는 경우가 흔했지만 아직까진 낭만이 살아 있어서 같은 학교면 곱게 보내주곤 했는데, 은기는 어찌된 게 쉬는 시간이면 같은 반 아이들한테까지 삥을 뜯었다. 그것도 공부 잘하는 애들은 건드리지도 않고 주로 공부도 바닥이고 잘사는 것 같지도 않은 추레한 애들만 골라서 삥을 뜯어댔다. 삥을 뜯어도 참 치사하게 뜯는다는 생각이 들었지만 그렇다고 이런 부글거림을 누구도 대놓고 말할 수는 없었다. 은기도 무섭지만 그 곁의 밴드부원 네 명도 무시할 수 없었고, 그 뒤에는 또 한 학년 위인 험악한 밴드부 선배들이 있었다. 밴드부 형들이 한번 작심하고 왕림하면 도리 없이 단체로 매타작을 당하는 형편이었으니, 한마디로 밴드부와 마찰이 있어서는 학동고를 제대로 다닐 수가 없던 거였다.

따라서 은기가 쉬는 시간에 상납에 나서면 다들 비실대며 없다고 하거나 마지못해 약간의 푼돈이라도 꺼내주거나 아니면 아예 돈을 가방 속이나 책갈피 깊숙이 숨긴다든지 하는 따위의 미약한 저항만 할 뿐이었는데, 개둥이만은 처음부터 개겨댔다.

"어이 개주둥이, 돈 좀 있냐?"

"응."

"얼마나?"

"오천 원."

"좀 꿔줄래?"

"싫은데."

"뭐, 싫은데? 너 지금 나한테 말 까냐."

은기는 기가 막힌지 개둥이를 노려봤다. 쉬는 시간임에도 교실에는 순간 정적이 흘렀다. 아이들은 다들 개둥이가 무언가 믿는 구석이 있으니 그렇게 뻗대는 것이려니 생각했다. 평소 남과 다르다는 은근한 기대에다가 저 자식은 물건일 거라는 환상이 결부되면서 마음 한편으로 우리는 다들 개둥이가 보안관 와이어트처럼 멋지게 해결해주기를 기대했다.

방금 싫다고 했냐, 은기가 다가서며 묻자 개둥이는 그래 싫다고 했다, 또박또박 대꾸했는데, 말이 끝나자마자 은기의 주먹이 날아들었다. 개둥이는 가만히 앉아 있다가 정통으로 턱을 맞고는 발랑 나자빠졌다. 개둥이는 바로 일어나더니 은기의 얼굴을 맞받아쳤다. 우리는 개둥이의 활약을 기대하며 마음속으로 환호성을 질렀지만 기쁨은 잠시였다. 그 순간의 일발 가격이 처음이자 마지막이었고 우리의 보안관은 그때부터 맞기만 했다. 그것도 어느 정도 대항하면서 맞는 게 아니라 처음부터 밑에 깔려서는 무방비로 신나게 뚜드려 맞을 뿐이었다. 한번 그렇게 작살이 났으면 다음부터는 돈을 주든가 아니면 개기지를 말아야 할 텐데도, 그는 돈 좀 있냐고 할 때마다 고개를 쳐들고는 있다 어쩔래 악을 썼고, 그러면 또 은기한테 흠씬 뚜드려 맞았다.

은기는 매번 삐딱하게 나오는 개둥이에게서 자기의 권위가 도전받는다고 느꼈는지 이젠 번번이 첫 '빠따'로 개둥이를 지목했는데, 개둥이는 여전히 가시 돋친 반응을 내보였고, 따라서 개둥이는 그때마다 피떡이 되도록 얻어터졌다. 아무리 밴드부가 무섭다고 해도 개둥이가 맞는 건 우리들 다수의 비겁을 드러내는 것이라 그가 교실 한구석에서 묵사발이 되도록 터질 때는 다들 마음이 편할 리 없었다. 은기가 개둥이를 때릴 때면 나는 꼭 아비가 연상되었다. 은기는 때리는 쾌감에 젖어서는 아주 미쳐가는 것 같았다. 그는 실실 웃으면서 바닥에 쓰러져 있는 개둥이의 몸뚱이를 연신 걷어찼고, 종내 개둥이 얼굴을 발로 마구 비벼댔다.

몇 달을 그렇게 패던 은기는 반 아이들 공기가 냉랭해지는 걸 느끼기도 했고, 또한 주위의 밴드부 사인방이 쪽팔리게 같은 반 아이를 데리고 이게 뭐하는 짓이냐는 충언을 받아들여서인지 슬슬 작전을 바꾸어갔다. 개둥이에 대한 직접적인 폭력은 자제하는 대신, 더욱 치사한 방법을 썼다. 아이들로부터 개둥이를 고립시키는 것이었고, 그 첫 번째가 바로 점심시간의 개둥이 구라 때 관객을 오지 못하게 철저히 막는 거였다. 개둥이는 여전히 점심시간마다 얘기 보따리를 풀었지만 은기가 뒷자리에서 학력고사가 내년이다 새끼들아 공부 좀 해라, 공부 좀 해, 빽 소리 지르면 다들 시르죽은 모습으로 뿔뿔이 흩어져갔다. 물론 은기가 점심시간마다 남아 개둥이를 감시한 건 아니지만 아이들은 급격히 개둥이의 너스레에서 떠나갔다.

혼자서 겉돌던 나는 교실 내의 역학관계를 잘 몰랐기에 은기의 고함이 의미하는 바를 정확히 파악하지 못했다. 그래서 은기가 고함을 친다고 그렇게까지 화들짝 놀라서 내빼는 아이들을 이해할 수가 없었다. 더구나 개둥이의 반항은 그 당시 아비의 매질에 대해 저항 한번 하지 못한 나의 처지를 자각하게 했고, 그럴수록 개둥이가 퍽이나 영웅적으로 다가왔기에 나는 그즈음부터는 일부러 개둥이 곁에 가서 턱을 괸 채 이야기를 경청했다.

"병신들이 이젠 듀엣으로 육갑하는구만. 한 새끼는 오로지 주둥이만 까고 한 새끼는 말이나 더듬는 반벙어리구. 얼씨구, 환상의 하모니네. 그래 잘해들 보셔."

어느 날, 점심시간이었는데 어느 결에 왔는지 은기가 뒷자리에서 이기죽거렸다. 가만 보니 그때 개둥이 얘기를 듣는 건 주위에 나밖에 없었다. 개둥이는 그러거나 말거나 계속 얘기를 쏟아냈다.

"기타는 역시 제프 벡이야. 무식한 것들이 라이브에선 에릭 클랩튼이 낫네, 속주로 치면 지미 페이지가 형님이네 떠드는데 제프 벡의 〈블로우 바이 블로우〉 그 앨범을 들으면 그 말이 쏙 들어간다니까. 심장을 후벼 파는 듯한 기타 소리를 들으면 제프 벡이야말로 기타의 신이구나 하는 생각이 절로 든다니까."

개둥이의 구라엔 억지 섞인 안간힘 같은 게 묻어 있었다. 나는 무언가 심상찮은 분위기를 느낀지라 내 자리로 돌아가고 싶었지만, 개둥이가 너무나 절실해 보였기에 꾸욱 참고 끝까지 얘기를 들어주었다.

오광철, 따라와라. 이튿날 점심시간이 되자 밴드부 한 명이 내 앞에서 눈을 부라렸다. 나는 찍소리도 못하고 그를 따라갔다. 교실을 나와, 조회

대를 지나, 야외 화장실을 지나 운동장을 가로질러 그는 나를 강당 뒤편의 철망 아래로 끌고 갔다. 은기는 몇몇 애들과 짤짤이를 하며 담배를 피우고 있었다.

"나 참 별 병신 같은 게 다 개기네."

은기는 나를 보더니 침을 찍 내깔겼다.

"야 오광철. 내가 우습지? 내가 좆으로 뵈지? 그렇지? 그래 안 그래? 말해 새꺄."

은기는 따귀를 날렸다.

"말하라니까 새꺄. 이 새끼가 말을 안 하네. 어 가려? 어 수그려? 고개 들어 새꺄."

"히히, 개기는 게 아니라 그 새끼 더듬어서 그래. 봐주자구."

"좆도 그런 게 어딨어. 주둥이 벌리라면 벌리는 거지…… 이 새끼가 끝까지 말을 안 하네…… 주둥이 벌려 새꺄."

은기는 실실 웃으면서 점심시간 내내 따귀를 날렸다. 시종 실실 웃으면서.

그날, 화끈해진 뺨을 어루만지며 교실로 걸어오는 동안, 나는 좀 멍한 기분이었다. 그렇게 말도 안 되는 이유로 맞았으면 억울하거나 분통을 터뜨려야 마땅한데 나는 별로 그런 감정을 느끼지 않았다. 그보다는 외려 내가 어떤 새로운 차원에 진입한 느낌이었다. 나 혼자 그의 말을 들어주었고, 나 혼자 끌려나와서 맞았다는 건, 그러니까 평소의 비겁한 내 상황에 비추어보면 퍽이나 용기 있는 일이라 여겨졌기 때문이었다.

이런 어이없는 마음상태를 떠올리면 그 당시 나의 심리가 얼마나 왜곡되었는지 알 수 있다. 아마도 그런 작은 사건을 통해 나는 나 자신을 개둥이인 양 여기고 싶어 했나보다. 그의 반항적인 기질에 동질감을 느끼고 싶어 했고, 어쩌면 그런 것들로 아비의 폭력에 대한 자신의 무능한 대처를 용서받고 싶었다는 생각이 든다.

 그 당시, 아비는 날마다 폭력을 행사했다. 예전에는 그래도 가끔 술을 마시지 않는 날이 있었는데, 어느 때부터 아비는 매일 마셨고, 마셨다 하면 취했고, 취했다 하면 폭력을 휘둘렀으니, 날마다라는 그 기억엔 조금의 과장도 없을 것이다. 취기가 바짝 올라 불쾌한 얼굴로 밤늦게 귀가한 아비에게 매를 불러내기 위한 시빗거리야 언제든지 있었다. 어머니가 말을 하면 대꾸한다고 패고, 웃으면 비웃는다고 패고, 한숨을 내쉬면 재수 없다고 패고, 사열 받는 병사처럼 가만 입을 다문 채 있으면 자신을 무시한다고 팼다. 광철아, 재떨이 갖고 온나. 귀가 첫 일성에 내 행동이 굼뜨면 그 또한 좋은 시빗거리가 되었다. 특히 그럴 때면 지집이 서방을 무시하니 새끼도 애비를 우습게 안다는 말이 덧붙여지면서 매질은 더욱 신랄해졌다.
 매질도 매질이지만 내 말더듬의 원인이 아비였기 때문에 나는 아비를 결코 용서할 수 없었다. 초등학교 3학년 무렵으로 기억하는데, 아비는 벼락같이 나에게 질문을 해대기 시작했다. 이를테면 아비는 느닷없이 고조부의 이름도 물어보고, 고조부의 이름을 한자로 써보기라도 하고, 갑자기 숙제 검사를 한답시며 내 공책을 펼쳐보기도 하고, 배운 걸 물어본다며 교과서를 뒤적이기도 했는데, 그러면 나는 공포에 질려서 아는 것도 생각나지 않았고, 생각이 나도 제대로 입 밖으로 내지 못하고 언제나 더듬거리기만 했다. 아비는 내가 좀만 머뭇거리면 바로 따귀부터 날렸다. 서너 대 정신없이 따귀를 날리고, 뒤이어 아비가 매를 찾으러 집 안을 쿵쿵 돌아다니면 나는 두려움과 후회로 미칠 것 같았다. 나는 왜 행동

뿐 아니라 말도 이렇게 빨리 나오지 못하는 것일까. 아비의 매질은 어리다고 결코 봐주는 법이 없었다. 아비가 옷걸이나 가죽혁대 같은 걸로 내 알몸을 갈길 때면 몹시 아팠다. 잘못했다고 울부짖으며 나는 아비의 발치에 매달려도 봤지만 그런다고 그치는 매질이 아니었다. 아니 울면 울수록, 잘못했다고 빌면 빌수록, 아비의 매질은 더욱더 악랄해졌다.

아무리 빌고 빌어도 아비가 매를 감해주지 않는다는 걸 깨달은 나는 그래서 이제 아비가 매를 들라치면 집 밖으로 내빼기 바빴다. 대문 밖을 나서서 정신없이 달리자면 나 때문에 도망은커녕 아버지를 막아선 채 고스란히 매를 감내하는 어머니가 불쌍했지만, 그러나 그건 마음뿐이라 이윽고 숨이 차 뜀박질을 늦추자면 아비에게 맞서지 못하는 내 작고 힘 없는 육신이 원망스러울 뿐이었다. 그럴 때는 내겐 왜 형제가 없을까, 형제들이 많으면 힘을 합쳐서 아비에게 싸울 수도 있는데 하는 생각까지 들었다.

아비를 피해 달아난 날이면 나는 홀로 봉은사 뒷산 길을 올랐다. 지금은 아셈타워니 뭐니 해서 주위에 높은 건물도 여럿 들어서고, 봉은사 입구까지 큰길도 나고 해서 번잡하지만 그때만 해도 봉은사 주위로는 거리 차 소리도 차단할 만큼 숲이 제법 울울했다. 그날 아비의 폭력이 내 굼뜬 행동이나 말더듬 때문이면 나는 더욱 의기소침해졌다. 아비의 구타는 상습적이었고, 때문에 내가 아무리 매끄럽게 말을 해도 다른 구실을 찾아내서 기어코 폭력을 휘둘렀을 테지만 그때야 그걸 알 리 없었다. 나는 내가 아비의 구타에 원인을 제공했다 느꼈고, 이런 일이 되풀이되다 보니 자책감은 갈수록 커지기만 했다. 이대로 멀리 떠나버리고 싶었다. 나만 사라져버리면 집 안에는 평화가 깃들 것 같았다. 이런 비극적인 생각 뒤에는 언제나 공상이 뒤따랐다. 가출을 해서, 거렁뱅이처럼 홀로 떠돌다가 비참하게 얼어 죽는 장면이 떠올랐는데, 그러다보면 홀쩍 어둠이 내렸다. 가끔 밤새만 울 뿐 숲은 더욱 고요해졌고, 푸른 잔별들은 머리 위에서 반짝거렸다. 공상에 빠져 있던 나는 별을 쳐다보다가 맘속 혼잣 말로 내 설움을 토로했다. 한참 설움을 쏟아내보면 어느 순간, 별들도 까 물거리면서 슬픈 공명음을 보내왔다.

'나는 언제 힘을 키울 수가 있니? 언제쯤 매를 맞지 않게 될까?'

'걱정 마, 너도 얼마 안 있으면 금방 자랄 거야. 조금만 참아.'

'왜 그리 사는 게 힘드니. 내가 더듬어서 힘든 거니. 원래 사는 게 이런 거니?'

'사는 게 힘들기만 한 건 아냐. 내가 늘 너를 지켜봐줄게, 힘을 내.'

물론 이런 것들은 별과 나눈 상상 속의 대화였으나 어린 나이에 감당 할 수 없는 슬픔이 몰려온 때문인지, 혹은 스스로를 비극의 주인공으로 상정하려는 마음 탓인지 어느 결에 나는 정말이지 저 별이 나를 다정한 말로 위로한다고 느끼게 되었다. 나는 그때부터 마음속으로 혼잣말을 하 는 버릇이 생겼는데, 말을 더듬게 되자 이 버릇은 한동안 더 심해졌다.

세월이 지날수록 아비의 폭력은 더해만 갔는데, 내가 아비를 죽도록 싫어하는 까닭이 비단 이런 폭력 때문만은 아니었다. 밤이 이슥해지면 어 머니는 뚜드려 맞은 몸뚱으로 나를 찾아나서게 마련이었다. 저 아래로 절 뚝이며 올라오는 어머니가 보이면 나는 냉큼 나서며 이 말부터 꺼냈다.

노래 시작했어요? 집에 들어가보면 아비는 술병을 앞에 놓고 흥얼흥 얼 노래를 불러댔다. 물론 그 노래는 싸가지 없는 마누라와 애새끼를 작 신 조지기도 조졌고, 그래서 이제 기분이 좋아졌다는 표시였고, 따라서 공습은 지나갔다는 경보해제 사이렌이나 다름없었지만, 나는 그 노래 소 리가 그렇게 싫을 수가 없었다.

나는 자라면서 무수히 이를 악물었다. 어떡하면 아비를 이해할까, 나름 애를 써보기도 했다. 생활면에서 무능하니 자격지심으로 아내를 패고, 덤으로 자식까지 때리고, 그러다가 그게 상습적으로 굳어질 수도 있으려니 싶었다. 그러나 아내와 자식을 피가 철철 나게 패놓고는 노래를 흥얼대는 짓거리만큼은 절대로 용서할 수 없었다.

사랑이 무어냐고 물으신다면 눈물에 씨앗이라고 말하겠어요. 아비가 자주 부른 노래는 나훈아의 〈사랑은 눈물의 씨앗〉이었다. 구성진 목소리로 나오는 그 노래를 듣자면 내 증오심은 불타올랐다. 아비를 결코 용서하지 않겠으며 그 악마적인 취미에 대해 언젠가는 기어코 복수하리라고 거듭 다짐했다. 내가 힘이 커지면, 내가 완력으로 맞설 수 있는 나이만 되면 방 한구석에 아비를 가둬놓고, 지금껏 맞은 만큼 돌려주고 종내에는 아비를 두들겨서 내쫓고 어머니와 단둘이 살 것이라고 나는 수도 없이 상상했다. 폭력도 폭력이려니와 아비는 돈을 벌어 처자식을 먹여 살리는 가장의 기본적인 역할조차 하지 않았기에 아비가 어느 날 심장마비 따위로 급사한다 해도 나는 슬픔은커녕 손톱만큼의 불편함도 느끼지 않을 것 같았다. 그 무렵 아비가 하는 일이란 오전에는 삽살개와 놀아주기, 오후에는 기원 출입, 그리고 저녁이면 건들건들 술집에서 노닥이는 게 전부였다.

아비가 집에서 정을 쏟는 건 그놈의 삽살개뿐이었다. 집에는 털이 누런 황삽과, 털이 하얀 백삽 그렇게 두 마리의 삽살개가 있었다. 아비는 언제나 삽살개의 밥을 직접 주고, 목욕을 시키고, 빗질을 해주고, 가끔 산책도 나갔다. 아비는 그놈들에게 특식이라며 마른멸치도 주었고, 때로는 사료에다 말고기 통조림을 섞어주었고, 힘이 없어 보인다며 육포도 찢어주었다. 개지만 개 대접이 아니었다. 삽살개는 사람이랑 똑같았다.

잘해주면 얼마나 애교를 부리는지 몰랐다. 배를 하늘로 향한 채 발랑 뒤집어져서는 아비에게 갖은 간살을 부렸다. 나는 삽살개가 싫었다. 만지면 털이 손바닥 가득 묻어나는 데다 아비가 그렇게 귀여워하는 까닭에 심통이 생겨서는 아비가 집에 없을 때면 사정없이 그놈들 뱃구레를 내질렀다. 내가 삽살개보다 못한 놈이라는 생각을 하면서.

이해할 수 없는 건 어머니의 태도였다. 어머니는 아비의 폭력을 묵묵히 견뎠다. 설렁탕 가게를 해서 힘들게 번 돈을 아비가 흥청망청 써대도 별로 언짢은 내색을 하지 않았다. 지금처럼 이혼이 흔하지 않은 시대이니 더구나 자식 때문에 이혼을 못한 건 그럴 수도 있다 싶지만 오랜 세월에 걸친 그런 인내를 나는 납득할 수가 없었다. 어머니는 몸집이 장대했다. 손발도 컸고, 턱도 네모졌고, 아마존 여전사처럼 검은 얼굴빛에 장딴지며 팔뚝도 실했다. 아비의 얍상하게 턱만 길쭉한 얼굴이나 호리호리한 체구에 비할 게 아니었다. 부부싸움을 맹렬히 해도, 그러니까 단순히 말싸움이 아니라 서로 완력을 행사하는 싸움을 해도 전혀 밀릴 것 같지 않았는데, 그렇듯 당하고만 있는 어머니를 나는 이해할 수가 없었다.

나는 외로웠다. 아비는 술에 취해 한밤중에 들어오기 일쑤였고, 어머니도 장사 때문에 일찍 들어올 형편이 못 됐기에 나는 초등학교 때부터 집에 노상 혼자 있었다. 내가 중학교에 입학하고 나서는 순영이라는 열여덟 살 먹은 고모네 딸이 하나 집에 들어오고, 노망기를 보인 친할머니도 올라와 있었으나 나는 둘 다 맘에 들지 않았다. 순영이는 가정부를 겸해서 밤에는 야간고등학교를 다니느라고 시간이 없기도 하거니와 나를 언제나 꼬맹이 취급했다. 그녀 또한 겁이 많아서 아비가 한번 난동을 부리면 자기 방에 들어앉아서는 꼼짝을 안 했다. 할머니로 말하자면 올라온 것부터가 노망 때문이라, 그러니까 아비가 장남이라 시골에 있는 동

26

생들이 귀찮은 일을 떠넘긴 셈이었는데, 노망이 심해진 탓에 할머니는 아비가 매를 들면, 잘한다 잘해 그저 시에미를 우습게 아는 년은 북어처럼 패야 허느니라, 이렇게 옆들이를 해대서 밉살맞기만 했다.

아비는 여전히 무서웠고, 가게 일 때문에 밤에만 잠깐 보는 어머니는 서먹했고, 순영이는 생판 남으로만 여겨졌고, 할머니는 노망이 들어 정이 안 갔다. 아비는 나를 사랑하지 않았고, 어머니는 나를 사랑할 시간이 부족해 보였다. 나는 차츰 말이 없는 아이로 변해갔다.

가슴이 답답하면 나는 자주 봉은사 뒷산에 올랐다. 너럭바위에 걸터앉아 오장을 후벼 파듯 악을 썼고, 그러다간 별빛을 바라보며 목청껏 노래를 불렀다. 동요든 뭐든 머릿속으로 떠오르는 노래를 무턱대고 한동안 불러젖히면, 그제야 가슴이 좀 후련해졌다.

말을 더듬기 시작할 즈음부터 나는 아비를 죽이고 싶었다. 아비는 왜 그리 자기 아내를, 자기 자식을 혹독하게 팬 것일까? 차라리 패려 들면 그냥 들입다 패기라도 하지 왜 내게 질문을 던지고 내가 겁에 질려 더듬거리면 그걸 보면서 빙글빙글 즐거워했던 것일까? 그럴듯한 해답을 찾지 못했기에 나는 종종 내가 정말 아비의 친아들일까 의심해보곤 했다. 내겐 아비와 함께한 즐거운 기억이 아무것도 없었다. 아비는 나와 놀아준 적도 없었고, 내게 웃음을 보인 적도 없었고, 내 머리를 쓰다듬어준 적도 없었다. 나는 살면서 오로지 맞은 기억밖에 없었다. 아비는 이해불가였다. 아비는 여느 사람과는 다른 종자, 삶의 고난 때문에 성격이 삐딱하게 변한 게 아니라, 원래부터 오로지 악한 성품만을 갖고 태어난 작자, 남의 고통에 쾌감을 느끼는 정신이상자로만 보였다.

예민한 사춘기 시절에는 상대에 대한 호감을 바로 알아차리는 법이다.

개둥이가 그때 내게 먼저 다가온 것도 그런 맥락이지 싶다.

방과 후 어느 날, 버스에서 내려 집으로 걸어가는데 뒤에서 울리는 발소리를 들었다. 그림자 하나가 내 뒤를 따라붙었다.

"헤이, 버벅이. 같이 가자."

돌아보니 개둥이었다.

"너, 보름 전에 결석한 거 말이다. 정말 몸이 아파서 결석한 거냐, 아니면 국어책 읽기 싫어서 결석한 거냐? 니가 25번이구. 그때가 15일이니 당연히 국어선생이야 5번, 15번, 25번 날짜 끝자리로 해서 책을 읽히니까, 너 혹시 책 읽기가 두려워서 결석한 건 아니냐?"

개둥이의 말에 나는 뜨끔했다. 사실 나는 한 달 전부터 그 문제로 적잖게 고민했다. 국어선생의 버릇을 간파하고는 시간표와 달력을 확인해가던 나는 날짜에 맞추어 내가 책읽기에 지목된다는 걸 알아내고는 밥맛을 잃었다. 국어선생에게 편지를 써서 말더듬이 심하니 제발 시키지 말라고 사정을 할까 어쩔까 하다가, 나는 결국 그날 결석을 한 채 하루를 만화방에서 때웠던 것이다.

"어제 우연히 니 자리에 있는 워크맨 들었는데, 누구냐? 소리가 꽤나 그럴듯하던데."

개둥이가 다시 물어왔다.

"키키 킹 크림슨."

"몇 집이냐?"

"유유유 육 집…… 〈레드〉."

"그거 라이선스로 절판된 거잖아. 빽판이냐?"

나는 고개를 끄덕였다.

"녹음 좀 해줄래…… 왜 싫어?"

"아냐."

"너 혹시 레드문에 안 들어올래?"

나는 눈을 휘둥그레 떴다.

"내내 내가?"

"그래. 너 저번에 음악시험 때 보니까 노래 죽이던데. 목소리가 떨려서 그렇지 고음도 잘 올라가구. 우리가 보컬이 하나 더 필요하거든. 좀 있으문 축제 아니냐. 사흘 동안 내리 공연을 해야 하는데 우리 보컬이 웬 가성을 그리 내는지 아주 죽을 맛이다. 보나마나 사흘째면 목이 쉴 터인데…… 그래서 한 명을 예비로 뽑자고 말이 나왔거든. 정식은 아니지만 이른바 객원보컬인 셈이지."

"마마마 말도 안 돼. 내가 어어 어떻게."

나는 고개를 내저었다.

"그건 그렇구…… 내 레퍼토리 맨날 뻔하잖아. 그게 뭐 재밌다고 매번 듣냐. 넌 이쪽이지, 난 대호아파트라 여기서 건너간다."

개둥이는 내 어깨를 툭 치더니 가버렸다.

그 일을 계기로 나는 개둥이와 친해졌다. 보컬 얘기는 농담인 줄 알았는데 개둥이는 한동안 나를 채근했다. 나는 더듬대는 말투로 간신히 개둥이를 눌러앉혔다. 노래를 잘하고 못하고를 떠나 무대에 서서 타인의 눈길을 받는 순간, 내 몸은 얼어붙는다고 겨우 설득을 했다. 아무튼 그런 식으로 나는 개둥이와 말을 오갔고, 그 뒤로 본격적으로 그와 어울렸다. 집이 같은 방향이기도 해서 처음엔 하굣길을 동행하는 정도였는데, 차츰 그의 아파트에 놀러 갈 만큼 가까워졌다. 그의 아파트는 사십육 평이라 널찍했는데 대낮에는 개둥이밖에 없었다. 거기서 나는 개둥이와 함께 포르노도 실컷 보았는데, 보면서도 녀석은 한시도 입을 다무는 법이 없었다.

"제목두 죽이잖아. '오텀 오브 스웨덴'. 가을도 그냥 가을이 아니라 스웨덴의 가을이라 이 말씀인데, 참 유럽 애들은 어쩌면 포르노도 그렇게 예술적으로 만드는지 몰라. 배경으로 깔리는 음악만 봐도 문화적인 수준 차이가 느껴진다니까. 쟤들은 왜 포르노에도 클래식을 까는 걸까. 저 봐라, 모차르트 피아노협주곡 나오는데, 낙엽은 바람 따라 우수수 떨어지는데, 저 봐라, 보닛에다 딱 눕혀놓고 하는 거 저 봐라. 광철아, 넌 지금 뭘 느끼냐. 얼씨구, 얼굴 벌게져개지구 암 생각 없구만. 광철아 저건 흥분의 대상이 아니라 감상의 대상이다. 광철아, 난 말이다. 난 저걸 볼 때마다 정말 많은 걸 느낀다. 할 때는 오로지 저렇게 하기만 하는 거구나. 무언가에 한 가지로 몰입하는 건 저렇게도 아름다운 거구나. 광철아, 제발 영어책 펴놓고 워크맨 들으면서 졸다 깨다 하지 말란 얘기다."

하루는 포르노 감상이 끝나자 개둥이가 기타를 들고 나왔다. 수학여행 때 그의 실력을 본 적이 있어서 나는 침을 꼴깍 삼키고 그를 주목했다. 처음에 그는 의자에 다리를 꼬고 앉아서는 기타를 튕기더니 자기가 작사 작곡한 노래라며 개미 한 마리가 걸어가네, 개미 두 마리가 걸어가네 하는 괴상한 가사의 노래를 느릿느릿 불렀다. 끝난 것 같지도 않게 곡이 끝났는지, 어느 순간 기타를 멈추고는 개둥이가 레너드 코헨 분위기가 나지 않느냐고 물어왔다. 내가 하품을 쩌억 했더니, 그는 지금까진 장난이었다고 씨익 웃으면서 기타를 바로 했다.

그는 몇 번 만에 뚱땅이며 바로 튜닝을 끝내더니, 갑자기 딴딴딴 하면서 기타를 요란하게 쳐대기 시작했다. 딥 퍼플의 〈스모크 온 더 워터〉였다. 나는 그가 딴딴딴 딴딴 따따 하면서 나오는 전주 부분을 친 다음 끽

해야 1절만 노래하려니 짐작했다. 그런데 1절이 끝났는데도 어럽쇼 연주가 계속되는 게 아닌가. 1절이 끝나고 나오는 연주 부분, 키보드와 일렉기타가 함께 나오는 바로 그 부분도 흘러나오는 게 아닌가. 세상에나 도대체 어떤 테크닉인지 모르겠는데 개둥이는 일렉기타 파트는 하나하나 뜯어치고 키보드 부분은 베이스를 넣으면서 그렇게 동시에 연주하는 거였다. 그는 다시 〈하이웨이 스타〉를 쳤고, 이건 뭐 개나 고양이나 다 치는 거니까, 그러며 〈호텔 캘리포니아〉의 절정으로 치닫는 기타 연주도 잠깐 들려줬다. 영롱하고 충만한 기타음이 방 안을 환하게 물들이는 듯했다. 나는 숨도 제대로 쉬지 못하고 그를 바라보았다. 그리고 그는 다시 핑크 플로이드의 〈위시 유 워 히어〉를 허무감에 쌓인 듯 목을 쑥 내밀고는 읊조리듯 노래했다. 더구나 그가 곡의 마지막 부분, 나난 나나 하면서 허밍처럼 나오는 부분을 지그시 눈을 감고 부를 때는 내 온몸이 흐물흐물 녹아내리는 것 같았다.

저 새낀 천재야. 도대체 저런 테크닉을 어떻게 습득했을까? 악보는 어디서 구했을까? 얘기를 듣고 보니 그는 거의 독학한 셈이었다. 노래를 반복해 들으면서 음표를 따라 그리고 그렇게 청음을 하면서 악보를 만들어서 자기 나름대로 연주해 보인 것이었다.

"저기 로로 롤링 스톤즈나 니니 닐 영도 되냐?"

"응. 갸네들도 몇 곡 판을 따긴 했지."

개둥이는 고개를 끄덕였다. 그는 닐 영의 〈하트 오브 골드〉를 자신만의 처연한 분위기로 느리게 불러댔다. 그의 목소리는 나직했고, 어디론가 떠나고 싶다는 쓸쓸한 기분을 불러일으켰다. 영어 발음을 너무 굴리는 게 좀 거슬리긴 했지만 그건 억지로 흠을 잡아서 잡을 수 있는 꼬투리였다.

그날 이후로 나는 그와 많은 음악 얘기를 했다. 개둥이가 자기의 꿈을 얘기할 때면 나는 황홀했다. 작곡도 하고, 기타도 치면서 한국적인 록을 하겠다는 그의 소망을 듣자면 내 눈에는 벌써 그가 무대에 서서 기타를 치며 열창하는 장면이 삼삼했다.

그는 나와 음악을 듣는 취향도 비슷했다. 개둥이도 나처럼 우리 시대 대부분이 그렇듯이 열정적으로 딥 퍼플과 레드 제플린을 좋아했고, 예스의 변화무쌍한 사운드를 즐겨 들었고, 통과의례처럼 핑크 플로이드를 들었고, 로이 부캐넌의 흐느끼는 듯한 블루스 기타음에 눈을 감았고, 스틱스의 경쾌하면서도 힘찬 사운드에 귀를 내맡겼다. 개둥이도 나처럼 가요는 죽어라고 듣지 않았고, 가요는 음악으로 치지 않았고 기껏해야 산울림 정도만 취급했는데, 그건 그 당시 우리 반 누군가가 묻혀 가지고 온 소문, 산울림이 일본의 어느 음악 잡지에 한국의 숨은 프로그레시브 그룹으로 예스보다 더 발랄한 사운드더라 하는 식으로 소개되었다는 얘기에 충격을 받아서였다. 그러다가 들국화가 출현해서는 라이브에서 스틱스의 곡들을 불러대자 무얼 아는 애들이라며 개둥이는 들국화를 눈여겨 보았는데, 라이브의 이야기만 무성한 채 풍문으로 떠돌던 들국화가 드디어 1집 앨범을 내자, 그 역시도 다른 아이들처럼 걸핏하면 그것만이 내 세상이라고 악을 쓰고 다녔다.

때때로 개둥이와 나는 담배를 피우러 아파트 옥상으로 올라가기도 했다. 그곳에서 이어폰을 한 짝씩 나눠들으며 워크맨으로 음악을 들었고, 듣는 틈틈이 많은 얘기를 나누었다. 그러다보면 개둥이는 가끔 위험한 장난을 벌였다. 그건 아파트 난간 위를 걸어가는 짓이었다. 어느 날은 바람이 심하게 부는데도 난간에 올라섰다. 그건 보는 사람의 심장마저 덜컥 내려앉게 만드는 실로 아찔한 장난이었다. 난간의 폭은 두 뼘에 불과

했다. 더구나 아파트는 십이 층이었다. 나도 한번은 따라하느라고 개둥이 손을 잡고서 난간에 서봤다. 딴에는 이삼 초가량 버틴 것 같은데 개둥이 말로는 딱 자기가 손을 놓으니까 바로 떨어지더라고 했다.

"광철아, 너무 자학하지 말아라. 나 따라 난간 위를 걸으려고 몇 놈이 도전해봤지만 다들 다섯 걸음을 못 갔느니라."

나는 개둥이가 아파트 난간 위를 걸으려 할 때면 필사적으로 말리느라 진땀을 뺐는데, 그의 말로는 심심할 때 해보면 그것만큼 재미있는 게 없다고 했다. 개둥이는 양팔을 벌린 채 중심을 잡고는 침착히 한 걸음 한 걸음 옮기더니 어느 날은 기어코 난간의 끝에서 끝까지 건물 한쪽 면을 완주해냈다. 나는 진작부터 개둥이의 대담함에 찬사를 보내왔지만 그때만큼은 그럴 수가 없었다. 단지 용기라고 부를 수 없는 무언가가 느껴졌기 때문이었다. 그런 자기 파멸적인 행동도 행동이지만 나는 개둥이가 왜 그리 은기에게 가망 없는 반항을 하는지 그즈음 어렴풋하게나마 알 것 같았다.

하루는 그의 아파트 거실 구석 장식장 안의 사진틀이 눈에 들어왔다. 개둥이가 젊은 여자와 함께 찍은 사진이었다.

"누누…… 누구냐?"

"우리 엄마."

"야, 니네 어어 엄마 되되 되게 미인이다."

"응. 우리 엄마 되게 미인이지. 젊은 놈이나 늙은 놈이나 좋아할 만큼."

내가 멀뚱멀뚱 바라보자 다시 말을 이었다.

"몰랐냐? 우리 엄마 첩이다."

첩이라는 단어를 어찌나 힘들이지 않고 내뱉었는지 내가 외려 더 당황할 지경이었다. 나는 무언가 더 물어보고 싶었는데 어느새 그의 얼굴이 굳어 있어 차마 말문을 열 수가 없었다.

사람에겐 그런 게 있다. 누군가가 자기 비밀을 툭 털어놓으면 나 역시 내 안의 무언가를 털어놓아야 하지 않을까 하는 것 말이다. 나 역시 너만큼 불행하니 우리는 친구라는 것 말이다. 당시에는 유치한 감정이지만 나는 내 처지를 개둥이한테 털어놔야 한다고 생각했다. 우리 집의 가정폭력과 내 중증의 말더듬에 대해 나는 그에게 서슴없이 털어놓고 싶었다.

생각보다 그런 기회는 빨리 왔다. 2학기 중간고사가 끝난 날, 오랜만에 시간이 생기자 우리는 오후에 아파트 옥상으로 소주를 사가지고 올라갔다.

개둥이가 비닐봉지에 담아온 소주를 풀어놓았다. 모두 세 병이었다. 소주병은 한낮의 햇빛에 반사돼 번들번들 빛이 났다. 그게 아니라도 마음이 쫄밋거린 탓인지 나는 소주병을 제대로 바라보기가 힘들었다. 아비의 폭력도 지긋지긋했지만 아비의 폭력이 언제나 술 취한 상태에서 나왔기에, 나는 술이란 놈도 똑같이 저주했다. 나중에 어른이 되어도 나만은 절대로 술을 마시지 않겠노라고 은연중 다짐해온 터였다. 개둥이가 첫 잔을 종이컵에 따라서는 홀짝 마셨다. 그러고는 카아 하면서 술꾼 특유의 조금은 과장된 표정을 지었다.

"자, 한 잔 해라."

개둥이가 내 잔에 술을 따랐다. 나는 종이컵에 가득 찬 맑은 소주를 바라보았다. 그리고 다시 소주병으로 시선을 돌렸다. 저 소주병에 무턱대고 다가갔다가는 반사된 빛이 내 심장에 아로새겨질 것 같았다. 한번 저 놈을 품으면, 저 빛이 본드처럼 끈끈하게 달라붙어 쉬이 떨어지지 않으리란 예감이 들었다.

"얘가 제사를 드리나. 마시고픈 마음이 없구나…… 관둬라. 싫으면 마는 거여. 나도 이 피 같은 소주 억지로 권할 마음 없다."

나는 그래도 가만있었다. 그러자 이 말이 안 통한다고 느꼈는지 그는 다른 전술을 들고 나왔다.

"공부 좀 하면 먹으라고 권하지도 않는다. 니가 서울대를 갈 거이냐, 연고대를 갈 거이냐. 지금부터 대가리 빡빡 밀고 코피 쏟으며 공부해도, 수도권 사수를 할까 말까 한 놈이 거 되게 뜯들이네."

이 작전도 안 통한다고 느꼈는지 그는 다시금 꼬드김의 강도를 높여댔다.

"왜 불멸의 아티스트들이 대마초를 피우는지 아냐? 왜 재니스 조플린과 지미 헨드릭스가 약물중독에 죽었는지…… 음악과 마약과 알코올의 그 미묘한 상관관계…… 아참 민치겠네…… 왜 예술가에게 광기의 혼이 필요한지를 아냐구? 사이키델릭한 전위적인 싸운드가 어떻게 탄생하는지를 아냐구? 으이구 더 말하면 배만 고프지. 지미 헨드릭스의 몽환적인 싸운드는 소주 한 병 까고 들어야 제 맛인데. 것두 모르면서 무슨 음악을 듣는다구. 벼엉신, 판만 잔뜩 모으면 제일이냐, 하나를 들어도 그 아티스트의 혼과 교감해야지…… 알았다 새꺄, 집에 가서 넌 닐 다이아몬드나 들어라. 걔는 생긴 것도 목소리도 완전 표준이더라. 니 수준엔 그게 딱이다."

개둥이는 소주잔을 거푸 비운 탓인지 얼굴이 조금 달아올랐다. 처음 딴 병엔 벌써 소주가 반이나 비어 있었다. 그렇지만 나는 계속 앞에 놓인 술잔을 노려만 봤다.

"말을 더듬으면 술잔 앞에서라도 더듬지 말아야지."

어느 순간 녀석이 농조로 지껄인 이 말이 내게 결정적인 타격을 가했다.

나는 첫 잔을 살곰살곰 흘려 넣었다. 마시고 났더니 속이 뜨뜻해지긴
했는데 곧바로 울렁거리기 시작했다.

"첫 담배, 첫 잔, 첫 키스는 언제나 정신없는 법이지. 진정한 삘은 두
번째에 온단다. 아그야 자."

녀석이 다시 잔에다 술을 부었다. 별로 내키지 않았지만 이미 테이프
를 끊었는데 여기서 물러설 수도 없는 노릇이라, 이번에도 나는 천천히
술잔을 기울였다. 솔직히 무지무지 썼다. 울렁거림은 더 심해진 것 같았
다. 도대체 이런 고약한 맛을 왜 즐기는지 모를 일이었다.

"얘가 소주를 무슨 불란서 와인 마시듯이 하네. 소주는 음미하는 술이
아니라 들이켜는 술이여. 숨을 딱 멈추고 꼴깍 들이켜는 거라니까. 그럼
세상이 달라진다니까."

나는 잠시 사이를 둔 뒤에 녀석과 건배했다. 녀석의 말대로 숨을 멈추
고 소주잔을 홀라당 비웠다. 개둥이가 또 따라주었다. 또 비웠다. 그렇게
마시고 나니 속이 울렁거리는 건 조금 덜한데 여전히 얼굴이 화끈거리
고 정신이 없었다. 나는 그만 마시겠다고 손사래를 쳤다. 그런데 신기했
다. 오 분 정도 지나니 정신이 몽롱해지면서 무언가 다른 느낌이 왔다.

"넌 네 이름에 대해 어떻게 생각하냐? 박종우란 이름 말이다. 난 오광
철이란 내 이름이 아주 싫다. 이 맘을 너는 아냐?"

나는 약간 알딸딸한 기분을 느끼며 되는 대로 주절거렸는데, 희한하여
라 별로 더듬지 않고 말이 매끄럽게 나왔다. 나는 그게 그렇게 기분 좋을
수가 없었다.

"광철이라…… 하긴 좀 그렇지. 무대에 설 이름은 아니지. 내가 만든
그룹싸운드의 리드보컬 이름이 오광철이라. 공연 포스터에 오광철이란

이름이 인쇄돼 들어간다…… 음, 미련 맞고, 배운 거 없고, 뭐랄까 밥만 더럽게 많이 처먹는 그런 이름 같기는 하다. 이거 아주 심각해질 수 있는 문제인데."

사실 내 의도는 그런 게 아니었는데, 개둥이가 그렇게 말을 받으니 대화는 엉뚱하게 흘렀다. 우리는 그룹명이 근사한 팀들이 누구인지 얘기하다가 아주 인상적인 앨범 재킷에 대해 논의를 진전시켰고, 그러다가 가장 예술적으로 생긴 아티스트가 누군지 꼽아보기도 했다. 그러자니 서로 지기 싫어서 그간에 쌓은 온갖 잡다한 음악적 내공을 끌어올렸는데, 어느새 눈앞으로 소주 세 병이 쓰러져 있었다. 나는 달아올랐다. 개둥이와의 대화는 늘 재밌었지만 지금 기분은 단순히 유쾌하다는 것 이상이었다. 그건 정서적인 고양감이었고, 활력이었고, 자기 존재의 생생함이었다.

"소주가 왜 이리 시시하냐. 더 마시자."

"광철아, 사실 이게 오디션이었다. 일차 테스트 통과. 방금의 선언으로 넌 보컬감이 확실하다. 술 마시고 무대에 오르는 걸 내 한 병까지는 허용하마."

우리는 기세등등 중국집 골방을 찾아들었다. 거기까지가 그나마 명료하다.

"개둥아, 난 말이다. 난 내 이름이 싫어. 집도 싫고. 또 아버지는 더욱 싫고……"

어느 순간, 나는 그렇게 서두를 뗐다. 나는 아버지의 폭력과 나의 말더듬의 유래에 대해 얘기하고 싶었다. 나 같은 사람도 있는데, 어머니가 첩이라는 그깟 이유 가지고 제발 똥폼 잡지 말라고 일갈하고 싶었다. 그런데……

술을 처음 마시던 날부터 나는 만취했고, 필름은 제대로 이어지지 않는다. 녀석은 가끔 잔을 부딪치면서 그래 그래 하면서 고개를 끄덕였다. 더불어 이 자식 술을 처먹으니 말을 안 더듬네 하는 말만 추임새처럼 기억날 따름이다. 개둥이가 나를 업어다 자기 집에 재웠다.

　그때부터 나는 술이 가져다주는 마법을 톡톡히 맛보았던 같다. 살면서 나는 많은 술자리를 가졌지만 대개는 만취할 때까지 끝장을 봤다. 첫 잔은 물론 잘 모른다. 그러나 두세 잔쯤 되면 몸이 따뜻해지면서 정신이 약간 알딸딸해진다. 기분이 살그머니 올라가는 중이다. 그나마 여기가 멈출 수 있는 단계이다. 그러나 그게 넘어가면 기분이 확 좋아진다. 어느 순간, 내 안에 불이 켜진다. 의식이 환해지는 정도가 아니라 온몸의 세포가 번쩍번쩍 삽시간에 재부팅되는 느낌이다. 오감이 생생해지고, 생각도 유연해지고, 말도 술술 나오고, 그러면서 쌓아놓았던 분노나 울분 같은 것도 거침없이 폭발한다. 그런 식으로 흥분감은 계속 올라간다. 그 기분을 유지하고 싶고, 더욱 강렬하게 키우고 싶다. 그럼 술을 마신다. 마시는 속도는 갈수록 빨라진다. 도저히 멈출 수가 없다. 한 잔 더, 한 잔 더…… 도대체 사람들은 어떻게 중간에 일어설 수가 있지. 그러다가 어느 순간 이런 생각이 든다. 이렇듯 기분이 좋아지고 주위 사물이 생생하게 다가오는데, 왜 필름이 끊길까. 말도 안 돼. 오늘은 결코 끊길 리가 없어. 아무렴, 나는 각오를 내온다. 그런데 그 생각을 하고 난 뒤론 꼭 반시간을 못 가 필름이 끊긴다. 한결같은 패턴이었다. 한창 술에 절어 살 땐 밤새 마셨음에도 내 기억은 초반 두 시간이 고작이었다. 집에서 혼자 마시면 취하지 말아야 한다는 정신적인 긴장감이 사라지기에 그보다 더 짧아졌다. 여느 술꾼들은 필름이 끊겨도 중간중간 기억나는 대목이 있다는데, 나는 젊었을 때나 좀 그랬을 뿐 어느 시기가 넘어가자 흐릿한 잔상 하나 없이 깨끗했다. 그쯤 되면 필름이 끊겼네 정도가 아니라 인생의 한

부분을 송두리째 도둑맞은 기분이 든다.

이튿날 깨면 이런 상상이 들곤 했다. 죽어서 하느님 앞에 선다. 판결을 앞두고 자기 변론의 시간이 주어진다. 나는 머리를 쥐어짜며 그간 행했던 자잘한 선행을 하나하나 진술한다. 그만, 중간에 하느님은 말을 끊는다. 내가 네게 칠십이란 시간을 주었는데 왜 너는 네 멋대로 이십 년을 도려냈느냐. 지옥.

중학교에 입학하자 내 말더듬은 더욱 악화되었다. 새로운 반 아이들을 대하자 나는 내가 더듬지 않고 조리 있게 말할 수 있을까, 심한 불안감이 엄습해왔다. 초장부터 말더듬이라고 낙인찍히면 곤란하겠거니 싶어 나는 내 말더듬을 눈치 못 채게 하려고 첫날부터 필요 이상으로 무진장 긴장을 했다.

쉬는 시간이 되자 아이들은 낯을 트기 위해 이름을 물어왔다. 어찌나 긴장을 했던지 나는 내 이름을 말하는 것도 힘겨웠다. 오광철이라는 내 이름을 발음하자면 오와 광은 어찌어찌 나왔지만 마지막 '철' 자는 특히 힘들었다.

말더듬이란 게 묘한 것이 한번 어느 지점에서 막히면 아무리 애를 써도 헛바퀴만 돌았다. 부릉부릉 시동을 걸어도 입술은 계속 떨려왔고, 목구멍은 옥죄였고, 얼굴은 붉어졌고, 눈앞은 뿌옇게 흐려졌다. 오오오, 과과과광…… 오광까지 힘들게 갔건만 철은 요지부동이었다. 그 '철' 발음이 처처처처…… 이러며 얼마나 거듭되는지 몰랐다. 더듬거리는 끝에 안간힘으로 철을 토해놓을 때면 목소리는 순간적으로 터무니없이 커지게 마련이라 다들 어이없는 눈길로 나를 바라보는 거였다.

'철' 자를 발음하는 데 어려움을 느낀 때문인지 나는 차츰 내 이름은 물론, ㄹ받침이 들어가는 단어를 두려워하기 시작했다. 말을 하기 전, 머릿속으로 언제나 ㄹ받침이 있나 없나를 검열한 뒤에 하나의 문장을 말해 버릇하곤 했다. 예컨대, 난 어제 점심을 굶었어, 라는 말을 하고 싶다고 치자. 벌써 '점심을'과 '굶었어'에서 두 번이나 ㄹ받침이 걸린다. 난 어제 점심 안 했어, 하는 식으로 잽싸게 바꿔 말하는 것인데, 이러면 훨씬 매끄럽게 말이 나왔다. 나는 이런 임시방통의 에둘림을 순간적인 재치거니 여기고는 잠시나마 기분이 좋았고, 사람들을 속여 넘긴 것 같은 기분이 들기도 해서 짜릿한 쾌감까지 드는 것이었으나, 결국 이런 술책들이 나를 더욱 힘들게 했다. 모든 문장의 ㄹ받침을 일일이 확인하기도 힘들뿐더러 바꿔봤댔자 짧은 문장이나 가능했기 때문이었다. 또한 아무리 머릿속으로 부지런히 ㄹ받침을 검색하자 해도 그건 시간을 적잖이 잡아먹는 노릇이라 정상적으로 주고받는 대화를 불가능하게 만들었다.

그래서 나는 다시 다른 전술을 고안해냈다. 제일 손쉬운 건 물론 말을 하지 않는 것이었지만 무작정 말을 안 할 수는 없는 노릇이라 나는 그걸 좀 더 세련된 방식으로 바꾸었다. 싫다는 의사표현으로는 얼굴을 찌푸린다든가 고개를 젓는다든가 하는 식이었고, 애매함을 나타내려면 머리를 긁거나 눈을 깜빡였고, 좋다는 것에는 씨익 미친놈처럼 웃거나 머리를 정신없이 끄덕였다. 어쩔 수 없이 말을 할 상황에서는 가급적 낮은 목소리로 웅얼거렸는데, 이건 말을 더듬어서가 아니라 작은 목소리로 빠르게 말을 해서 듣지 못했구나 하는 인상을 상대에게 주고 싶었기 때문이었다. 때때로 나는 무언가 대단한 고뇌 때문에 말을 하지 않는다는 인상을 주려고 일부러 무척이나 화난 표정을 짓기도 했고, 때로는 말을 일부러 더 심하게 더듬어서 스스로를 우스꽝스럽게 만들기도 했다. 이건 물론 나는 웃기려고 일부러 말을 더듬는 것입네 하는 스스로의 이미지를 연출하기 위해서였다.

그러나 시간이 지나자 이런 방법들도 먹히지를 않았다. 말더듬을 은폐하려는 수작이라는 걸 반 아이들이 눈치채기도 하려니와 무엇보다도 이런 걸 통해서 말더듬이 완화되는 건 아니기 때문이었다. 나중에는 요란한 몸동작이 습관처럼 굳어져서는 스스로를 웃음거리로 만들 뿐이었다. 하지만 이런 자각은 나중에 온 터였고, 처음에야 나는 기를 쓰고 제스처나 침묵이나 혹은 말투를 이상하게 하는 따위로 말더듬을 가려보려고 했다.

학교에 오면 말을 하게 될 상황을 언제나 맞닥뜨리게 마련인데, 그 언제나를 피해보려고 하자 나는 하나부터 열까지 늘 신경을 곤두세울 수밖에 없게 되었고, 그런 걱정은 놀랍게도 전염이 빨라서 나는 사소한 것까지 전부 걱정을 하기에 이르렀다. 나는 우발적으로 일어나는 모든 일에 대해 준비를 해야만 했고, 또 그래야만 다가올 위험을 피할 수 있다고 생각했다. 그건 불안의 연속, 즉 습관처럼 해대는 불안이었다. 나는 눈을 뜨면 오늘 하루는 어떻게 말을 안 하고 지나가나 불안했고, 매일같이 해대는 이런 기본적인 걱정 외에 아무 걱정이 없으면 나 자신이 방심하는 듯해서 억지로라도 또 다른 걱정거리를 여분으로 만들어야 했다.

이렇다보니 나는 그런 걱정거리에 맞게 쓸데없는 방책도 많이 만들었는데, 그중 한 가지가 희곡이나 시를 외우는 것이었다. 말더듬이란 사실 긴장에서 오는 것이고, 말이란 가장 편안한 마음일 때 술술 나오는 것이련만 나는 내가 말을 더듬는 게 이런 심리적 문제 말고도 말할 내용이 준비되지 않아서, 다시 말해 순발력이 떨어져서 그런 건 아닌가 하는 생각을 했다. 또 그게 아니더라도 말을 일단 멋있게 하면 더듬대는 내 풍신이 말의 그 휘황한 겉치레 덕분에 좀 가려지지 않을까 하는 생각도 들었다. 그래서 나는 희곡을 열심히 읽었고, 읽으면서 주인공이 난처한 상황에 빠지거나 혹은 감정이 극적으로 달아오를 때의 대사는 거듭 밑줄을 처댔고, 밑줄 친 걸 언젠가는 써먹을 수 있으리란 기대감으로 열심히 열심히 외워댔다. 하지만 현실의 상황은 희곡과는 맞지 않았고, 설사 간혹 써먹을 상황이 도래해도 그때는 외운 대사가 생각이 나질 않았다. 그런데 사람의 머리란 이상한 것이, 화가 날 상황에서 그걸 제때 이야기하지 않으면 잠자리에서 엄청난 말들이 들끓듯이 희곡의 대사도 타이밍에 맞추어서 떠올리지 못하니까 지나고 나면 왜 그때 그 말을 써먹지 못했을까 안타까움이 솟구쳐올랐고, 이런 상황들은 내가 더 확실히 외우지 못해서 그런 건 아닌가 하는 착각을 불러일으켰다.

내가 중3 때부터 희곡을 구해다 읽고 점심시간이면 시집을 끼고 교정 울타리 플라타너스 아래 외진 곳을 찾아다니니 물색 모르는 반 아이들은 짜식 꽤나 겉멋 들린 폼을 잡는다며 이기죽거렸지만 그건 내 고통을 모르고서 해대는 소리였다. 남들은 영어 단어나 수학 공식을 외우는데 나는 버스 안에서도 종이에다 옮겨 적은 시를 외우는 것이었고, 그 시를 외우면서 언젠가는 내 입에서도 시처럼 눈부신 말이 피어나오고, 폭포처럼 막힘없이 말이 쏟아져나오고, 일상에서 내뱉는 모든 말이 전부 시어처럼 찬란하려니, 필사적으로 환상을 꿈꿔보는 것이었다.

당연한 귀결이겠지만 환상은 언제나 환상으로 끝날 뿐이라 나는 갈수록 소극적이 되어갔다. 나는 수업시간에 아이들 앞에서 교과서를 제대로 읽은 적도 없었고, 교단 앞으로 불려나오자면 제대로 칠판 문제를 푼 적도 없었고, 한 번도 손을 들고 질문한 적이 없었고, 남과 어울리지 못하니 축구나 농구 같은 공놀이에선 늘 열외였는데, 이렇게 혼자 겉돌다보니 나는 이제 남의 눈길을 받는 상황을 부담스러워했다. 남이 나를 주목하기만 하면 바로 입안이 말랐고, 머릿속은 멍해졌고, 전신은 딱딱하게 굳어지기만 했다. 중학교 시절, 허리 높이의 뜀틀을 넘지 못한 건 전교생을 통틀어 나밖에 없었다.

중학교 2학년 때의 체육시간이었는데, 선생은 키가 작은 아이를 배려하려는 듯 허리 높이의 아주 낮은 뜀틀부터 넘게 했다. 손을 짚고 넘는 아이도 있었지만 키가 좀 큰 아이들은 손을 짚을 것 없이 그냥 붕 뛰어 넘거나 장난치기 좋아하는 아이들은 뜀틀 위에서 재주를 구르며 넘었는데 지켜보는 아이들은 그걸 보면서 깔깔댔다.

나는 아이들이 나를 주목하리라는 것에, 여러 눈들이 나를 지켜보리라는 점에서 이미 긴장하고 있었다. 내 차례가 돌아오자 나는 힘껏 달려나갔지만 그만 뜀틀 앞에서 미끄러지고 말았다. 아이들은 요란스레 웃어댔다. 머쓱해진 나는 새로이 출발선에 섰다. 나는 재차 달려나갔는데 이번에는 마악 넘을 것처럼 뜀틀 위로 손을 짚었음에도 또다시 우뚝 멈추어 섰다. 나는 순간 당황했다. 아무리 긴장했어도 이깟 높이조차 넘지 못하리라는 건 스스로도 역시 뜻밖이었기에 도대체 나도 내가 왜 섰는지 모를 지경이었다. 아이들은 하나같이 낄낄댔고, 나도 웃기려고 일부러 그랬다는 듯 어깨를 으쓱해 보이고는 출발선으로 돌아갔다. 그때부터 나는 제정신이 아니었다. 나는 힘껏 달려 나가다 다시 뜀틀 앞에서 멈추어 섰다. 내 얼굴은 일그러졌고, 체육선생은 기가 막힌지 너 어디 아프냐고 물었다. 물론 나는 아프지 않았고, 비대한 몸뚱이도 아니었고, 상식적으로도 못 넘을 이유가 하나도 없었다. 또다시 시도해도 멈추어 서자 선생은 장난치지 말라며 호통을 쳤지만 어느 순간 나는 선생의 말이 들리지 않았다. 사람의 전신에는 땀구멍처럼 감각의 구멍이 있는데, 그 순간 내 몸의 감각구멍이 전부 막히는 듯했다. 나는 대낮의 햇빛도, 불어오는 바람도 감지하지 못했다. 주위의 소란함도 들리지 않았다. 나는 세상이란 본체에서 완벽히 분리되어 외따로 존재했다. 멍한 가운데에서도 어느 순간 나는 맘속으로 혼잣말을 해댔다.

'도대체 내가 이걸 왜 넘으려는 거지? 이딴 걸 왜 넘어야 하지?'

그리고 나는 답을 얻지 못했다. 지금이 체육시간이라는 것, 체육시간의 일과로 뜀틀을 넘는다는 당연한 생각이 그때는 들지 않았다. 나중에 반 아이의 얘기를 들어보니 내가 뜀틀 앞에서 우두커니 몇 초간이나 서 있었는데, 체육선생이 다가가 알밤을 먹이자 눈을 껌뻑껌뻑하더니 터덜터덜 걸어서는 뜀틀을 뛰어넘은 대열 쪽으로 가더란 것이었다. 선생은 하도 어이가 없어서 이런 나를 멀거니 지켜만 보고……

나는 점점 더 외톨이가 되어갔다. 나는 나를 패는 아비가 싫었고, 나를 놀리는 아이들이 싫었는데, 말을 더듬는 것으로 놀림을 당하자 나중에는 매끄럽게 말을 잘하는 사람이면 무턱대고 다 싫어지기 시작했다. 사람들이 말을 잘한다는 건 가면을 쓰거나 자기연출을 하는 것으로만 보였다. 한번 이렇게 삐뚜름히 보자, 사람은 자기가 믿는 것만 보인다는 식으로 모든 건 이런 내 전제를 확인시켜주는 일로 비쳤다.

나는 어떤 학부모가 선생을 찾아오고 나서 십 분도 못 되어 그 학부모의 아이가 냉큼 난롯가 옆으로 자리를 옮기는 걸 보면 태연이 자리를 옮기는 아이도 미웠지만 그러고도 나불나불 교탁 앞에서 떠드는 선생은 더욱 가증스러웠다. 숙제를 안 해와서 매질을 기다리면서도 태연히 있는 아이는 그게 자기의 두려움을 숨기는 것 같아서 싫었고, 그렇다고 울상을 짓고 초조해하는 아이는 가급적 불쌍하게 보여 한 대라도 매를 약하게 맞아보겠다는 짓거리로 여겨져 그 역시 마땅치 않았다. 집 안에서도 집 밖에서도 맘에 드는 사람은 아무도 없었다. 나는 누구하고도 말하고 싶지 않았다. 처음에는 순간순간 나도 모르게 넋이 나갔지만, 차츰 나는 의식적으로 내가 원할 때엔 언제든지 차단막을 내릴 수가 있었다. 말을 대꾸한다는 게 너무나 힘들게 느껴지자 내 무의식은 알게 모르게 듣는 것 자체를 거부해버렸다.

예컨대 이런 식이다. 상대의 말이 조금만 길어지거나 내가 대답할 상황이면 나는 귀를 닫았다. 그럴 때면 실제로 귀에서 웅웅 소리가 나기도 하고, 가는귀가 먹은 것처럼 상대의 말이 잘 들려오지도 않는다. 그리고 어느 때는 상대의 말소리가 들려도 그뿐, 무슨 뜻인지는 들어오지 않는다. 서양 여가수가 부르는 아리아처럼 소리만 뚜렷할 뿐 내용은 감감하다. 듣고 있지만 이미 듣는 게 아니다. 마치 뇌 속 신경세포들의 연결고리가 뚝 끊기는 것 같다. 나는 내가 원하면 아무 때나 세상으로부터 분리될 수 있었다. 반 아이들이 한 무리로 수업시간에 낄낄거려도 나 혼자 멍한 표정을 짓기 일쑤였다. 한두 번도 아니고 내가 자주 이렇게 구니 아이들이 쑤군대기 시작했다. 저 자식은 얼이 빠졌다는 둥, 저 자식은 지능이 떨어진다는 둥 저 자식은 백치라는 둥.

나는 외로웠다. 세상은 매끄러운데 나는 그렇지 못했다. 세상은 부드럽게 이어지는 하나의 흐름인데 나는 뚝뚝 분질러졌다. 남들은 다들 잘도 웃고 떠드는데 나는 왜 안 되나? 남들이 뻔히 아는 사실을 나만 모르는 것 같았다. 그 뻔한 사실만 알면 나도 언제든지 웃고 떠들 수가 있으리라. 어느 순간부터 내 머릿속으로는 하나의 환상이 피어났다. 무언가 하나만 움켜쥐면 주위 세상이 눈부시게 변할 것 같은 환상, 말만 매끄럽게 나오면 모든 게 마법처럼 찬란해질 것 같은 환상. 삶에는 내가 모르는 무언가가 있기에, 남들은 다 아는데 나만 모르는 무언가가 숨겨져 있기에, 나 역시도 어떤 계기로 그 숨겨져 있는 걸 찾기만 한다면, 그래서 내가 말을 매끄럽게 할 수만 있다면, 바로 당장이라도 삶은 천국처럼 눈부시게 변할 것 같았다. 꼭 그럴 것 같았다.

이런 환상이 나를 곧잘 백일몽에 빠져들게 했다. 나는 수업시간에도 멍하니 앉아서 온갖 공상에 빠져들었다. 무대는 주로 재판정이다. 내 앞에는 내가 사랑하는 여인이 누명을 쓴 채 앉아 있다. 나는 빽빽한 방청객 앞에서 말문을 열어나간다. 명쾌한 변호로 그녀의 무죄를 증명한다. 혹은 수많은 군중 앞에서 나는 한 여자에게 큰소리로 사랑고백을 한다. 사람들이 둘러선 채 킥킥거려도 나는 굴하지 않고 사랑고백을 한다. 여인은 물론 웃던 군중도 내 열정적인 고백에 감동을 해서는 웃음을 거두고 황홀한 표정을 짓는다. 언제나 내 공상은 말을 매끄럽게 하는 걸 중심 테마로 해서 수없이 변주해나왔다.

돌이켜보면 그 시절 나한테는 두 가지 술책이 존재했다. 환상과 최면. 훗날 개둥이를 알게 되기 전까지 나는 언제나 이 양극단을 오락가락했다. 어느 순간 갑자기 도약할 것 같은 환상을 꿈꾸며 공상에도 빠져보고, 시도 외어보고, 희곡도 읽어본다. 아무리 그래도 현실에선 아무것도 변하지 않으니까 자주 차단막을 내린다. 그건 남녀 사이에서 차일까봐 먼저 차는 것처럼 자신 없는 자의 가녀린 몸짓에 불과하지만 나는 그걸 인정하기 싫었다. 따라서 스스로에게 최면을 건다. 나는 남과 다르다, 내 말더듬은 조숙의 징표이다. 비록 아비 때문에 처음 말을 더듬었을지라도, 내 말더듬의 본질은 예민한 감수성이다. 저들의 말을 보라. 희희낙락하는 저들의 말을 보라. 얼마나 보잘것없는, 얼마나 쓸모없는 말들의 홍수이냐. 나는 말을 더듬어서가 아니라 침묵의 고귀함을 일찌감치 알았을 뿐이다. 아무렴, 내가 포도를 먹지 않은 건 따기 힘들어서가 아니라 시어 터져서였다.

그 시절, 아마 음악에 대해 열정을 쏟은 것도 다 그런 것으로 이해해야 마땅하리라. 그렇다, 나는 나를 드러낼 수 있는 것으로 음악을 택했다. 중·고등학교 시절 나는 학교를 주욱 강남에서 다녔는데 그 당시 강남에는 부동산 개발 붐을 타고 땅값이 오른 탓에 토박이 신흥 졸부들도 있었고, 강북에서 좀 산다는 사람들도 공기 좋은 곳이라며 하나둘 이주해온 탓에 외지 갑부들도 제법 되었다. 당시야 미팅 나가서 취미를 얘기할라 치면 열에 아홉은 독서 아니면 음악 감상이라고 대답할 만큼 별다른 오락거리가 없기도 없었지만 우리 학동고는 특히 방귀깨나 뀌는 집안 자식들이 많았다. 음악 열풍이 불자 각자들 경쟁적으로 LP는 물론 원판을 사들였고, 다들 엄청난 음악적 지식을 자랑해 마지않았다. 우리는 수입 오디오나 희귀한 레코드나 혹은 먼저 구독한 월간 음악잡지의 내용을 가지고 툭하면 앞다투어 뻐기기를 잘했다.

나에게 음악 감상은 나도 이만큼이나 섬세하고 복잡한 감성의 소유자라는 걸 보여줄 수 있는 손쉬운 방편이기도 했지만 그것만이 다가 아니었다. 노래는 내게 휴식이었고, 삶을 버팅기게 하는 피난처였다. 그건 내가 처음 음악을 접하게 된 계기부터가 그랬다. 구타 뒤에 나오는 아비의 그 흥얼거림, '사랑이 무어냐고 물으신다면'이 싫어서도 나는 곧잘 내 방에 처박히곤 했다. 처음엔 이불을 뒤집어썼다가 어느 순간부터는 헤드폰을 꼈다. 헤드폰을 끼는 순간, 나는 외부로부터 완벽히 단절되었다. 헤드폰만 끼면 원하는 소리를 언제고 들을 수가 있었고, 혼자서 얼마든지 즐거울 수 있었기에 아비의 노랫가락이 들려오지 않아도 나는 자주 헤드폰을 쓰기 시작했다. 처음에는 FM 라디오를 듣다가 금방 팝송에 빠져들었고, 중1 때 처음 스모키 판을 사들이는 걸 시작으로 그때부터 과도한 열정으로 레코드판을 모아댔다.

어머니는 용돈을 넉넉하게 준 편이지만, 워낙에 판값이 많이 들어가는지라 나는 용돈 말고도 갖가지 명목으로 돈을 타냈다. 나중에는 급기야 야간 자율학습 시간의 끼니도 걸렀고, 참고서며 책값도 죄 판을 사는 데 소비해야 했다. 이른바 '빽판'이라 불리는, 한 장에 육백 원씩 하는 해적판을 사기 위해 주말마다 세운상가를 순례하기도 했다. 그 순례를 고교 시절 내내 감행했던 건 빽판 값이 싸기도 하려니와 라이선스로 발매되지 않는 숨은 명반이 빽판으로 곧잘 찍혀 나온 때문인데, 물론 거기에는 판 말고도 플레이보이 같은 잡지나 포르노 비디오테이프가 지천으로 깔린 탓도 무시할 수 없었다.

얼마 뒤부터 나는 세운상가를 벗어나서 더욱 영역을 넓혀나가기 시작했다. 그때 내게 음악은 즐거움도 되었지만 도달해야 할 고지이기도 했다. 어떤 어려운 음악을 참고 들으면 오늘 하루를 치열하게 산 것처럼 충만했고, 그렇게 참고 듣다 난해한 음악들이 귀에 익자면, 나 자신이 그만큼 정신적으로 부쩍 성장한 듯이 여겨졌다. 그래서 나는 영어단어를 하루에 열 개씩 외우듯 날마다 어떤 의무감처럼 시간을 정해놓고 음악을 들었다. 또한 나는 원판을 구하러 광화문이나 이태원 등지까지 원정을 나갔다. 당시 원판 거래 자체가 불법이던 시절, 이태원 카페 '그린 하우스'에 가면 서영춘을 닮은 삐쩍 마른 주인이 우리를 카페 안쪽 주방을 지나 컴컴한 골방으로 안내하곤 했다. 빨랫줄이 삐죽이 나와 있는 그 골방의 바닥 문을 들어젖히면 지하로 통하는 계단이 나왔다. 허리를 굽혀 계단을 내려가면 사람 서넛 앉을 만한 쪽방이 나왔는데, 거기에는 차곡차곡 쟁여진 원판이 가득했다. 방 안 가득 빽빽한 그 원판을 보자면 우선 그 수량에 압도되어 나는 가슴이 벅차오르곤 했다.

그 밖에도 가끔씩 나는 개둥이와 함께 원판을 구하러 미군이 있는 평택이나 동두천까지 갔다. 그곳에는 미군들이 듣던 중고 원판을 수집하여 비싼 값에 되파는 가게가 있었다. 이렇게 고생고생해서 희귀한 원판이라도 구하는 날이면 나는 그렇게 뿌듯할 수가 없었다. 그 원판을 처음 들을 땐 꼭 SK 최고급 클래식전용 테이프로 녹음을 해두었고, 다음번 들을 때도 당연히 테이프로 들었고, 누군가 그 원판에 대한 소문을 듣고 고개를 조아리며 두 번 세 번 거듭 부탁을 해오면, 그제야 마지못해 원판을 꺼내어 대단한 은사라도 베풀듯 녹음을 해주었다.

이렇게 지나치게 음악을 듣고, 레코드판 수집에 광적으로 몰두하고, 과도하게 이 모든 것에 대해 의미를 부여하다보니 음악은 점차 취미를 넘어서서 인간의 등급을 매기는 서열화로 굳어졌다. 나는 모든 인간을 그가 듣는 음악으로 판단했다. 나는 그 당시 가요를 듣는 사람을 제일로 경멸했다. 그중에서도 트로트는 사랑이 무어냐고 물으신다면, 하면서 아비가 노상 흥얼거려서 싫기도 하려니와 그 리듬과 가사와 곡의 분위기가 꼭 어른들이 방석집에서 젓가락 두들기며 부르는 노래 같아서 특히나 마뜩잖았다.

기본적인 음악적 소양 없이 다들 라디오를 통해 처음 팝송의 세례를 받은 데다, 무조건 서양 문화는 떠받들고 우리 문화는 내려보는 풍조가 사회 전체적으로 만연할 때여서 나뿐만 아니라 대부분의 아이들도 팝송이나 클래식은 들어도 가요나 국악 따위는 어딘지 고루하고 시답잖은 것으로만 여겨져 거들떠도 안 보았다. 때문에 떠버리 개둥이가 미팅에서 여자가 전영록을 좋아한다는 말을 듣고 그 애가 어찌나 한심하게 보이던지 미련 없이 자리에서 일어났다고 반 아이들에게 침을 튀길 땐 나 역시도 구석자리에서 그럼 그럼 고개를 끄덕였다.

하루는 우연히 다락에 올라가보니, 한쪽에 꽤나 많은 양의 레코드판이

처박혀 있는 게 눈에 들어왔다. 레코드판은 아비가 젊을 때 모은 모양인데 하나같이 먼지가 수북했다. 몇 장 뒤적거리니 폴 앵카도 나오고 카펜터스도 보였다. 어휴 한숨이 터져나오는데, 양희은도 나오고, 최병걸까지 등장해서 나는 발굴을 중지했다. 나는 집 안 앨범에서 아비가 기타를 둘러멘 사진이 있다는 걸 기억해냈다. 그러나 살아오면서 아비가 기타를 치거나 판을 사오는 적은 없었다. 아비의 젊은 시절이야 너도나도 통기타 하나쯤 치던 세대이니 아비가 한때나마 음악에 빠질 수도 있으려니 싶었으나, 나는 괴물 같은 아비에게도 그런 시절이 있었다는 게 신기할 따름이었다. 그때 한참 프로그레시브와 하드록에 빠져 있던 나로서는 그런 구닥다리 팝에는 흥미가 없어서, 더구나 케케묵은 가요 판을 보고는 사랑이 뭐냐고 흥얼대는 아비 수준이 뻔하지 무얼, 하며 밑으로 내려갈 판을 한 장도 추리지 못하고 결국엔 그대로 먼지를 쓰게 내버려두었다.

지금도 아쉽다. 만약 내가 좀 더 편견 없이 음악을 들었다면 어땠을까? 한번 들어나보자고 판을 걸고, 노래를 들은 뒤엔 왜 이런 후진 음악을 듣냐고 용기를 내서 아버지에게 말을 붙여보았다면? 그런 걸로도 인생의 항로가 바뀔 수 있었을까? 모르겠다. 다만 하나의 기회를 놓쳐버렸다는 생각은 든다. 우연이 아닐 수도 있는 기회를. 지나온 시절에 가정은 부질없지만 가끔 그런 생각이 든다.

해가 바뀌어 고3이 되었다. 학동고에 독어 문과는 딱 세 개 반이었다. 한 반이 육십 명이니 2학년 같은 반 아이들이 3학년으로 또다시 묶일 확률이 삼 분의 일이었는데, 대진 운은 좋다 말았다. 개둥이와 같은 반이 되어 기뻤지만 은기가 합류한 건 죽을 맛이었다. 은기는 고3이 되고도 여전히 학기 초부터 상납을 강요해왔다. 그리고 은기는 개둥이가 너스레를 떨지도 않고, 이제 순순히 주머니를 벌려 보이는데도 다시금 괴롭히기 시작했다. 괴롭힘은 더욱 교묘해졌다. 전처럼 교실 안에서 손을 보는 게 아니라 밖으로 불러내는 거였다.

집단적인 린치를 당한 개둥이는 번번이 곤죽이 되어서 들어왔는데 이때의 개둥이 모습은 내 눈에 언제나 새로웠다. 지난해 처음 맞을 무렵, 그때 그는 치기와 허세가 있었고, 어디 누가 이기나 해보자는 오기도 보였다. 그러나 이때의 개둥이는 피곤한 모습이었고, 맞는 데 힘겨워하는 꼴이 역력했다. 은기가 부르면 그도 두려움에 가득 찬 눈망울로 끌려나갔다. 그러나 개둥이는 아무리 떡이 되도록 맞아도, 교실 문을 드르륵 열고 들어왔다. 절뚝이는 걸음걸이일지라도 침착히 자기 자리에 가서 앉았다. 옆의 아이들이 건네주는 휴지로 흘러내리는 코피를 닦고, 찬찬히 입술을 훔쳤다. 나는 그 장면을 볼 때마다 이상하게 감동했다. 그건 허세였지만 허세만은 아니었다. 살면서 저런 허세도 가끔은 필요하겠구나, 생각이 들 만큼 그의 허세에는 어떤 고귀함이 섞여 있었다.

나도 개둥이처럼 되고 싶었다. 아무리 아찔한 높이일지라도 중심을 잡고 침착히 난간을 걷는 개둥이처럼 나도 대범할 수 있었으면 싶었다. 아무리 몸에서 피가 흘러도 두려움 없이 꿋꿋하게 맞을 수 있기를 바랐다. 아비 앞에서는 어머니를 놔두고 자주 도망쳤지만 이번만은 도망치지 않기를 바랐다. 그건 묘한 이율배반적인 것이었다. 개둥이와 어울려 다니면 맞을지도 모른다는 두려움이 들었고, 한편으로는 개둥이처럼 장렬하게 떡이 되도록 맞고 싶기도 했다.

이런 상황은 빨리 왔다. 초봄의 어느 날, 내가 개둥이랑 방과 후에 집에 가는데, 골목 어귀에서 몇몇의 무리가 우리를 불렀다. 은기를 비롯한 밴드부원들이었다. 개둥이가 먼저 다가갔다. 쟤는 보내줘. 그 말이 끝나기가 무섭게 주먹이 날아들었다. 그날 개둥이는 아직도 시건방을 떤다고 된통 맞았다. 그리고 나 역시도 개둥이만큼은 아니지만 어지간히 묵사발이 났다.

그날 나는 담뱃불로 발등을 지진 채, 나이키 신발을 뺏긴 채, 입술이 터진 모습으로 귀가해야 했다. 집에 와서 나는 조막만한 손거울로 내 얼굴을 비춰보았다. 흉했다. 온통 흙이 묻고 피가 나고 부어올랐대서가 아니었다. 내 얼굴은 살이 쪄서 피둥거렸다. 나는 멍청하고 미련해 보였다. 눈알만이 반짝였는데 그건 총명함이 아니라 겁에 질려서, 언제나 눈치를 살피느라 희번덕거리기에 생겨난 그런 광채였다. 여드름은 이제 울퉁불퉁 얼굴을 가득 덮었고, 이마에는 벌써 옅은 주름이 한 가닥 그어지고 있었다. 나는 이런 밉상의 얼굴이 나라는 게 당연하다고 생각했다. 나는 나를 좋아할 수 없었다. 벌써부터 내 마음은 개둥이와 다닐 일을 까마득하게 여기고 있었다.

그 사건이 있은 지 며칠이 지난 어느 일요일 저녁나절, 개둥이는 전화로 나를 불러냈다. 나는 개둥이와 함께 아파트 옥상으로 올라갔다. 그 봄날 저녁, 우리는 소주병을 가운데 놓고 앉았다.

"너까지 그렇게 맞을 필요 있겠냐, 이젠 따로 다니자."

개둥이의 말에 와락 반가움이 밀려들었다. 무슨 그런 소리를 하느냐고 말하고 싶었지만 내 입에선 그 말이 나오지 않았다. 개둥이는 소주를 한 모금 마셨다. 지금 이 순간 개둥이는 활력이 있어 보이지도 않았고, 도도해 보이지도 않았다. 그 역시도 밴드부라는 우악스런 집단의 손아귀에 숨이 막혀 하는, 나와 똑같은 아이였다.

도심 건물 뒤로 지는 해가 마지막 안간힘을 토해내는 중이었다. 하늘

한쪽에 걸린 구름도 불그스름하게 젖어서 흘러가고 있었다. 몇 마리 새들이 노을빛 하늘을 가로질러 유유히 날아갔다. 아파트 건물 아래 놀이터엔 젊은 여자 둘이 배드민턴을 치는 게 보였다. 주위 풍경은 평온했다. 나는 이제 저 평온의 세계에 합류할 수 있지만 개둥이는 어쩔 것인가. 나도 소주를 입으로 가져갔다. 좀 사이를 두고 다시 한 모금을 마셨다.

개둥이가 가방에서 워크맨을 꺼냈다. 이어폰 한쪽을 자기 귀에 꽂더니 나머지 한쪽을 내게 내밀었다. 피아노 소리가 들렸고, 드럼이 뒤를 받치더니 이윽고 새가 지저귀는 듯한 일렉기타음이 흘러나왔다. 레너드 스키너드의 〈프리 버드〉였다.

"이프 아이 리브 히어 투마로우, 우드 유 스틸 리멤버 미."

개둥이가 큰소리로 노래를 따라 불렀다.

"만약 내가 내일 여길 떠난다면 당신은 나를 기억해줘요. 뭐 이런 뜻인가, 젠장."

개둥이가 중얼거렸다. 소주병을 기울이더니 고개를 들어 무심히 하늘을 쳐다봤다. 나 역시 그를 따라 고개를 들었다. 〈프리 버드〉의 그 기타 속주음처럼 삶을 그렇게 열정적으로 살아갈 순 없을까? 문득 나는 그런 생각이 들었다. 세상에는 이런 노래를 만들고, 이런 노래를 부르고 연주하는 사람도 있는데 왜 나의 삶은 이렇듯 구질구질하고 비참하기만 한 걸까? 지금까지의 내 인생을 나는 어떻게 보내온 걸까? 오늘날까지 내 의지대로 당당하게 행한 일들이 과연 얼마나 있었던가? 말더듬을 회피하고자 언제나 버둥대는 나날이었고, 어머니를 놔두고 그리고 지금은 개둥이를 버리고 도망치는 삶이지 않나.

"이 노랜 기타도 죽이지만 보컬인 로니 반 잰트의 목소리도 참 매력적이지 않냐. 힘들이지 않게 부르면서도 무언가 묘하게 사람을 끌어들이잖아?"

개둥이가 물어왔다.

"그그 그렇긴 한데, 좀……"

"좀 뭐?"

"노래 내용이 그그 그렇잖아. 난 이제 새처럼 자유롭다, 이 새를 다다 당신도 어어 어쩔 수 없다, 뭐 그그그 그런 거잖아."

"근데?"

"비비 비행기 추락사고로 보보 보컬이 죽고, 그 추추 충격으로 밴드가 해산했잖아. 노래 가사대로 새새 새처럼 자유롭게 되었다고 마마마 말들 이 많았잖아."

"누가 그걸 모르냐."

개둥이가 나를 빤히 바라보았다. 그의 얼굴이 붉게 상기된 게 단지 술 기운만은 아닌 것 같았다. 그가 피우던 담배를 옥상 아래로 집어던졌다. 어둑발이 내리는 가운데 담배꽁초의 빨간 불씨가 여리게 금을 그으며 떨어져갔다. 나는 그가 자유를 갈망하는 새처럼 느껴졌다. 개둥이는 과 연 자유로이 삶을 살아갈 수 있을까. 은기의 손아귀에서 벗어날 수 있을 까? 고3을 넘기려면, 앞으로도 반년은 더 있어야 하는데. 그런데 왜 옥 상에서 지금 이 노래를 듣는 것이지? 옥상 난간을 걷다가 갑자기 새처럼 그가 공중으로 확 몸을 던질 것 같은 예감이 들었다.

워크맨 커버 투명유리를 통해 유심히 보니 테이프는 개둥이 자기가 즐겨 듣는 노래만을 따로 녹음한 거였다. 이 순간, 하필 왜 〈프리 버드〉 가 걸렸을까? 노래 가사도 불길했지만 타이밍이 어딘지 공교로웠기에 나는 심란하기만 했다. 예전부터 그에게 어떤 자기 파멸적인 모습을 느 끼긴 했으되 한 번도 그가 자살하리란 생각은 해본 적이 없었기에, 지금

든 생각은 더욱 생급스러웠다. 나는 그 생급스러움이 싫어서 서둘러 고개를 내저었다. 그렇지만 한번 든 불길한 생각은 나를 붙잡고 놓아주지 않았다. 스스로의 목숨을 끊는 일까진 안 가더라도, 스스로의 삶을 파멸로 내모는 어떤 짓만큼은 그가 꼭 감행할 것만 같았다. 어둠이 짙어지니 스산한 느낌은 더욱 몰려들었다. 〈프리 버드〉는 십 분이 넘는 대곡이었다. 노래가 끝날 때까지 나는 한마디도 하지 않았다. 개둥이도 입을 열지 않았다.

교실에서도 특별히 개둥이와 친한 척을 하지 않고 하굣길도 따로 가는 덕분에 나는 무사했지만 개둥이는 그렇지가 못했다. 여전히 은기에게 불려가 괴롭힘을 당했다. 넘쳐나는 그의 활력은 점차 사그라들었다. 그렇게 잘 떠들던 녀석이 차츰 웃음을 잃어갔고, 말수도 눈에 띄게 줄어갔다. 교실에서는 아무도 개둥이 주위로 다가가지 않았다. 개둥이가 밴드부에게 완전히 찍혔다는 건 이제 모르는 애들이 없었다. 도대체 은기가 어떻게 손을 썼는지 모르겠는데 얼마 뒤에 보니 그는 레드문에서도 떠밀리듯 나왔다.

우울한 나날이었다. 은기 때문에 받는 스트레스는 물론, 고3이 주는 압박감도 무시 못했다. 그런 데다 나는 그즈음 한 가지 더 미묘한 일을 맞이했다. 그건 집 안의 변화된 역학관계였다. 어머니의 반란. 밤낮 무력하게 뚜드려 맞던 어머니가 아비에게 차츰 반격을 가해왔던 것인데, 나로선 응당 쌍수를 들어 환영할 일이나 그게 그렇지가 못했다. 어머니를 응원하면서도 내 마음 한편에서는 어머니의 상태가 조금씩 염려되었다. 어머니의 반항에서 일종의 광기가 엿보인 때문이었다.

아비의 폭력에 도피처를 찾기 위해서인지 어느 날부터인가 어머니는 교회를 다녔다. 일요일이면 말끔한 정장 차림을 한 채 어머니는 한껏 경건한 표정으로 앞가슴에 성경책을 끼고 집을 나섰다.

얼마 안 가 어머니는 장로가 되었고, 이따금씩 교회 사람들이 우리 집으로 찾아오기도 했다. 그들은 아비가 없는 시간에 우르르 몰려와서는 찬송가를 부르고, 중간중간 커피를 마시고, 다시 찬송가를 부르고, 아비의 이름을 부르면서 그는 지금 자신이 무슨 일을 하는지도 모르옵니다, 주님 그 사람을 용서하소서, 암흑 속을 헤매는 어린양에게도 주님 축복과 은혜를 내려주소서, 짬짬이 기도를 바쳤는데, 그럼에도 아비의 폭력은 전혀 수그러들지가 않았다.

아마도 그래서이겠지만 어머니는 갈수록 교회에 빠져들었다. 새로 맞춘 안경을 찾아 쓰며, 색색의 사인펜으로 수없이 밑줄까지 그어가며 성경책을 탐독했고, 이윽고는 십자가를 몰래 장롱 속에 숨기고서는 아비가 없는 틈이면 그걸 꺼내놓고 기도를 바쳤다. 뿐만 아니라 어머니는 혼자서 찬송가를 불렀고, 아비가 집에 없을 땐 지겹도록 찬송가 테이프를 틀어댔다. 특히 어머니는 나 가나안 복지 귀한 성에 들어가려고 하는 곡이나, 혹은 내 주여 뜻대로 행하시옵소서 하는 노래를 즐겨 들었는데, 어머니는 지금의 고통도 주님의 뜻이라 이 시련을 참고 견디면 언젠가는 가나안의 땅에 들어가려니 여기는 것 같았다.

찬송가는 각국 민요를 개사한 곡도 있고, 낯익은 가락도 많아서 대개는 금방 곡조가 귀에 익었는데, 그러나 워낙에 자주 듣다보니 나는 그게 그렇게 지겨울 수가 없었다. 기도도 마찬가지였다. 어머니의 기도는 길고도 길었다. 어머니는 한번 기도를 시작하면 무릎을 꿇은 채 입속말로 웅얼웅얼 읊조리며 서너 시간을 바쳤다. 아무리 염원을 담은 절절한 기도라지만, 다리가 저려서라도 화장실에 가기 위해서라도 한 번은 쉴 법

한데, 어머니의 기도는 시작하면 멈춤이 없었고, 중간중간 주님이니 악마니 사탄이니 하는 말들을 날카롭게 외쳐댔다. 마루에 있어도 그 소리가 들릴 지경이었다. 가만 귀기울여보면 그건 아비의 단죄를 바라는 간청이다가, 아비의 용서를 구하는 호소였다가 다시 아비에 대한 저주로 돌변하곤 했다. 기도가 고비에 이를 때면 어머니의 얼굴은 시뻘겋게 상기가 되었고, 목덜미에는 심줄이 불거져나왔다. 아비를 향한 저주가 얼마나 간절한지 어머니는 음성까지 변했다. 평소보다 낮고 갈라진 소리를 냈고, 금방 숨이 넘어갈 듯 가슴에선 가르릉가르릉 가래마저 끓었다.

기도가 끝나면 어머니는 방바닥에 엎드린 채로 일기를 썼다. 두꺼운 대학노트에 깨알 같은 글씨로 빼곡하게 적어나갔는데, 쓰기를 마치면 누가 볼세라 어머니는 그 일기장을 장롱 깊숙이 숨겨놓았다. 호기심에 나는 어머니 몰래 그 일기를 뒤적여보기도 했다. 예상했던 바지만 일기 역시 기도와 마찬가지로 아비에 대한 저주 일색이었다.

그러던 어느 날, 어머니는 거실 벽에 액자 하나를 가져다 걸었다. 유화로 그린 그림이었는데, 거기에는 벌거벗은 채 뒤엉켜 있는 남녀 위로 불벼락을 내리는 예수가 있었다. 뒤이어 내 방 벽에도 족히 오십 센티는 되어 보이는 길쭘한 구리 십자가가 걸렸다. 가시면류관을 쓴 채, 십자가에 못 박힌 예수의 얼굴은 고통으로 일그러져 있었다.

집 안의 이런 변화를 두고 볼 아비가 아닌지라 그림이 걸리면 그림을 내던지고, 십자가가 걸리면 십자가를 때려 부수는 난동을 벌였으나 며칠이 지나면 어머니는 다시 그림과 십자가를, 더욱 크고 요란한 그림과 십자가를 걸어댔다. 예수님이 후광처럼 든든하게 자기를 보호한다고 여기는지 이제 어머니는 맞아서 피를 흘리면서도 악을 써대기 시작했다.

"주님을 능멸하다니, 넌 반드시 지옥에 갈 거야. 이 원수. 내 인생을 망친 원수. 도대체 얼마나 나를 괴롭힐 거야."

아비는 그럴 때마다 더욱 매질을 가했으나 어머니의 어떤 섬뜩한 면을 느꼈는지 때리고 난 뒤엔 풀이 죽은 채로 물러앉아 있기만 했다. 아비는 어느 순간부터 그림이나 십자가를 허용하기 시작했다. 어머니가 처음으로 거둔 승리였다.

그런데 그즈음부터 나는 며칠에 한 번씩 주기적으로 악몽을 꾸었다. 꿈은 대개 비슷했다. 강도가 나에게 칼을 갖다대고 위협하는데, 도무지 말이 나오지 않는 것이었다. 안방 장롱 서랍에 패물이 있다고 말해야 하는데 으으으 더듬대기만 할 뿐이었고, 그러자면 짜증에 겨운 사내의 칼날이 내 목젖을 싸하게 눌러댔다. 그렇게 버둥거리다 깨게 되면 나는 목부터 만져봤다. 어둠 속에서 휘휘 둘러보면 커튼이 이상하게 신경 쓰였다. 커튼이 약간 펄럭이는 것 같다. 일어나서 확인해보면 창문은 꼭 닫혀 있다. 누워 보지만 잠은 오지 않는다. 아무래도 누군가가 방 안에 있는 것 같다. 음산한 기운이 어떤 흐릿한 덩어리로 방 한쪽에 웅크리고 있는 것 같다. 나는 불을 켠 채로 작게 음악을 들으며 아침이 오기만을 기다려야 했다.

아무래도 십자가를 건 뒤부터 이상하게 가위에 자주 눌린다고, 나는 제발 내 방에서 저 십자가를 치워주십사 부탁했으나 어머니는 요지부동이었다. 그게 다 사탄이 쉽게 물러나지 않으려 발악하는 증거라며, 그럴수록 심신을 다해 기도를 바치라고 나를 설득하는 것이었다. 너도 제발 에미를 따라 교회를 다니라고 외려 사정조로 나오는 거였다.

그 시절, 나는 자주 국사선생을 떠올렸다. 국사선생은 자칭 재야의 무당 연구가로, 미아리의 아무개 무당은 누구 제자인데 신내림을 언제 받았다는 둥 계룡산에서 오 년 산중기도를 끝내고 온 어느 무당은 쌀점이

기가 막힌다는 둥 최영장군을 모신 어느 무당은 지금 '신빨'이 떨어져 추
레한 생활을 한다는 둥 하는 수업과는 관계없는 이야기를 자주 해대서
우리한테 인기를 끈 선생이었다. 그가 무당 이야기를 꺼내면 아이들은
실없는 선생이 또 실없는 얘기를 한다며 실실대고는 지루한 수업시간을
면해보고자 일부러 이런저런 질문을 하여 선생이 이야기를 더 늘어놓게
했는데, 하루는 그가 또 이런 얘기를 해댔다.

"귀신이란 뭐냐? 귀신이란 죽은 사람의 영혼이 저승으로 못 가고 구
천을 떠도는 것이여야. 그게 사람 몸으로 들오는 걸 빙의라구 하는 것이
여야. 귀신이 있네 없네 말들이 많은데 그건 백날 떠들어두 답이 안 나게
돼 있어야. 사람 눈에는 원래 귀신이 안 보여. 근데 왜 귀신 봤다는 사람
이 계속 생기냐믄 그건 귀신의 눈으로 봐서 그래야. 다시 말해보믄 귀신
은 귀신 쓰인 놈한테는 보이구 귀신 안 쓰인 놈한테는 안 보이구 뭐 그
런 거여야. 풀어 말해보믄 누구 눈에 보이구 누구 눈엔 안 보이니 귀신이
있네 없네 백날 떠들어도 소용없어야. 그쟈. 정리하자믄 귀신 본 일이 있
다고 허는 사람은 귀신 봤다고, 신기한 체험했다고 너무 좋아들 말어야.
그건 내 몸에 귀신이 붙어서 그런 거니까."

나는 내가 어릴 적부터 가끔씩 멍한 상태에서 마음속으로 주고받는
문답이 어떤 귀신이 붙어서, 그 귀신이 그렇게 상대역을 해서 그런 게 아
닌가 싶었고, 같은 악몽을 되풀이해 꾸는 걸 보면 강도짓을 하다 죽은 영
혼이 나에게 붙은 게 아닐까 하는 생각이 들었고, 자다 깨보면 이따금씩
커튼이 흔들리며 십자가 주변으로 희멀건 게 어른거리는 까닭도 내가
귀신 붙은 눈으로 봐서 그런가 싶었고, 그 귀신이 다른 귀신을 자꾸 불러
들이는 게 아닐까 싶었고, 그렇게 자꾸 궁리를 거듭하자면 정말 내 안엔
귀신이 여럿 있나보다 하는 생각은 뚜렷해지게 마련이라 종내엔 오싹

몸까지 떨려왔다.

이런 고민은 누구한테 털어놓기도 뭣한 터라, 나는 정말이지 교회를 다닐까, 교회를 다니면 이런 귀신이 물러가나 한때는 심각히 고민해보기도 했는데, 어머니의 히스테리컬한 변화는 이런 내 맘을 싹 달아나게 했다.

어느 일요일 오후, 내가 음악을 듣고 있는데 교회를 갔다 온 어머니의 표정이 심각했다.

"이런 더러운 음악을 듣다니. 광철아, 얼른 그 판을 몽땅 버리자."

내 방에 들어선 어머니는 레코드판을 집어들었다.

"갑자기 왜 이래요?"

내가 말리려 들자 어머니는 내 뺨을 후려쳤다.

"이런 사탄의 음악으로 주님을 조롱하면 안 된다. 주님 앞에선 어떠한 죄도 숨길 수가 없어. 주님의 노한 음성이 네 죄를 찾아낼 게다. 어서 회개하자."

나는 어머니의 팔뚝을 잡고, 나중에는 어머니의 다리까지 부여잡으며 질질 늘어졌으나 소용없었다. 어머니는 먼저 방 안의 기타를 부숴버리더니 이윽고는 내가 모은 그 천 장 남짓한 레코드판을 마당에 집어던지기 시작했다. 한동안을 쉼 없이 내 방 창문을 통해 레코드판을 마당으로 마구 집어던졌다. 그러곤 마당으로 나가 앨범에서 일일이 레코드판을 꺼내더니 무참히 밟아댔다. 굽 높은 구두를 신고선 몇 시간이나 자근자근 밟아댔다. 잔디의 푸른빛을 거의 볼 수 없게끔 조각조각으로 부서진 레코드판의 잔해가 까맣게 마당을 뒤덮었다. 몇 시간을 짓밟던 어머니는 땀을 훔치면서 후련한 표정으로 마루에 들어왔다.

내가 망연자실 서 있자니 그제야 어머니는 시무룩한 표정을 지었다.

"애야, 미안하다. 에미가 잘못했다."

별안간 어머니는 마루에 주저앉아 아이처럼 엉엉 울기 시작했다. 그런 어머니를 보니 내 기막힘은 삽시간에 사그라들었다. 어머니가 그저 딱하고 가여웠다. 나는 어머니의 행동이 제정신에서 나온 게 아님을 알았다. 어머니는 음악이 마땅찮은 게 아니라 단지 발작을 한 거였다.

우리 집에선 선과 악이 분명한데, 누가 횡포를 부리는 자이고 누가 핍박받는 사람인지 뻔히 아는데 어찌 어머니를 이해 못하랴. 어머니는 악의 무리, 사탄의 무리와 힘겹게 싸움을 벌이는 중이었다. 사탄은 술을 마시고 함부로 폭력을 휘두르지만 선은 힘겹게 그걸 버티고 있었다. 어머니의 위로와 원군은 교회밖에 없었다. 나는 그림과 십자가를 내걸고, 듣는 음악까지 간섭하는 어머니의 그런 광신을 이해해야 한다고 생각했다.

기타가 부서진 건 별로 아까울 게 없었다. 워낙에 개둥이가 기타를 잘 치니까 나는 기타란 악기가 별로 어렵지 않나보다 하는 착각에 젖어 혼자 책 보고 배우려 몇 달을 뚱땅거렸지만 폼 나게 치려면 까마득한 노력이 필요하다는 걸 알게 된 즈음이라 슬슬 기타 연습이 시들해지던 때였다. 그러나 그간 공들여 모은 판이 산산이 부서진 건 정말이지 말도 못하게 아까웠다. 어머니의 손길에서 벗어나 온전히 내 방에 남아 있는 게 이백 장도 채 안 돼 보였다. 그렇지만 그날을 기점으로 어머니는 확실히 변했다.

십자가를 부수면 매달고 부수면 매달고 하는 식으로 이미 미약한 저항의 조짐이 보이긴 했지만 어머니는 이제 적극적인 반항을 시도했다. 같이 맞받아서 고함도 치고, 악도 쓰고, 아비가 매를 들면 아비의 팔을 잡고 늘어졌고, 어느 때는 같이 머리끄덩이를 잡고는 죽어라고 흔들기도 했다. 어머니의 체구가 아무리 억세도 여자인지라 시간이 흐르다보면 아비의 주먹에 뻗게 되고, 요년 봐라 하면서 더욱 무지막지한 매를 불러오기도 했으나 어머니의 저항은 멈추지 않았다. 테니스 채가 좋은 매질 도구가 되자 테니스 채도 다 분질러놓고 아비가 돈을 달라면 없다고 거침없이 맞받아쳤고, 어느 때는 먼저 아비에게 욕설을 퍼붓기도 했다. 도대체 그런 힘과 기운을 왜 지금까지 숨기고 있었는지 나는 신기할 정도였다.

이년이 미쳤나, 아비가 이렇게 뇌까리면 어머니는 정말이지 미친 사람처럼 굴었다. 묶은 머리도 풀어서 길게 늘어뜨리고는 더욱 앙칼지게 나왔다.

"그래, 난 미쳤어. 니가 잠들어 있을 때, 어느 날 난 니 가슴을 부엌칼로 푹 쑤실 거야. 푸욱 쑤실 거라고, 호호호호……"

이러면 결국 아비는 주먹을 날렸고, 다시 집 안은 포염에 휩싸였다. 완력으로 하면 종국에는 언제나 아비가 승리했지만 그건 예전의 전과와는 달랐다. 아비는 승리 뒤에도 거실에서 술잔을 기울이는 법 없이, 노랫가락을 흥얼거리는 법 없이 조용히 방으로 들어갔다.

그런 날이면 나는 어둠 속에서 뒤척였다. 이제 전세가 역전되려 하는지라 즐거워해야 함에도 마음이 무거웠다. 니 가슴을 푸욱 쑤실 거라고 호호호호…… 어머니의 악에 받친 소리가 귓전에 울렸다. 퍼붓던 어머니의 저주가 실제로 형태를 갖추어 다가오는 듯했다. 그러다가 마침내 마루가 삐걱거리는 소리가 나면, 그건 물론 순영이가 새벽에 화장실에 가거나 노망기 탓에 식탐을 부리는 할머니가 냉장고를 뒤지러 가는 소리였건만 나는 와락 움츠러들었다. 어떤 음산한 기운이 내 방 주위로 뭉클뭉클 연기처럼 몰려드는 것 같았다. 내 안의 귀신이 어떤 사악한 기운을 불러들이는 것 같았고, 바로 그 사악한 기운이, 갈수록 아비를 정신이상자로 몰아가고, 어머니도 반쯤 미치게 한 그 사악한 기운이 마침내는 나까지 감염시키려 다가드는 것 같았다. 내 잠은 이미 싹 달아났다. 멀거니

천장을 바라보다가 이윽고 나는 커튼을 의식하게 마련이었다. 내 방 커튼은 반투명의 흰색이었다. 유령 같은 빛, 소복 같은 빛, 전설의 고향에 나오는 귀신같은 빛. 안 본다고 하면서도 나는 기어코 고개를 돌려 보게 된다. 계속 본다. 분명 창문을 닫았는데도 커튼이 흔들리는 것 같다. 아니, 분명히 흔들린다. 무섭다. 커튼에서 눈을 떼고 싶지만 도무지 전신을 옴짝거릴 수가 없다. 불을 켤 수도 음악을 들을 수도 없다. 커튼이 좀 더 펄럭인다. 나는 이불을 뒤집어쓴다. 아, 그 음산한 기운이 기어코 들어왔다. 이불 위로 지그시 무게가 느껴진다. 사악한 기운이 내 몸을 타고 앉았다. 지금 내 안으로 들어오려는 거다. 그럴수록 나는 머리에서 발끝까지 이불을 여민다. 꽁꽁 여민다. 한 치의 틈도, 실낱같은 공기도 허용할 수 없다. 답답하지만 나는 견딘다. 날이 밝을 때까지 마냥 견딘다.

학동고에 몸담고 있을 동안에는 끝날 것 같지 않던 개둥이의 불행이 갑작스레 막을 내렸다. 은기의 돌연한 죽음 덕분이었다. 은기는 여름 방학의 마지막 날에 대호 아파트 옥상에서 뛰어내렸다. 뛰어내릴 때가 깊은 밤이라 그의 시신은 아침이 되어서야 발견되었다. 아파트 건물 아래가 흙바닥 화단이지만 하필 경계석에 떨어진지라 즉사였다. 늘 죽고 싶다는 말을 내뱉긴 했지만 어쨌거나 은기의 자살은 뜻밖이었다.
어찌나 그의 죽음을 환영했든지 우리의 혓바닥에서 그의 죽음은 '뜻밖'에서 필연으로 슬그머니 바뀌었다. 새삼 복잡한 그의 집안사도 도마에 올랐다. 바람이 나서 도망간 어머니와, 알코올중독으로 날마다 술만 퍼마시는 아버지와, 교도소에 있는 형과, 가출해서 소식도 알 수 없는 누나 이야기가 나왔다. 이런 콩가루 집안이니 은기가 죽을 수밖에 없지 않느냐며 아이들은 혀를 찼다. 몇 번의 자살시도를 한 그의 이력도 결국 뒤질 만하니까 뒈졌구나 하는 우리의 생각을 부채질했다.

"새끼, 왜 대호아파트에서 뛰어내렸을까?"

"왜긴, 거기가 학교 주변에서 제일 높은 건물이잖아. 그 새낀 아마 일부러 거기 찾아갔을 거다. 떨어져 죽는 것도 높은 데서 후까시 잡으며 떨어지려고."

"젠장 차라리 학교 옥상에서 뛰어내리지. 이렇게 유서라도 한 장 써놓고. 선생 놈의 새끼들이 하도 패고, 교련 사열 받기 싫어서 이 땅을 떠난다우. 히히 그럼 교육부에서 감사도 나오고, 잘하면 지겨운 마징가의 교련 사열도 빼먹을 수 있잖아. 망할 자식, 그렇게 골로 갈 걸 돈은 왜 그리 악착같이 뜯었는지."

"그 새끼 예전에 손목도 여러 번 그었다며. 어차피 죽을 새끼였어. 그나저나 그 새끼도 좆나 삐리다. 방학 마지막 날에 떨어질 건 뭐냐. 빙신 새끼, 학교 가기 싫으면 가출이나 하든가. 아니지 가출하면 또 밖에서 겁나게 뜯었을 거 아냐. 어휴, 잘 뒈졌다 잘 뒈졌어."

그래도 한 반의 인연이라 개둥이와 나는 은기의 장례가 치러지고 있는 병원에 갔다. 영안실은 썰렁했다. 문상객이 아무도 없었다. 영정 아래로 국화꽃이 서너 송이 놓였는데, 까만 양복에 삼베 완장을 덜렁 두른 큰아버지라는 위인이 무척이나 따분한 얼굴로 우리를 맞이할 뿐이었다. 우리는 절을 했다. 아무도 없는데 우리만 앉아 있기도 뭣한 일이라 개둥이와 나는 바로 영안실을 나왔다. 어딘지 허전했다. 나오지도 않는 눈물을 짜내며 억지로 곡을 할 수야 없었지만 넙죽 절만 하는 것으로 죽은 이를 떠나보낸다는 게 어쩐지 못할 짓 같았다. 개둥이도 나와 같은 심정인가 보았다. 병원 문을 나서자니 그가 말했다.

"아무래도 한잔 마셔야겠다."

우리는 묵묵히 거리를 걸었다. 햇빛이 강했다. 바람도 전혀 불지 않았다. 늦더위가 기승을 부린 탓에 거리엔 행인들도 별로 보이지 않았다. 가로수와 보도블록과 건물들이 강한 햇살 아래에서 조용히 말라가는 듯했다. 도로를 달리는 차량의 소음마저 허공에서 바로 아지랑이처럼 기화되는 것 같았다.

"느그들 공부하기 싫다고 자살하거나 그러지는 말어야. 자살한 영혼들은 저승엘 못 가고 구천엘 떠돌아야. 천도해줄 인연을 만나지 못하면 그 떠도는 시간이 말도 못하게 길어야."

나는 문득 국사선생의 말을 떠올렸다. 구천이란 어디일까? 잘은 모르겠지만 지상과 하늘 사이의 어디쯤일 터이니, 아마 은기의 영혼도 지금 저 허공을 맴돌고 있을지 몰랐다. 그늘 한 점 없는 허공이라 내리쬐는 햇볕에 꽤나 힘들어할 것 같았다. 처음으로 나는 그가 안되었다는 생각이 들었다.

우리는 인근 대학가의 막걸릿집에 들어갔다. 개둥이는 말없이 막걸리를 서너 대접 연신 들이켰다.

"그래도 사람이 죽었는데 어떻게 그리도 다들 대놓고 좋아하냐. 단 며칠 슬퍼하는 척이라도 하지."

한참을 말없이 앉아 있던 개둥이가 이윽고 다시 말문을 열었다.

"은기 그 자식도 참 한심하긴 하다. 삥이나 뜯고, 주먹이나 휘두르고, 아이들한테 손가락질이나 받고. 왜 반항하는지도 모르면서 반항이나 일삼고."

평소와 달리 개둥이는 술 몇 잔에 취한 것 같았다.

"아니, 세상 사람들 모두 다 그렇지 않냐. 왜 사는지 모르면서 살고, 그냥 눈뜨니까 하루를 보내고, 그렇게 멍청히 살다가 언젠가는 죽음을 맞이하겠지. 넌 왜 사냐. 음악? 씨발, 음악이 정말 그렇게 대단한 거냐?"

"그그 그래도 대학은 가봐야지. 대대 대학가요제두 나가보려면……"

"야, 가요제 출신 중에 제대로 된 놈이 누가 있냐. 넌 내가 쿵짝쿵짝 송골매처럼 되길 바라냐."

"기기 김수철두…… 이이이 일곱 색깔 무지개."

"그게 기타냐. 그 정돈 사흘이면 친다 새꺄. 난 대학 안 가두 실력으로 음악 할란다. 진정한 예술은 체험에서 나오지, 다양한 체험. 넌 대학 가라. 난 그냥 방랑하며 이리저리 떠돌란다."

개둥이는 눈가가 벌게진 얼굴로 연신 술을 들이켰다.

"씨발, 근데 은기 그 새끼는 어젯밤에 왜 꿈에 나타나냐."

2
신은 편지를 흘린다

나는 서울 인근의 대학에 입학했다. 학교까지는 버스와 전철을 갈아타도 두 시간이나 걸렸다. 파당파당 놀다가 막판에 공부한 결과로 이만하면 괜찮다고 자위하기도 했지만 무엇보다도 두 시간이란 점이 흡족했다. 집에서 멀다는 핑계로 나는 하숙을 했다. 돈은 어머니가 매달 부쳐주었기에 나는 집에 들를 일이 거의 없었다. 방학을 맞이해서도 도서관에 다녀야 한다는 핑계로 계속 하숙집에 머물렀다.

오랜만에 집에 가보면 거실에는 매캐한 화약 냄새가 감도는 듯했다. 화분이 깨져 있거나 믹서기가 뒹굴거나 바둑알이 굴러다니거나 유리창이 박살나 있었으며, 어머니는 눈가가 멍들어 있거나 입술은 피딱지가 져 있었는데, 전과 다른 점은 그런 외상이 아비한테서도 발견된다는 거였다. 어머니와 아비의 치고받는 싸움은 더욱 살벌해진 것 같았다. 그건 어머니의 반항이 좀 더 격렬해졌다는 의미이기도 했다. 나는 그걸로 전투에서 물러앉은 스스로에게 면죄부를 발급했다. 어머니의 독립투쟁이 나날이 거세지니 머잖아 아비를 몰아내려니 싶었다. 더구나 어머니는 경제권을 쥐고 있었다. 생활 능력이 없어서 억지로 결혼생활을 유지하는 여느 여자와 달리 이제 자식도 다 컸겠다 맘만 먹으면 어렵잖게 이혼할 수도 있을 터였다.

"엄마, 이제 갈라서. 그 인간하고 뭐하러 살아?"

"내가 갈라서지 못해서 이러는 줄 아니, 지금 도장 찍으면 그간 당한 게 너무 억울해서 그러는 거다. 이 작자가 내 앞에서 싹싹 잘못했다고 빌면, 그때 여봐란 듯 갈라설 거야."

아무리 어머니가 맞받아 세간을 집어던지고 손톱으로 할퀴는 전과를 올린다 해도 아비가 싹싹 손바닥을 비비는 일은 일어나지 않을 것 같았으나 어머니의 그런 장담은 나를 안심시켰다. 어머니의 히스테리컬한 성품도 반항에 따른 어쩔 수 없는 과도기적 부작용쯤으로 여겼다. 그리고 학생운동에 투신하면서는, 나는 내가 대단한 일을 한다는 착각에 빠져 그런 사소한 집안 문제는 신경 쓸 수 없노라고 생각했다. 그렇게 나는 대학생활을 보냈다. 수없이 되뇌던 스스로와의 약속, 내가 덩치가 커지면 아비의 수렁에서 어머니를 구하리라는 약속을 지키지 않았다.

대학에 입학하자 처음 몇 달간은 대학생활이 주는 낭만에다 아비의 폭력에서 벗어났다는 자유까지 만끽하느라 나는 신나게 놀아젖혔다. 강의는 듣는 둥 마는 둥 자주 개둥이와 어울렸다. 개둥이 또한 재수를 하느라 단과학원에 등록을 하긴 했는데 여전히 노는 데만 정신을 팔았다. 공부도 좀 하면서 놀아야지. 내가 걱정이 돼서 이따금씩 말할라치면, 시끄럽다 기타리스트는 기타만 잘 치면 된다, 이러며 팔을 내저을 뿐이었다. 그러나 개둥이는 기타를 열심히 치지도 않았다. 레드문에서 나온 뒤로는 밴드 생활을 하지도 않았고, 오로지 여자를 꼬시는 데 전력을 쏟을 뿐이었다. 그는 명문대생 행세를 하며 물 좋은 나이트클럽을 순례했고, 그것도 모자라서 이제는 길거리에서 직접 헌팅을 하기도 했다.

나도 몇 번 개둥이와 헌팅 전선에 나선 적이 있다. 헌팅을 위해 일부러 대학로나 신촌이나 강남역 등지로 진출을 했는데, 나야 말 붙일 엄두가 나지 않아 후방에서 멀찍이 떨어져 있자면, 전선을 돌파하는 건 물론 개둥이었다.

"비법은 무슨 저돌적으로 돌진하면 되지. 처음 말 트기가 어려워서 그렇지 말을 받아주기만 하면 그다음은 일사천리야. 여자는 대개 비슷해. 당신 영화배우 누구랑 닮았다, 인상이 너무 좋다, 이러며 얘기를 끌고 가면 다들 고개를 돌리고는 좋아서 입이 찢어지지. 그럼 반은 끝난 거야. 광철아, 이 세상에 쎈 놈은 없어. 다들 쎈 척만 할 뿐이야. 그러니 무조건 돌진해. 쎄지 못하겠으면 가서 쎈 척이라도 하라구."

개둥이가 여자에게 말을 붙여 카페나 술집까지 가는 경우는 무려 삼 할에 달했다. 그것도 썩 괜찮아 보이는 여자들한테만 접근해서 얻은 타율이니 실로 대단했다. 물론 두 명을 그렇게 데려와도 나야 말을 못해서 숙맥처럼 히죽 웃기만 할 뿐이고 분위기는 개둥이가 알아서 다 이끌어 갔다. 헤어질 때쯤이면 언제나 여자들은 개둥이만 맘에 들어 하고, 나는 별로인 눈치였다.

"광철아, 너무 비통해하지 말아라. 여자는 어떤 말이든지 말이 오가야 그게 그 남자와 맘이 잘 통하는구나 여기거든. 며칠 전에 유에프오를 봤다는 얘기도 좋고, 어제 먹은 햄버거가 맛없다는 얘기도 좋고 하여간 대화가 끊기지 않는 게 중요해. 너는 어차피 주둥빨이 안 되니까 진중하게 분위기나 잡아라. 떠듬대며 안 웃기는 얘기 억지로 꾸며내지 말고 아예 침묵 모드로 나가라구."

　개둥이가 빈손인 적은 없었다. 둘 중에 맘에 드는 상대한테는 어떡하든 전화번호를 입수해서 연결고리를 확보해나갔다. 그리고 한 달쯤 뒤엔 개둥이는 불쑥 내 앞에 나타나게 마련이었다. 사실 광철아, 내가 너한테 고백할 게 있는데 지난번에 우리가 대학로에서 꼬신 여자들 있잖냐, 그 중에 선주라구, 왜 키 큰 애 말이다, 그 애를 사실 나 혼자 연락해서 만났거든, 만나서 차를 마시고 영화를 보고, 그다음엔 술을 마시고 그날은 바래다주며 손만 잡았는데, 하면서 진행상황을 중계하듯이 시시콜콜 이야기해댔다. 두 번째 만날 때는 키스를 했는데, 그걸 어떻게 성사시켰느냐면 신촌 어느 곱창 골목을 지나면 카페가 나오고, 그 카페는 테이블마다 커튼이 쳐져 있어서 주무르기가 좋고, 해서 그 애를 그리로 유도해서 기어코 키스까지 성공했고, 세 번째 만날 때는 드디어 가슴까지 함락했는데 하면서, 그는 지도를 펼쳐놓고 베이스캠프 칠 자리를 고르는 산악인마냥 공략 지점을 설명했고, 마침내 여관까지 간 대목에서는 나를 약 올리려고 더욱 세세하게 묘사해댔다.

　"그그 그년두 미미 미친년이구만. 다다 달란다구 마마 막 주냐?"

　"달란다고 막 주는 여자는 이 세상에 아무도 없어. 사랑하니까 가능한 거지."

　"누누 누가? 여자가 널?"

　"물론 사랑한다는 말이야 내가 먼저 하지."

　"사사 사랑한다고만 하면 여자들은 마마마마 막 주냐?"

　"그러니까 잘해야지. 눈을 지그시 바라보면서 너무 심각하지도 않게 너무 장난스럽지두 않게. 내가 말했잖냐. 여자들은 다 비슷해. 남자는 저마다 생긴 대로 따로 놀지만 세상 모든 여자는 여자 딱 한 부류야. 핵심

매뉴얼만 익히면 다 된다니까. 기본적으로 여자는 사랑받고 싶어 한다니까."

"남잔 안 그래?"

"으이구 이 짱구야. 남잔 하구 싶어 하지. 야, 우리야 못생긴 년이 사랑 고백해오면 좋냐. 얼른 도망가구 싶지. 근데 여자는 안 그래. 설사 그 남자가 맘에 안 들어도, 남자가 분위기를 잡고 사랑한다고 하면 그 순간 감동하는 게 여자라니까."

"난 너처럼 처처처 철판이 두껍지 못해서 말이야."

"나무를 철판으로 찍나 도끼로 찍지. 그렇게 두껍게 안 나가도 돼. 열 번 찍어 안 넘어가는 나무가 없다는데, 젠장 그것만큼 뻥이 심한 말이 또 있는 줄 아냐. 열 번은 무슨? 네 번까지 찍으면 거진 다 넘어가. 네 번 찍어도 안 넘어가는 여자는 열 번 찍어도 안 넘어가니까 포기해도 좋고 말이야."

"거절당하면 그 쪼쪼 쪽팔림을 어떡하냔 말이다."

"좀 쪽팔리기는 하지. 근데 음…… 쪽팔림보단 인간적인 품위를 선택하겠다면 나야 할 말이 없지만 그렇다면 난 왜 여자가 없지, 광철아, 앞으로 이런 말은 하면 안 되는 거다."

"너너 넌, 죄죄 죄의식도 안 드냐?"

"뭐? 죄의식? 사랑을 갈구하는 여자한테 사랑을 주었으면 상을 받아야지, 웬 죄?"

"넌 여자를 지지지 진짜 사랑하지 않잖아?"

"사랑과 진짜 사랑은 뭐가 다른데. 진품 있으면 한번 가져와봐라. 만져나보게. 까치가 엄지를 사랑하는 뭐 그런 사랑을 진짜 사랑이라고 생각하는 모양인데, 내 사랑두 까치만큼 뜨겁다. 다만 장님이 되어서도 계속

간다고 장담을 못해서 그렇지."

"넌 일단 너무 짜짜 짧잖아. 며며 며칠이잖아."

"아냐, 이 자식아. 석 달은 가."

"그게 기냐?"

"길면 무조건 좋으냐. 만나면 헤어짐도 있는데 너처럼 진짜 사랑이 올 때까지 기다리느니 삘 받을 때 사랑한다는 말을 자주 하는 게 더 낫지 않겠냐. 넌 어릴 때 마빡 맞기 원카드도 안 해봤냐. 언놈이든 손에서 카드 털면 판 끝난다. 쪼카 아껴서 뭐할래."

"사랑한다고 자주 말하면 여여여 여관까지 가냐?"

"그렇다고 어제도 했는데 오늘 또 하면 되겠냐. 대신 내가 널 얼마나 좋아하는지, 니 생각 때문에 밤마다 얼마나 잠을 못 이루는지, 이런 뉘앙스를 풍겨야지. 직접적으로 말하지 말고 애매모호하게 알 듯 모를 듯 암시하는 멘트를 날리고, 어느 때는 행동으로도 보여주구. 아 이걸 어떻게 말로 설명하나. 난 여자 만나면 상황마다 어떻게 연출해야 할지 딱딱 감이 오든데. 고민 좀 해라 새꺄. 여자 앞에서 쓸데없이 자꾸 히죽대지만 말고 어떤 멘트를 날려야 할지 연구 및 탐구하란 말이다."

"넌 사사 사랑이 뭐라고 생각해?"

"음…… 사랑은 입맞춤이야."

"입맞춤?"

"그래, 볼에다 하는 입맞춤. 쪽쪽 소리 내면서 하는 입맞춤. 처음엔 어색하지만 습관이 되면 아무 때나 자연스레 할 수 있는 그런 입맞춤. 양놈들 봐라, 입맞춤을 얼마나 잘하냐. 그래서 갸들이 사랑한다는 말도 그렇게 자주 하는 거이다. 얼마나 좋으냐. 오우 허니 아이 러뷰 쪽. 오우 허니 일찍 들어와요 쪽. 광철아 제발 그런 눈으로 보지 말아라. 이건 뻔뻔해지

란 얘기가 아니다. 어느 순간 삘을 받으면 기꺼이 사랑한다고 말할 수 있
는 용기를 내란 얘기다. 핵심은 이거야. 여자는 언제나 사랑받고 싶어 하
니까 남자가 할 일은 사랑받고 있다고 믿게 해주라는 것. 이건 남자의 의
무라구, 히히히."

내가 어이없어하는 걸 아는지 모르는지 그는 징그럽게 웃어댈 뿐이
었다.

개둥이는 여름방학이 끝나갈 무렵, 갑자기 나를 찾아왔다. 학교 후문
가의 술집을 다 뒤져서는 용케도 시장통 막걸릿집 골방에 처박혀 있던
나를 끌어냈다.

"니가 지금 과 애들이랑 한가하게 술 마실 때가 아니란 말이다."

그는 다짜고짜 나를 이끌었다.

"광철아, 드디어 나는 운명적인 사랑을 발견했다. 드디어 운명적인 사
랑의 여자를 발견했단 말이다."

그는 주점에 들어서자마자 너스레를 떨었다.

"기기 길거리 다니는 여자가 다 네 운명 아니냐?"

"농담이 아니라니까."

"개둥아, 너 이제 슬슬 하하 학력고사 준비해야지."

"하하 학력고사 준비해야지. 멍청한 자식, 지금 운명적인 사랑을 발견
한 사람한테 넌 고작 한다는 소리가 그거냐?"

"머머 먹었냐?"

"말 좀 가려서 해라."

"너한테 배운 어법이다. 저저 절단냈냐구?"

"이 자식이 진짜 보자보자 하니까."

"하하 알았다. 근데 어떻게 마마 만났냐?"

"짜장면 시켜먹다 만났지."

"노노 농담 말구."

"농담 아냐. 진짜라니까. 집에서 짜장면을 시켰는데 이건 웬 어여쁜 소녀가 눈을 껌벅이면서 배달을 온 거야. 그날 갑자기 비가 왔는데, 옷이 비에 젖어서 말이다. 옷은 비에 흠뻑 젖어개지구서 말이다. 짜장면 시키셨죠 하면서 짜장면 그릇이랑 다꽝이랑 꺼내놓고는 맛있게 드세요 하면서 고갤 굽벅 숙이고 가는데, 아이고 구여운 것…… 한 일주일 동안 날마다 시켜먹었지. 그러다 데이트 신청을 했고, 뭐 그러면서 친해진 거지."

"서서서 성냥팔이 소녀가 아니라 짜짜 짱개 배달 소녀구만."

"알고 보니까 그 아비도 웃긴다 웃겨. 아비가 말두 못하는 구두쇠야. 중국집을 하는데 인건비 아끼려고 다 큰 딸애에게 철가방을 들게 한다니까. 시키는 아비나 시킨다고 하는 순진한 딸이나. 생각해봐라. 그 작은 몸으로 철가방을 낑낑거리며 들고 다니는데 그게 얼마나 웃긴지 모른다. 암튼 그 아비가 웃겨. 공부하기 싫으면 대학 가지 말래. 그냥 배달이나 하래. 그 애도 공부보단 그게 낫대. 틈틈이 배달하면서 만화학원 다니는데 자긴 이게 좋대. 만화를 어쩌나 좋아하는지 길을 가면서도 만화책을 읽는대. 그러다보면 맨날 버스를 잘못 탄대. 자기는 늘 이상하대. 왜 현실은 만화처럼 재미가 없는지 참 이상하대."

"그 아비에 그 따따 딸이구나. 걔 좀 모자란 애 아냐? 넌 왜 그런 앨 좋아하냐?"

"쯧쯧, 너야 모르지. 사랑에 빠진다는 게 어떤 건지."

"난 모모 몰라도 넌 늘 빠빠 빠져 살았잖아. 뭐가 그리도 새삼스럽다구."

"아참 그랬나. 내가 지금까지 했던 사랑은 다 취소다. 음…… 니 말이 맞다. 진짜 사랑이 있긴 있더라. 희석시키지 않은 사랑, 진짜 원액만 든 사랑 말이다."

"도도 독할 텐데."

"니가 이런 맘을 알라나 모르겠다. 어떤 기분이냐면 음…… 꼭 그렇진 않았지만 구름 위에 뜬 기분이라고나 할까. 나무 사이 그녀 눈동잔 신비한 빛을 발하고 있지."

"사사 산울림이 왜 나오냐?"

"히히, 버벅이가 이럴 땐 제법이구나."

"이젠 터터 털어놔라. 어디까지 갔는데?"

"아직 키스밖에 못 해봤다. 벌써 두 달이 넘었는데 말야. 이건 내 역사상 있을 수 없는 일이라구, 흐흐."

"진도를 바로바로 빼빼 빼는 놈이 왜 그러냐?"

"저번에 바래다주면서 골목길에서 처음 키스를 하는데, 외등만 켜져 있는 아주 조용한 골목인데, 아 난 키스를 그렇게 하는 애 처음 봤다."

"왜? 너무 자자자 잘해?"

"키스를 하다가 얼핏 그 애를 봤는데. 참 눈을 감는 건 당연하다 쳐도, 그 애 눈꺼풀이 바들바들 떨리는데, 그렇게 내 입술을 받아들이는데, 지금 순간 오로지 입술만을 느끼는 듯한 그 애의 표정이라니…… 아, 보는 나까지 정화되더라니까."

개둥이는 술을 한잔 들이켰다.

"그 애를 만나면 기분이 이상해져. 뭐랄까 어떤 푹신한 것에 감싸이는 듯한 느낌이야. 갑자기 시간이 멈춘 것 같은 기분. 왜 그런 거 있잖냐. 느닷없이 민방위 훈련이 시작돼 갑자기 대낮의 거리가 정적으로 빠져들고,

지나가는 차들도 죄 서 있고…… 길가 건물 아래 서 있자면 문득 대낮의 햇빛이 얼마나 푸근했는지가 느껴지고, 그러면 갑자기 담배 한 대 땡기게 되고. 이렇게 푸근한 날에 젠장 내가 여기 왜 있나. 이런 날 기차 타고, 백마 가는 기차 타고 들판이라도 거닐어야 하는데 뭐 그런 생각도 들고, 아련한 그리움이나 슬픔 같은 것들도 몰려들고. 그 애만 만나면 이상하게 기차 타고 싶어져."

"차비 마마마 많이 들겠구나."

나는 시큰둥하게 대꾸했다. 녀석의 연애 경력을 알고 있었던 터라, 얼마 안 가 또 여자를 바꾸려니 싶었다.

아무튼 워낙에 설레발을 떠는지라 며칠 뒤에 한번 시간을 내서 녀석의 순수 원액을 만나봤다. 이름은 김성은. 그녀는 평생 햇볕을 쬔 적이 없으리만큼 피부가 하얬고, 순정만화 주인공처럼 눈이 커서 잔병치레가 무지 잦을 것 같았고, 하여 한없이 순하고 착할 것 같은 인상이었다. 그녀는 술을 한 잔만 마셔도 얼굴이 빨개졌고, 지나치게 목소리가 작았다. 얘기를 나눠보니 그녀는 개미부터 시작해서 모기 파리까지 곤충이란 곤충은 끔찍이 싫어했고, 공포영화는 질색이었고, 어둔 밤도 무서워서 늘 불을 켜고 잠을 잔다는데, 아울러 발톱과 부리 같은 것만 봐도 너무 뾰족하고 날카롭대서 새는 쳐다도 안 봤다. 그러나 그뿐 그녀는 키도 작았고, 몸피도 어지간히 통통했고, 콧날도 평퍼짐하게 낮아서 아무리 봐도 예쁘다는 생각은 결코 들지 않았다. 나는 이런 여자를 왜 그리 개똥이가 좋아하나 싶어서, 정말이지 제 눈에 안경이란 말이 이래서 나온 것이려니 여길 뿐이었다.

술이 한참 올라가던 어느 순간 가만있던 성은이가 불쑥 말문을 열었다.

"광철씨는 우연이 있다고 생각하세요? 전 아니라고 봐요. 우연은 신이 흘린 편지래요. 모든 우연에는 다 뜻이 있는데, 우리가 의미를 몰라서 우연이라 부를 뿐이래요. 그날 만약 아버지가 얼른 가게로 나오라고 전화를 하지 않았다면, 아니 그날 어머니가 발을 다치지 않았다면, 아니 그날 제가 만화 스케치하겠다고 평소처럼 학원에 갔다면…… 정말 그때 신은 편지를 흘리셨나봐요. 우리 만남은 운명 같아요."

나는 운명이란 말에 하마터면 웃음을 터트릴 뻔했다.

"아 네…… 개둥이도 우우 운명이란 말을 하더라구요."

나는 조금 빈정거렸는데, 이미 사랑의 운명에 사로잡힌 두 사람은 그걸 전혀 모르는 것 같았다. 개둥이는 고개를 수그린 채 말없이 성은이의 손을 꼭 잡고만 있었다.

"그런데 신은 왜 저한테는 편지를 흘리지 않을까요. 소생도 참 괜찮은 놈인데."

술도 오른 데다 조금 아니꼬운 생각이 들어 내가 이렇게 말했다.

"흘렸을 수도 있죠. 광철씨가 편지를 줍지 않았거나, 주웠어도 읽지 않았거나, 읽었어도 그저 대수롭지 않게 넘겼거나."

성은이가 말했다.

"니가 이해해라. 쟤가 좀 저능이다. 글구, 천당 신경 쓰랴 지옥 관리하랴, 신도 바쁘시겠지. 뭐 저런 애한테까지 떨어뜨리겠어."

개둥이가 너스레를 떨었다. 나는 피식 웃을 수밖에 없었다. 그렇지만 내 마음 한편에선 흐뭇함이 차올랐다. 그때 난 그들 사랑이 꽤나 오래갈 것이라는 생각을 한 것 같다. 개둥이에게 사랑은 언제나 삘이었다. 순간의 삘만 통하면, 아니 순간의 삘이 통한다는 구실로 아무나 덥석덥석 멍서대는 놈이었다. 워낙에 화려한 언변을 접고 풀고 하면서 여자에게 환심을 샀고, 사랑받는다는 믿음을 주었고, 이런저런 전술이 먹히지 않는

다 싶으면 기타 한번 둘러메는 것으로 상황을 종료시켰다. 그 모든 수단
으로 끝내는 여자를 감동시키던 개둥이가 여자에게 제대로 감동한 듯싶
었다. 여자의 어떤 점이 개둥이를 감동시켰는지가 나는 못내 궁금했다.

  그해 겨울 학력고사를 보던 날, 수험생의 집중과 학부모의 염원으로
학력고사 추위가 어김없이 발동한 날, 개둥이와 나는 오전부터 학교 앞
막걸릿집에 마주 앉았다.
  "광철아. 내가 사실 공부할 맘은 없었는데 정말 공부해야 할까부다. 이
거 요즘 같은 세상에 엄마아빠가 다 대학 못 나오면 자식 입장에서 얼마
나 창피스럽겠냐. 성은이 아버지가 구두쇠긴 해도 사위 학벌이나 이런
건 또 따지는 성품인 것 같은데, 그 때문에라도 대학은 가야겠다. 사실
이번에는 너무 놀아서 시험도 안 보지만 내년에는 정말 열심히 할 생각
이다."
  개둥이는 막걸리잔을 들며 흡사 선언문을 읽듯 심각한 목소리로 결의
를 다졌다. 개둥이는 삼수를 시작했다. 그 뒤로 한 몇 달 전화가 없기에
착실히 공부하나 했더니 이듬해 봄이 되자 개둥이는 하숙집 전화를 통
해 심심찮게 나를 불러냈다. 나는 번번이 응할 수가 없어서 가끔씩만 나
갔다. 가보면 개둥이는 성은이와 술을 한 잔씩 걸쳐서 발그레한 얼굴로
서로 손을 꼭 잡고 있었고, 개둥이는 그답지 않게 별로 얘기도 많이 하
지 않았고, 하여 나는 그런 것도 한두 번이지 매번 그러니까 배가 아팠
고, 속으로 이 자식이 도대체 연애하려면 지들끼리 하지 왜 바쁜 사람은
자꾸 불러내나 좀 얄미운 생각이 들었고, 실제로 2학년이 되면서 본격적
으로 학생운동에 빠져 바쁘기도 했고, 그리고 무엇보다도 내가 나가면
언제나 밥값에 술값은 죄 내 몫이었는데, 나야 집에서 돈을 넉넉하게 보

내주어서 그 정도 지출이야 부담스럽지는 않았지만 그래도 매번 계산을 하다보니 술값 때문에 개둥이가 나를 불러냈나 하는 생각이 들어서 은근히 불쾌해지기 시작했다.

장마가 시작되어 장대비가 식전부터 줄기차게 내리던 그날도 개둥이는 나를 불러냈다. 그날은 웬일로 성은이를 일찌감치 보내고는 자작으로 빠르게 술을 들이켜더니 어느 순간, 심각한 표정으로 말문을 열었다.

"광철아, 나 지금 힘들다. 꼰대 회사가 부도가 났어. 참 부자가 망해도 삼 년은 간다는데 이건 뭐…… 꼰대 회사가 무슨 도급순위가 팔십 위라고 해서 거창한 회사인 줄 알았는데 망하니까 금방이다. 우리 아파트가 꼰대 명의라 아파트도 사채업자한테 넘어가고, 나하고 엄니하고는 지금 반지하 방에서 산다. 어머니야 화려한 생활에 젖어 있어서 이걸 적응 못하고 밤마다 술만 마시구. 나 요즘 노가다 뛴다."

"공부는 어떡하구?"

"글쎄다. 요즘 하루하루가 살기 벅차서. 지금 대학이 문제냐."

나는 할 말이 없었다.

"군대나 갈까봐. 처지두 막막하구 어차피 가야 할 거 후딱 갔다오는 게 좋을 것 같아. 그래서 입영희망원 냈는데……"

난 부끄러웠다. 이런 개둥이의 처지를 지금껏 까맣게 모르고 있었다니. 내가 너무 무심했구나, 하는 생각이 들었다.

"근데 사흘 전에 성은이가 와서 그러는 거야. 자기 임신했다구. 손가락 꼽으며 날짜 계산 열심히 해보더니 괜찮다구 올라오라고 하더니만. 하여간 그 기집애 가끔씩 맹한 데가 있어서."

"요즘 많이 밀려서 한참 기다려야 된대. 이이 입영희망원 내도 한 유유 육 개월은 있어야 할 거다."

"임신을 조금만 일찍 알았어두."

"좀 있어봐라. 돈은 내가 어떻게 마마마 마련해볼게."

"이 씹새야, 난 아기 안 지워."

개둥이는 고개를 흔들었다.

"그럼 어쩌려구?"

"씨발, 무슨 수가 나겠지. 성은이보구 눈 딱 감고 한 삼 년만 고생하라구 하지 뭐. 그 집안이 워낙 보수적이라, 그 아비가 문제인데 잠깐 집 나왔다가 포대기에 애 안고 들어가면 설마 뭐 어쩌겠냐. 아 힘들 땐 남자가 옆에 있어줘야 하는데. 참, 벌써 애아빠라니 기분이 이상허긴 이상허다. 그나저나 새끼, 넌 뭐냐. 투사냐? 저번에 보니까 너 교문 앞에서 화염병 던지더라. 그러구 보니 더듬는 것두 많이 좋아졌다. 새끼, 대학이 좋긴 좋구나 버벅이를 사람 비슷하게 만들구, 하하하."

그해 겨울, 개둥이의 군입대를 일주일 앞두고 나는 그들 연인을 다시 만났다. 개둥이는 술잔을 기울이면서도 일부러 쾌활하려는 듯 연신 웃고 떠들었으나, 성은이는 금방이라도 눈물을 쏟아낼 듯 시종 그렁그렁한 눈빛으로 풀이 죽은 채 앉아 있었다. 나는 곁눈질로 성은이를 봤는데, 품이 넓은 푸른 원피스를 입어서 별로 티가 나지 않았지만 그녀의 배는 확실히 불러 보였다.

나는 술이 알딸딸해지는 최백호의 입영열차를 큰소리로 불러댔다. 성은이는 끝내 방울방울 눈물을 떨구었고, 그러면서도 그들 연인은 여전히 손을 꼭 잡고 있었다. 개둥이는 금방이야, 그깟 삼십 개월 금방이라니까 연신 그 말을 되풀이했다. 나는 그들의 사랑이 지속되기를 진실로 염원했다.

입대하기 전날 밤 개둥이는 하숙집 전화로 나를 찾았다.

"술 한잔 할까?"

"너너 너무 느ㅡ 늦었잖아. 어딘데?"

"서울이야. 내가 니네 학교 앞으로 갈까?"

"아니, 내내 내일 세미나두 있구. 가만, 너, 내일이 이이 입대 아니냐? 오늘은 쉬어야지."

수화기 저편에선 아무 소리도 들리지 않았다.

"조조 종우야. 모모 몸 건강히 자자 잘 갔다와라."

말없이 전화가 끊겼다.

나는 왜 그리 무심했을까? 무언가 이상한 기미를 느꼈음에도 입대 전날이라 심란해서 그런 것이려니 여기며 찜찜한 맘을 눌러앉혔다. 그때 내가 그를 만나러 나갔더라면 어땠을까? 그렇게 했더라면 그의 앞날도 많은 게 달라지지 않았을까? 나는 개둥이에게 많은 도움을 받았는데, 왜 결정적인 순간에 그를 구원하지 못했을까? 중요한 순간에 그를 외면한 건 훗날 두고두고 내 마음에 회한으로 남았다.

현실변혁 운동을 처음 시작하는 사람의 동기에는 그 개인의 심리적인 문제가 어느 정도는 깔려 있을 터이다. 자기의 내면 문제가 외부로 투사되고, 그런 것들이 운동에 한 동인이 될 수도 있을 게다. 그러나 나에겐 내면의 문제가 얼마간이 아니라 절대적이었다.

물론 그때야 시대상황이 상황인지라 너도나도 정치적이지 않을 수가 없었고, 따라서 누구나 운동이냐 아니냐를 두고 한 번쯤은 결단을 요구받았다. 입학을 하면 새내기들을 의식화시키려고 눈알이 벌게져서는 선배들이 술을 사준다 밥을 사준다 하면서 바쁘게 1학년 강의실을 들랑거렸는데, 1학기가 끝날 즈음 나도 '한국사상연구회'라는 이념 서클에 가입했다. 내 가입 동기는 호기심이나 선배의 꼬드김이나 막연한 시대의식 때문이 아니었다. 나는 우선 그들의 황홀한 말들이 좋았다. 쉼 없이 자신 있게 논리를 펼치는 그들의 당당한 말투는 내 가슴을 뛰게 만들었다. 예전에는 말을 잘하는 사람들이 얄밉고 무작정 싫었지만 이젠 아니었다. 개둥이와 소통하다보니 말더듬도 좀 완화되었고, 들려오는 말들에 대해 차단막을 내리는 일도 거의 사라졌고, 하여 어느 정도는 남과 어울릴 자신이 생겨났던 거였다.

이제 나는 내가 좌르르르 기름기 감도는 말들을 할 수 있으리라는 걸 꿈꾸지 않았다. 예전처럼 그렇게 유아적으로 헛된 공상이나 꿈꾸며, 스스로가 내뱉는 말이 전부 다 시처럼 눈부시려니 기대하지 않았다. 대신, 내 마법은 이제 밖으로 향했다. 민중이 주인 되는 참된 세상이라는 말은 말만 들어도 가슴을 울렁거리게 했다. 나는 내가 아닌, 외부 세상이 질서 정연하게 변할 것 같은 환상을 꿈꾸었다. 몇몇 나라의 혁명사를 읽자니 이런 환상은 극에 달했다. 정말이지 기회만 되면 단숨에 세상이 뒤바뀔 듯싶었고, 광주처럼 한 군데서 먼저 일어나면 이제 운동역량이 성숙했기에 남한 지역 전부는 단숨에 혁명의 불길이 치솟을 것 같았다. 능력에 따라 일하고 필요에 따라 가지는 눈부신 세상이 바로 도래할 듯했다. 그럼 말을 더듬는 것 따위의 내 안의 이런 문제들은 사소해지고 사소해져서 그냥 무시되고, 밖의 일에 신경 쓰면 성이 났던 뾰루지도 슬그머니 가라앉듯 내 말더듬도 역사의 수레바퀴 아래에서 흔적도 없이 짓뭉개질 것만 같았다.

더구나 그즈음에 나는 관념이 아닌 실생활에서도 말더듬을 고민거리에서 솎아낼 수가 있었다. 그건 바로 술의 힘이었다. 예전에도 개둥이와 아파트 옥상에서 소주나 포도주를 홀짝여본 적은 있지만 그건 가끔씩 적당히 마셔대는 수준이어서 나는 술이 그렇게 긴장을 완화시키는 묘약인지 몰랐다. 대학에 들어가서 본격적으로 술을 마셔보니 고놈의 술이란 게 참으로 희한했다.

술이 들어가면 뻣뻣하던 내 심장은 단박에 흐물흐물 풀려났다. 심장이 풀리면 바로 온몸이 데워졌다. 그런 상태에서 민중가요라도 부르게 되면 혓바닥도 낭창낭창해졌고, 그러다보면 다시 술맛이 돌았다. 더구나 혈기 방장할 때라 술을 어지간히 마셔도 겉으로는 티가 안 났기에 약속이나 모임이 잡히면 나가기 전에 나는 무조건 마시기부터 했다. 2학년이 되면서부터는 내가 선배 역할을 하느라고 이제 후배들을 거느려야 하는 입장이라, 토론 모임의 세미나를 주관해야 했는데 그때도 나는 꼬박꼬박 술을 몇 잔씩 마시고 들어갔다. 사람들은 전혀 눈치를 못 챘고, 혹은 가끔 술을 마신 게 티가 나도, 또한 중요한 약속 때문에 마셨다고 둘러대면 되었고, 거기다가 대낮 음주에 대한 낭만성도 있었기에 설사 발각이 되도 크게 흠이 될 게 없었다.

나에게 술은 음미의 대상이 아니었다. 나는 언제나 술을 급하게 마셨다. 맥주를 한 잔 마시고 바로 맥주잔에 소주를 반쯤 따라 마시면 바로 정신이 띵하면서 반응이 온다. 취기가 오르면 기분이 좋아진다. 긴장이 풀렸다는 증거다. 긴장이 풀리면 혀도 풀린다. 혀가 풀리면 말은 매끄럽게 쏙쏙 빠져나온다. 말이 매끄러우면 나는 위풍당당 투사가 된다. 사소한 일도 맹렬한 토론거리가 된다. 이 세상에 하찮은 얘깃거리란 없고, 이제 상대방이 무슨 말을 해도 쉬이 수긍하는 법이 없다. 상대를 할퀴고 깔아뭉개면서 내 주장을 펼쳐낸다. 나는 흥분하고 흥분한다. 이런 게 살아 있는 거다. 나는 자꾸 마신다. 그즈음이면 누가 무슨 말을 해도, 신경이 쓰이지 않는다. 말 좀 더듬으면 뭐 어떠랴. 나는 히죽거린다. 눈꺼풀이 감기며 몽롱해진다. 눈을 뜨면 어제의 기개는 찾아볼 수 없다. 나는 의기소침하지만 그런대로 견딘다. 밤은 올 것이고, 오늘도 술자리는 있을 것이고, 이제 술만 있으면 나는 언제든지 변신할 수가 있다. 맘만 먹으면 언제든지 매끄러울 수가 있다.

그러나 아무리 술을 마시고, 아무리 거창한 일을 합네 여겨도 그건 잠깐의 가림막일 뿐이었다. 내면의 문제가 저절로 사그라지는 법은 없어서 내 말더듬은 결정적인 순간에 뾰족하게 삐져나왔다. 말더듬을 은폐한 대가를 나는 톡톡히 치러야 했다. 다시 말해, 내면의 허약함 때문인지 나는 열렬히 운동한 것에 비하면 꽤나 허망하게 운동을 접었으니, 딱 두 가지 사건으로 그걸 말할 수 있다.

날짜도 잊지 않는다. 대학 3학년, 한참 열혈투사입네 자부하던 때이다. 89년 11월 13일, 오후 세 시. 파쇼기구 철폐투쟁을 슬로건으로 내건 집회였다. 당시 치안본부에 공안사범을 따로 전담하는 특별기구를 설치했기에 그걸 철폐하라는 내용으로 열린 집회였다. 그때는 그걸 이슈로 날이면 날마다 데모를 했기에 당시 집회란 다분히 형식적인 면이 있었다. 우선 노래패가 나와 분위기를 띄우고, 다음은 사회자가 작금의 상황을 설명하고, 이야기할 학우 있으시면…… 그러면 간혹 즉흥적으로 뛰쳐나오는 사람도 있지만 대개는 이야기할 사람이 순서까지 미리 정해져 있는지라 그자가 나와서 비분강개조로 연설을 해대고, 화형식을 행하고, 누군가가 〈진군가〉를 선창하고, 스크럼이 짜여지고, 스크럼 대열은 교내를 한 번 돌고, 화염병 박스가 학생회관에서 나오고, 그 대열은 교문으로 나가서 열심히 화염병을 던지고, 대기하고 있던 로마병정들은 또 최루탄을 난사해대고.

그날 집회에서는 내가 세 번째 순서에 나가기로 돼 있었다. 물론 나는 사흘 전부터 만반의 준비를 했다. 별로 길지도 않았다. 한 이삼 분 정도 이야기하면 되었고, 하여 어지간한 사람이면 대강의 줄기만 잡아도 되련 만 나는 그걸 빽빽이 적어서는, 처음부터 보고 말하면 폼이 안 나니까 말을 하다 막히면 훔쳐 보려고 왼손에 종이를 쥔 채 나갔다. 물론 말할 내용이야 사흘 동안 죽어라고 외워대서 술술 할 수 있는 경지까지 되었고, 또한 미리 티 나지 않게끔 소주 한 병을 비운 터였다.

마이크 앞에 서니 오백 명쯤 되는 학우들이 나를 주시했다. 나는 더듬지 않으려고 애를 쓰며 이야기를 시작했다. 그런데 처음 몇 마디 말을 꺼내자니 나를 바라보는 사람들 표정이 이상했다. 나는 분명 더듬지 않고 외운 대로 기를 쓰고 이야기하는데 대열에 앉아 있는 이들이 다들 힘겹게 웃음을 참는 듯했다. 나중에 후배한테 들어보니 내가 그때 뭐라고 말을 하긴 하는데 입속말처럼 웅얼웅얼할 뿐이라 도무지 무슨 말인지 못 알아듣겠다는 거였다.

어쨌거나 나는 그 순간 무언가 잘못되어간다고 여겼지만 끝까지 밀고나갔다. 그나마 중간에 말이 막혀 두어 번 쪽지를 훔쳐보다가 나중에는 아예 손에 쥔 쪽지를 보고 읽다시피 했지만 끝까지 나갔다. 웅성거림을 넘어선 킥킥대는 분위기라 나는 그때 얼른 들어왔어야 했다. 그런데도 나는 어떡하든 마무리를 짓고 싶어 했다. 구호만은 그럴듯하게 외쳐대고 싶었다. 파쇼기구 철폐하고 노동해방 앞당기자, 나는 팔을 쭉 뻗었는데, 온몸의 격정으로 목청껏 외치면서 뻗었는데, 나는 팔을 뻗다가 그만 경대상을 치고 말았다. 손가락이 부러지도록 아팠다. 내가 오만 가지인상을 쓰며 손가락을 부여잡자 모인 사람들은 까르르 웃음보를 터트렸다. 그때 나는 그냥 들어와야 했다. 잠시 내가 머뭇거리자 대열의 누군가가 구호를 대신 외쳐주었다. 나는 인상을 쓰는 와중에도 다시 정신을 차려서 쪽지에 적힌 나머지 구호 세 개를 더듬대는 풍신으로 다 외쳤다. 그런데 걸어나오면서 나는 노래패 공연을 위해 경대상 옆으로 죽 놓여 있는 한 무더기의 마이크를 쓰러뜨렸다. 나는 또 마이크를 일으켜 세운답시고 허둥거렸다. 사회자가 옆에서 거들었다. 사회자한테 내맡기고 나는 얼른 들어와야 했다. 허둥거리며 정신없이 세우다보니 세웠다고 생각한 마이크는 쓰러지고 세우면 다시 쓰러졌다. 나는 그제야 부랴부랴 들어왔다. 그런데 그때가 마침 간밤에 비가 내린 뒤라 바닥에 물웅덩이가 고여 있었는데, 나는 웅덩이 앞에서 찌익 미끄러지면서 보기 좋게 엉덩방아를 찧고 말았다. 공교롭게도 나는 그때 흰바지였다. 뒤축을 구겨 신고 있던 랜드로버 신발 한 짝은 홀라당 벗겨져서 집회의 대열 쪽으로 높은 포물선을 그리며 떨어졌다. 웃음소리는 가히 폭발했고, 나는 엉덩이를 매만질 생각도 못하고 얼른 일어섰다. 빠른 걸음으로 뒤도 안 돌아보고 걸어갔다. 신발 가져가요. 누군가가 소리쳤다. 분명 얼이 빠져서이겠지만 나는 몇 걸음 가다가 다시 돌아서서는 히죽거리며 신발을 받았다. 그러고는 한쪽은 신고 한쪽은 그냥 손에 쥔 채 걸어갔다. 쪼다처럼 비실대면서.

사람들은 웃었다. 선배도 웃고, 동기도 웃고, 후배도 웃고, 조교도 웃고, 과사무실에 가도 웃고, 강의실에 가도 웃고, 식당에 가도 웃고, 술집에 가도 웃었다. 웃던 낯짝들을 죄 짓이기고 싶었다면 내가 너무 옹졸한 걸까. 나는 그 웃음을 견뎌낼 수가 없었다. 나에게 그건 웃고 넘길 실수가 아니었다. 그건 절망이었다. 스스로의 한계를 뼈저리게 자각한 절망, 평생 이놈의 말더듬을 깨지 못하리란 절망, 아무리 말더듬을 은폐하려 애를 써도 결정적인 순간에는 허리 높이의 뜀틀조차 넘지 못하리라는 내 실존의 절망이었다. 그리고 나는 분했다. 예전부터 내가 꿈꿔왔던 상상, 사람 많은 사람 앞에서 한 번 격정적으로 이야기를 하면, 그렇게 한

번만 매끄럽게 이야기를 하면 그간의 말더듬으로 생긴 모든 응어리가 사라지면서 속이 다 시원할 것 같았는데, 그 기회를 놓친 게 분하고 분하기만 했다. 그날 이후로 나는 다시 움츠러들었다. 그날의 집회 얘기를 꺼내며 누가 웃으면 나도 히죽 마주 웃어댔지만 그때마다 나는 마음속으로 어떤 예감에 시달렸다. 이건 내 길이 아니구나 하는 예감……

그러나 나는 그 일 뒤에도 우물쭈물했다. 스스로는 운동을 할 그릇이 못 된다는 판단을 내리면서도, 스스로는 운동과 맞지 않는다는 상념을 일구면서도 일의 흐름에 떠밀려서는 스스로의 예감을 억눌렀다. 나는 그렇게 절망의 낭떠러지로 떠내려가듯 시간을 보냈고, 4학년 2학기를 맞이했다.

나는 건물 점거 계획이 잡히기만을 초조히 기다렸다. 점거를 하면 폭력 전과는 자연스레 붙을 수가 있었고, 이 년 이상 형을 살면 자연 군대 면제가 되는 터라 나는 그걸 기대하고 있었다. 그런 식으로 군대 대신 감옥살이를 하는 게 당시에는 활동가의 공식이었다. 그러나 잡힐 듯하면서도 점거 계획은 좀체 잡히지 않았다.

유난히 추운 나날이었다. 매일이다시피 나는 술을 마신 뒤에야 잠들 수 있었다. 추위 때문만은 아니었다. 나는 고문에 대한 공포를 마음속에서 심하게 겪고 있었다. 전부터 나는 감옥에 갔다온 선배들이 언뜻언뜻 고문받은 얘기를 들려줄 때마다 내가 그걸 이겨낼 수 있을까 자문하곤 했다. 솔직히 자신은 없었다. 자신은 없었지만 시간이 흐르면 내 마음은 굳어지리라 믿었다. 그러나 점거는 현실이 되려 하는데도, 자신감은 좀체 찾아오지 않았다. 자신이 없으니 남는 건 두려움뿐이었다. 두려움은 두려움 자체로도 나쁘지만 한 번 틈을 보인 자에게는 좀체 떨어지지 않는 고약함도 지니고 있었다. 두려움은 차츰 예감처럼 수시로 출몰했다.

불시에 들이닥친 사내들에게 납작 끌려가서는, 새어나오는 비명마저 구둣발에 짓이겨지고 외진 곳에 감금된 채 개처럼 무수히 뚜드려 맞는 그런 순간이 나한테도 올 것만 같았다. 그리고 이런 예감은 정말 현실이 되었다. 나는 그해 크리스마스를 며칠 앞둔 날, 점거는커녕 내 하숙방에서 배 깔고 엎디어 책을 읽다가 난데없이 들이닥친 사내들에게 붙잡혀 어디론가 끌려갔다.

그런데 현실은 내가 머릿속에서 그렸던 것 이상으로 나아갔다. 내가 비록 자신은 없었지만 그렇다고 스스로 함부로 입을 열어서 동지를 파는 정도의 그림은 아니었다. 그러나 나는 끌려가서 몇 대 쥐어박히고, 뒷수갑을 찬 채 욕조 속에 몇 차례 머리를 처박히고부터는 완전히 겁에 질리고 말았다. 그들이 노동현장에 간 어느 선배를 지목하며 그의 행적을 다그치자 나는 어디까지 불어야 한다는 것도 잊은 채 실성한 놈처럼 정신없이 주절거렸다. 나는 기억나는 대로 그 선배를 최근에 언제 만났는지부터 해서 그 선배가 예전에 나를 포함해서 또 누구누구를 지도했는지부터 해서, 그리고 깜냥껏 우리의 학생 조직을 표까지 그리며 낱낱이 알려주었고, 내가 아는 몇몇 조직원들의 가명은 물론 본명까지도 불었고, 사안별로 공동 투쟁을 위해 선을 가지고 있던 타 정파 사람들까지도 좔좔 불어댔다.

그렇게 며칠이 지난 어느 날이었다. 내가 몇 번이나 고쳐 쓴 자술서를 훑어보던 중년의 사내가 말문을 열었다.

"응 그려, 이제 얼추 됐네. 두어 번만 더 쓰면 모냥 있이 되겠네그려. 수고했어. 근데 자네 본적이 홍성이여? 이런 넨장맞을. 바로 옆 동네구먼그려. 자네 말여, 내가 정말 간곡히 말허는디 말여, 그리 심장이 약해서 워디 혁명운동 계속 허겄어? 내 말 너무 고깝게 듣지 말어. 깡다구라도 있으문 훗날 한자리라도 해먹겠지만 말여, 내가 볼 때 자넨 영 글러먹었어. 이 기회에 아주 때려쳐 뻔져. 때려치고 내려가서 농사나 지어. 아니지, 자네 몸집 보니 농사꾼도 힘들겠구, 어디 한적한 데 내려가서 소나키워. 참, 요새는 개도 괜찮다네. 올림픽 끝나서 개끔두 많이 올랐디야. 개 크듯 큰다는 말이 왜 생겨난 줄 알어. 그만큼 쑥쑥 커뻔져서 그러는 것이여. 여럿 길러보면 오리나 닭보단 훨씬 나아. 새끼 때 버릇만 잘들이면 쉰밥도 고분고분 받아먹구. 내 그냥 하는 말이 아니라 정말 안타까워서 하는 소리여. 워디 가서 고문받았다구 지발 그러지두 말어. 우덜은 끌고 오면 우선 기선제압 차원에서 몇 번 담그는 것이여. 아따, 그걸로 술술 부는 양반이 세상에 워딨어."

　내 마음은 자괴감으로 가득했다. 나는 쓰라는 대로 열심히 그들의 각본에 맞추어 여러 번 자술서를 썼다. 나는 뼈저리게 깨달았다. 사람은 천성적으로 각자의 길이 있으며 따라서 각자의 문으로 들어가야 한다는 것이었다. 만약 자기 천성과는 다른 문으로 들어가면 본인은 물론이고, 이미 들어간 사람들까지도 해를 끼친다는 것이었다.

　실성한 놈처럼 주절주절 불어댄 덕분에 나는 기소유예로 풀려났고, 하여 군대를 가야 했다. 나는 당연하다고 생각했다. 얼마나 혼이 나갔으면 나는 더듬는 것조차 잊어버린 채 주절주절 불어댔을까. 그 일로 군 면제까지 된다면 너무나 염치가 없어 보였다.

3
강원도의 푸른 하늘

나는 손속이나 눈썰미가 있는 편이 아니었다. 어릴 때부터 눈으로 보고 손으로 무언가를 만드는 것에는 영 서툴렀다. 따라서 나는 군대에 가서 낫질을 해도 엉성하다고 잔소리를 들었고, 삽질을 해도 굼뜨다고 핀잔을 먹었고, 사격을 해도 희한하리만치 과녁에서 빗나가기 일쑤였고, M16 총기 손질을 해도 남보다 분해조립이 늦었는데, 그런 무딘 솜씨 때문에 고생한 걸 다 합해도 말더듬으로 당한 고통에 비하면 아무것도 아니었다. 모든 일에는 첫 단추를 잘 꿰어야 하지만, 군대에선 특히나 그래야 하지만 나로선 첫 시작부터가 말더듬 때문에 꼬여나갔다.

남들은 한 번으로 충분할 것을, 더듬거리는 통에 여러 번 되풀이하여 겨우 연대장 앞에서의 전입신고를 끝내고 나자 그때부터 나는 걱정이 되기 시작했다. 침상 자리를 배정받고 더블백을 풀러 관물을 정리하자 어김없이 날은 저물었고, 일석점호의 시간은 다가왔다. 처음 전입해서 고문관으로 낙인찍히면 군생활이 힘들다는 걸 예로부터 얼마나 누구이 들었던가. 점호를 하면서 절대로 더듬지 말아야겠다고 생각하며 나는 침상 삼선에 꼿꼿이 허리를 펴고 앉아서는 눈으로 내 앞의 사람 수를 헤아려나갔다. 나는 스물일곱 번째였다. 내가 발음하기 힘든 ㄹ받침이 연이어 두 개나 들어간다는 게 마음에 걸렸다.

빌어먹을, 스물여섯만 되도 한결 편하련만. 설마 별 탈 없겠지. 신교대에서도 무리 없이 넘어갔으니 괜찮겠지. 너무 긴장하지만 말자. 그러면서 나는 속으로 스물일곱 스물일곱 거듭 중얼거렸지만 마음은 자꾸 떨려만 왔다. 제 이 소대 일석점호 인원보고…… 점호를 받기 위해 내무반 문을 열어놨기에 옆 내무반의 보고 소리가 낭랑히 들려왔다. 조용한 가운데에 하나 둘 셋 하며 연이어 나오는 사병들의 외침이 내 귀에 뚜렷했다. 미세한 차이지만 신교대보다 번호 돌아가는 게 더 빨라 보였다. 갑자기 나는 오줌이 마려웠다. 마침내 우리 내무반으로 일직사관이 들어왔다.

"제 삼 소대 일석점호 인원보고. 총원 삼십이, 사고 이, 현재원 삼십. 번호!"

내무반장의 보고가 끝나기 무섭게 하나 둘 셋…… 소대원들의 고개가 도미노처럼 팍팍 돌아갔다. 나는 가슴을 졸이며 차례를 기다렸다. 스물다섯 스물여섯 스물일곱…… 나는 내 옆에서 스물일곱을 외치자 숨이 턱 막히고 말았다. 숫자를 미리 헤아렸던 내 속어림이 잘못된 줄 모르고 마냥 스물일곱만 되뇌던 터라 순간 당황했다. 스스 스스스 스물 여여 여 여덟. 번호 다시. 일직사관이 외쳤다. 하나 둘 셋…… 새로 번호가 시작되었으나 나는 이미 얼이 빠져버렸다. 내 차례가 돌아오자 또다시 심하게 더듬었고, 번호는 거듭 되풀이되었다. 몇 번을 돌아도 내가 계속 더듬적거리자 일직사관은 휴 징하다 징해, 고개를 내젓고는 내무반을 나갔다. 전입 온 첫날부터 이렇게 실수를 하자니 다음부터는 잘해야 한다는 강박이 지나쳤는지 점호에서 더듬대는 나의 혀짤배기 말투는 며칠이 지나도록 좀체 나아지지를 않았다.

그러던 어느 날 취침 소등을 하고 한 시간쯤 지났을까, 불침번이 와서 내 귀에 대고 나직이 속삭였다. 지금 잠이 와? 나는 후다닥 일어났다. 불침번을 따라서 취침등이 흐리게 켜진 내무반 복도를 지나 밖으로 나왔다. 내무반 막사 뒤편으로 십여 미터쯤 걸어가니 벽돌로 지어진 군수창고가 모습을 드러냈다. 창고 문을 열고 들어가자 강한 플래시 불빛이 눈에 들어왔다. 어둠 속에 눈이 익어가자니 누군가의 손에 들린 나무 몽둥이가 어렴풋했다.

"군대 오니까 좋지? 때 되면 꼬박꼬박 밥 주고 저녁엔 우유까지 주니까 조오치? 꼴리는 대로 아가리 벌려도 되고 아주 좋아 죽겠지? 여기가 당나라인지 수나라인지 좋아 죽어 아직도 분간 안 되지? 엎드려."

몽둥이는 연이어 내 엉덩이를 강타했고, 통증이 지독하기에 나는 입술을 깨물며 가까스로 신음소리를 삼켜야 했다. 이튿날 점호 시간이 되자 잘해야 한다는 강박은 최고조에 달했고, 그럴수록 당연히 긴장이 몰려오는지라 혓바닥은 또다시 굳어졌다. 나는 그 이튿날 밤에도 또다시 불려나가 뼈마디가 욱신거리도록 매타작을 당해야 했다. 한 번 이렇게 미운 털이 박히니 이제 내 모든 행동이 다 마음에 들지 않는 듯, 어느 때는 매끄럽게 말이 나온 듯도 싶은데 호출을 해댔고, 따라서 점호가 끝난 뒤 취침에 들어가도 나는 언제 또 불려갈지 몰라 이제나저제나 속을 졸여야 했다. 노곤한 몸뚱이를 편히 누일 취침 시간에도 나는 맘 편히 눈 한번 붙이지를 못했다.

특히 김 하사는 내게 지독하게 굴었다. 김 하사는 목포가 고향으로 군에 오기 전 동네 건달로 한 가락 했던 위인인지 걸핏하면 아무 앞에서나 으르렁거렸다. 한번은 씨름선수 출신인 인사장교 송 중위하고도 술 먹고 맞짱을 떠서 송 중위를 곤죽으로 만들었고, 군에서야 상급자를 패면 큰 일이지만 다행히 맞은 인사장교가 창피한 나머지 쉬쉬해서 그 일은 흐지부지 넘어갔다는 소문이 돌 만큼 사고뭉치인 작자였는데, 그만큼 깡과 주먹이 두루 세서 간부들도 함부로 이래라저래라 명령을 내리지 못하는 형편이었다. 그는 말끝마다 군대가 좋은 기다잉, 나 같은 양아치도 사람 만들어불고 말이다, 하면서 스스로를 양아치라고 말하길 즐겨 했고, 신혼여행에서 돌아온 지 보름도 안 되어서 일석점호 때 일직사관으로 와서는 새로 들어온 용궁다방 미스 김을 올라탔다고 설레발을 치며 이야기를 해서 모든 부대원을 어이없게 만든 인물이었다. 일대일로는 이소룡이랑 붙어도 자신이 있다고 밤낮 큰소리를 쳤고, 어디 월남전 같은 삼빡한 일 안 생기나 툭하면 월남전 운운했는데, 부대원 누구나 그가 전쟁이 나면 기필코 참가하리라는 걸 믿어 의심치 않았다. 그는 천성적으로 평화로운 걸 못 참고 어떡하든 싸움질을 하고 누군가를 날마다 두들겨 패야 후련함을 느끼는 그런 인물이었다. 그러나 군대에서 폭력을 발산하는 거야 한계가 있는 것이고, 단기하사인 주제에 밥풀들을 박살내는 것도 자주 할 수는 없는 노릇이라 그는 매번 만만한 사병들을 괴롭혀댔다. 그는 자기 말에 조금이라도 불만의 기색을 내보이는 사병이 있으면, 밤에 외진 공터로 불러내서는 계급장 떼고 붙자며 한바탕 난리를 치곤 했다. 워낙에 그런 깡패 기질이 소문나서 이제 어지간한 사병은 그에게 뾰족한 눈길 한번 던지질 못했고, 따라서 그로선 무척이나 따분한 나날이었는데 옳거니 내가 맞춤맞게 걸린 셈이었다.

자고로 완력으로 폼을 잡는 자라면 상대가 너무 허약하면 흥미마저 반감되는 법이련만 김 하사는 그런 폼도 법도 없었다. 하사 체면 때문에라도 쫄다구를 직접 손보기 뭣할 터이건만 김 하사는 패는 것에 단단히 재미를 붙였는지 걸핏하면 곡괭이 자루를 든 채 군수창고로 나를 불러들였다. 그럴 때 그의 입에서는 술 냄새가 났고, 그 말더듬이 버릇을 한번 고쳐놓겠다며 낄낄거렸고, 평소에는 가만있다가 점호 때만 심하게 더듬는 걸 보면 니가 미친 척하고 반항하는 게 분명하다며 모진 매질을 해댔다. 나는 그제야 사람은 별 이유 없이도 때리는 걸 즐겨 할 수도 있다는 걸 알았고, 육체적인 고통은 아무 의미가 없는 그냥 고통뿐이라는 걸 알았고, 군대 가서 매도 맞고 고생을 해봐야 사람이 된다는 둥 군대 가서 기합도 받고 그래봐야 참을성이 길러진다는 둥 하는 세상 어른들 말씀이 얼마나 심한 말장난인지를 실감했다.

그런 김 하사도 가끔씩 아량을 베풀었는데, 그건 김 하사에게도 최소한의 알량한 양심이란 게 있어서가 아니라 너무 들입다 패면 군생활에 지장이 있을까봐서였다. 그러나 피떡을 만들기는 만들되 걸을 수 있을 만큼 피떡을 만드는 건 정교한 테크닉을 요하는 일이라 그렇게 몽둥이 찜질을 당하고 나면 나는 끙끙 앓아야 했다. 아침에 기상해서 일조점호 받으러 나올 때부터 벌써 내 얼굴이 핼쑥하고, 걸음걸이도 시원찮고 하면 주번하사관은 바로 일직 상황판에서 나를 말뚝근무로 뺐다. 외진 발칸부대라 자고로 구타가 심하게 은밀히 이어져오고 있다지만 그건 말 그대로 은밀한 차원이었고, 그래도 가끔은 헌병대가 와서 소원수리도 받고 사단사령부의 정훈장교가 파견나와서 구타금지 교육도 시키는 등 겉으로야 구타근절을 매번 강조했기에, 그렇게 피떡이 되게 맞은 사병이 눈에 띄면 골치 아픈 일이 발생할 수도 있어서였다. 우리 발칸포 부대에는 970고지 헐떡고개 초소로 가려면 공포의 323계단이 있었는데, 근무서는 시간 말고 교대하러 오가는 데에도 족히 한 시간이 깨지는 곳으로 유명해서 훈련이다 정비다 해서 일손이 바쁜 날은 아침에 근무조 한 팀만 올라가서 저녁 먹을 때까지 말뚝근무를 시켰고, 따라서 야전상의에다 근무자들이 빵 같은 걸 잔뜩 우그리고 가도 모른 척 눈감아주는지라 나는 곧잘 내무반에서 까져 뒹구는 말년 병장 하나와 진종일 말뚝근무를 서러 헐떡고지로 올라갔다. 그런 날 밤이면 김하사는 패는 대신 창고 바닥을 기게 했다.

"니가 혓바닥이 아직 고귀해서 말여. 아직 혓바닥에 사잿물이 안 빠져서 그런 거여, 그러니 물을 빼야겠제. 자 핥어, 싹싹 핥어. 그려, 얼추 핥었냐. 핥았으면 이제 마빡으로 광 좀 내야제. 야 봐, 또 미친 척허구 있네. 가만있음 창고 바닥이 닦이냐. 대갈빡은 뒀다 뭣허겠어요. 이동, 썹새꺄."

나는 혓바닥으로 기었고, 뒷짐을 진 채 이마로도 기었다. 그렇게 기는 순간이면 나에겐 안도감이 밀려들었다. 혓바닥으로 먼지를 싹싹 핥아갈지라도 안도감은 내가 기어가는 곳마다 솜이불처럼 푹신하게 펼쳐져 내 전신을 휘감았다. 안도감이란 그 느낌은 실로 얼마나 소중한 것인지! 오늘 하루는 이렇게 몇 번 기면 저물릴 수 있다는 것, 그다음엔 모포를 뒤집어쓰고, 그다음엔 제일로 꿀 같은 시간이 온다는 것, 이제야 비로소 혼자 되는 시간이 온다는 것, 그러니 그깟 거 좀 기어다니는 게 대수랴. 개처럼 기면서 가끔 자문했다. 이렇듯 기는 건 치욕인가? 개처럼 기어다니니 어쩐지 치욕 비슷한 감정을 느껴야 할 것 같지 않은가? 그러나 이 행위를 치욕으로 단정 내리자면 스스로가 느끼는 안도감을 부정하고 부끄러워해야 할 터다. 좋은 건 육신이 편안해지는 것이고, 싫은 건 육신이 고통을 당하는 것이었다. 이런 육체의 이분법이 분명하거늘 여기에서 뭐가 더 필요할 것인가. 안도감이란 하나의 감정에 압도당했으면 되었지

뭐가 더 필요한가. 육체의 통증을 피하기 위해 기고 핥았는데 그게 왜 치욕인가. 나는 절대로, 절대로 치욕스럽지 않았다.

김 하사의 횡포는 시간이 지나도 좀체 수그러들지 않았는데, 이런 김 하사의 폭압을 항의는커녕 처음에야 나의 말더듬을 이해할 리 없기에 다른 고참들 또한 찍어놓고 나만 보면 눈을 부릅떴다.

"셋, 넷 하는 이런 말이 오광철이는 바로 안 튀어나오나? 오 이병, 혓바닥 좀 내밀어봐. 이 새끼 멀쩡하네. 워리새끼마냥 혓바닥이 턱주가리께로 잘두 오네. 오늘 오광철이는 작업에서 열외. 하나 둘 셋, 내무반에서 진종일 그것만 복창하고 있는다. 만약 오늘 점호 때도 더듬으면 일부러 반항하는 걸로 간주, 아주 혓바닥을 뽑아버린다, 알겠나."

고참들은 이런 투로 나를 괴롭혔다. 정말로 혀짤배기 말더듬이면 노상 말을 더듬어야 하는데 점호 때만 유독 더듬는 걸 보면 일부러 미친 척 개기는 게 분명하다고들 침을 튀겼다. 어쨌거나 말더듬이 심리적인 문제로 일어난다는 것에 대한 이해가 부족한 점도 있고, 김 하사가 앞장서서 바람을 잡은 탓도 있고, 저 새끼가 관심사병으로 데모깨나 했다더니 원래 삐딱한 기질인가 하는 오해도 더해졌고, 무엇보다도 나 때문에 점호가 깨져 단체로 줄줄이 매타작을 당하다보니 그 미운털이 박힌 점도 있어서 한동안 나는 김 하사뿐 아니라 다른 고참들한테도 틈만 나면 뚜드려 맞아야 했다.

트집거리야 어디에나 널려 있었다. 우선 군대는 번호였다. 일조점호 일석점호도 다 번호였고, 무얼 하자 해도 앉아 번호, 좌로 번호, 우로 번호, 뒤로 번호였다. 인원 파악의 목적은 물론, 대열을 수습하기도 용이한지라 영외 훈련이든 영내 작업이든 틈만 나면 번호부터 불러젖히고 봤다. 더구나 지휘 간부 없이 사병끼리 작업을 나가면 나를 골리려 일부러 고참이 번호를 하기 일쑤였고, 그게 일부러라는 걸 아는 순간 나는 긴장을 하게 마련이었고, 하여 내가 반박자만 늦어도 바로 워커발이 날아왔다. 또한 군대는 특히 이등병 때엔 누가 건드리기만 해도 관등성명을 대야 했다. 가령 고참이, 창고 가서 삽 하나 가져와라, 이러면 네 이병 홍길동 알겠습니다, 남들은 시원시원 곧잘 대답했지만, 나는 나를 지목해서야 오광철 몇 시냐, 이런 사소한 걸 물어도 바로 관등성명이 튀어나오지 않는지라 그러면 나잇살 처먹고 와서 가방끈 좀 길답시고, 저게 고참 알기를 좆으로 안다며 대번 주먹이 날아왔다.

김 하사가 부대의 태권도 교관이라 내 불행은 더욱 끔찍했다. 부대의 전투력 측정 결과와 더불어 부대원의 태권도 단증 취득 비율도 다 우수 부대 항목의 주요 사항이었고, 이는 결국 지휘관의 승진과도 직결된 문제였다. 따라서 내가 속한 부대의 지휘관인 삼사 출신의 김 중령도 주야로 태권도 교육을 강조해댔다. 당연히 태권도 교육 시간에는 살벌함이 넘쳤고, 태권도 시간은 태권도 훈련하는 시간인지 기합받는 시간인지 분간이 안 갈 정도로 정신이 없었다. 더구나 이 시간의 얼차려는 완전히 합법적이라 김 하사는 마음껏 내게 기합을 주었다.

"그려서 단증 따겄냐. 다릴 그렇게 이쁘장히 올려서 북녘 애들이랑 싸워불겄냐고. 아그야, 넌 발차기 말구 일단 저리루 가서 머리나 박고 있어라…… 야 봐, 넘들은 이 추운 날 맨발루다 발차기 허는데 혼자만 머리 박구 있으면 그게 더 편컸네. 대갈빡은 뒀다 뭣허냐. 몇 번을 말해야 아서요. 지발 이동 좀 허서요, 씹새꺄."

세월이 지나니 그나마 몇몇 고참들은 김 하사한테 시달리는 게 불쌍했는지 밤 근무시간에는 초소 한쪽에서 발차기 자세는 물론 태권도 품새도 알려주는 친절을 베풀었고, 나는 이를 악물고 연습을 해서 마침내 단증을 많으나 그러거나 말거나 김 하사는 여전히 나를 군수창고로 불러냈는데, 그의 폭력은 내가 상병 계급장을 달아서야 겨우 멈추었다. 아무리 그래도 군대가 계급사회니 상병이 주는 무게감도 있는 데다 또 다른 이유는 내가 부대원들 편지를 대필해주면서였다.

처음은 우연찮게 윤 병장의 편지를 대신 써준 게 발단이 됐다. 윤 병장은 입대 전 대학 때 사귀던 여자가 하나 있었는데, 그는 그 여자를 어떻게 다시 한 번 꼬드기고 싶어서 나한테 부탁을 한 거였고, 나는 윤 병장의 연애사연을 전해듣고는 그럴듯하게 감정을 미화시켜서 편지를 써주었다. 그러니까 윤 병장은 입대 전 삼 년 사귄 여자가 지겨워 헤어지고 왔는데, 나는 그걸 그대가 지겨워서가 결코 아니네, 그때는 군입대를 앞두고 비장하게 사회관계를 절연하려는 마음 때문에, 즉 그대의 삶을 자유롭게 놔주고 싶어서 헤어졌노라는 투로 얘기를 진행시켰다. 그러나 이제 제대를 앞두고 보니 당신을 내가 얼마나 사랑하는지를 알게 되었다며 연이어 편지를 보냈는데 처음엔 잠잠하던 여자도 두어 달이 지나자, 어머 그런 줄 몰랐는데 그랬구나 하는 식으로 답장을 보내왔고, 급기야는 면회까지 오는 데에 이르렀다. 그 고마움을 느낀 때문인지 윤 병장은 그 뒤로 사사건건 나를 싸고돌았고, 점차 다른 고참들도 펜팔입네 옛 애인입네 하며 하나둘 편지를 부탁해왔다. 나는 밤마다 편지지를 앞에 놓고는 개둥이에게 세례받은 여자 심리를 헤아리며 낑낑거려야 했으나 아무튼 사람이란 빚진 게 있으면 갚으려는 맘이 생기는지라 하나둘 내 우방은 늘어갔고, 하루는 그들 몇몇이 우르르 몰려가 김 하사한테 따져 물어서는 마침내 그의 지독한 구타도 없어지게 되었다. 그게 아니라도 내가 상병을 달 쯤 돼서는 내 말더듬이 반항의 의미가 아니라는 게 밝혀졌고, 말더듬에 대한 내 소문 또한 부대 내에 두루 퍼져서 내가 야간보초

때 더듬거리며 암구호를 말해도 깨지는 일이 없게 되고, 점호 시간에도 번호 다시를 안 하고 넘어갈 만큼 형편이 나아졌지만 나는 이런 변화된 정세가 별로 고맙지 않았다. 오랜 세월 갇혀 있었기에 풀려나서도 외려 어부에게 저주를 퍼붓던 호리병의 거인처럼 나 또한 주위의 호의가 너무나 늦었다고 여긴 때문이었다.

김 하사가 나를 찍어놓고 괴롭히는데 일 년이 넘어가도록 누구 하나 나서서 말리는 사람이 없고, 언놈이 맞거나 말거나 일요일마다 볼을 차며 시시덕거리는 저들을 나는 이해할 수가 없었다. 입장을 바꾸어서 내가 만약 선임이라면 과연 저렇듯 모른 척할 수 있을까? 나는 수없이 자문했고, 그들의 방관이 비인간적인 무신경인지 아니면 내가 정말 미워서 그런 건지 헷갈릴 때가 많았다. 사병들은 그렇다 치고 간부들까지 이렇게 내가 맞는 걸 정말 모를까 하는 생각이 들었고, 수시로 말뚝근무로 빠지는데 어떻게 이걸 모를 수 있을까 의구심도 몰려왔다. 어쩌면 알면서도 귀찮으니까 다들 모른 척한다는 생각이 들었고, 이런 결론에 이르다 보면 절로 나는 인간 자체에 대한 회의감에 젖곤 했다. 인간의 천성에는 양심뿐만 아니라 비겁함도 함께 있는 것 같았다. 아무리 예술이니 영혼이니 고고한 척 떠들어도 폭력에 속절없이 굴종하거나, 자기 일이 아니라면 귀찮다고 나서지 않는 한심한 품성이 인간의 본질이려니 하는 생각마저 들었다. 그렇기에 고교 시절, 개등이가 그렇게 불려가 맞는데도 학생들 모두가 모른 척했으며, 선생들도 은연중 방관했지 싶었다.

상병을 달기 전까지 나는 수시로 탈영을 꿈꾸었다. 밤에 누워 있자면 교육 시간에 정훈장교에게 들었던 얘기가 자주 귓전에서 울렸다. 탈영한 이등병을 붙잡아서 왜 탈영했느냐고 물었더니, 훈련 나가서 텐트 치고

자는데 밤에 병장이 올라타서 그 성적수치심에 그랬노라고, 하여 이등병은 무죄가 되고 외려 그 병장이 구속되었다는 사연. 그래서 나도 우선 탈영을 하고 만약 붙잡히게 되면 그간의 구타당한 일을 털어놓고, 하면 나 대신 김 하사가 영창에 가지 않을까 하는 바람이 생겨났고, 하여 그게 가능성 있는 시나리온지 아닌지 심각히 고민했고, 그건 탈영의 비장함에다가 김 하사에게 복수까지 할 수 있는 일이라 늘 달콤한 상상으로 다가왔는데, 그러나 탈영이란 군대 이후의 남은 삶까지 거는 엄청난 일이라 막상 실행에 옮길 수는 없었다.

더구나 이등병 때 날아든 한 통의 편지, 개둥이의 편지는 나를 미치게 했다. 겉봉엔 박종우로 적혀 있기에 응당 개둥이려니 했는데, 아무리 봐도 군사우편이 아니고 봉투가 분홍빛으로 야들야들해서 나는 이상하다고 고개를 갸웃거리며 편지를 뜯었다. 편지를 읽어보니 개둥이 자기는 지금 화양리의 반지하방에서 성은이와 소꿉살림을 차렸다는 거였다. 그때, 아이를 낳자고 큰소리를 쳐서 하루하루 배는 불러와 이미 지우기도 어렵게 되었는데, 성은이가 어머니한테 도움을 청하자니 어머니는 까무러치게 기함을 하고, 하도 어머니가 까무러치게 놀라는 바람에 아버지도 그 사실을 알았고, 이년 다리몽둥이를 부숴버린다고 아버지가 길길이 날뛰는 바람에 성은이는 집을 나오게 되었고, 하여 그는 군대를 안 간 채로 그녀와 동거를 하고 있다는 거였다. 그러면서 그는 지금은 비록 노가다를 뛰지만 자리만 잡히면 군대에 갈 것이고, 제대 뒤에는 다시 세상에 나아가서 멋지게 음악을 할 것이고, 그땐 너도 밴드에 부를 테니 잘 지내라는 말도 했다. 나는 편지를 읽으면서 기가 막혔고, 대한민국 사회에서 신의 아들로 군대를 뺀 것도 아니고 군대를 도망쳐서 도대체 어떻게 할 것인지 걱정이 되었으나, 워낙에 지금 현실이 힘들다보니까 나는 마음 한편으로 개둥이를 한없이 부러워했다.

첫 휴가 때의 일이었다. 정기휴가 15일을 받았는데 왜 그리 시간이 쏜살같은지 몰랐다. 개둥이라도 연락이 되면 보고 싶었는데, 사는 곳만 화양리라고 밝혔을 뿐 개둥이는 내게 연락처도 남기지 않았고, 자기의 신분이 불안해서인지 겉봉에 주소조차 밝히지를 않았다. 하여 낮에는 빈둥빈둥 비디오나 쳐보다가 밤에는 혼자 포장마차에 들어가서 미친 듯이 술만 퍼마시며 보냈는데, 어느 결에 열흘이 훌쩍 지나가버리자 그때부터 나는 입맛이 없어지면서 슬슬 피가 마르기 시작했다. 밤에 잠을 자려 누워도 눈이 말똥말똥해지는지라 나는 일어나 편지를 썼다. 지금처럼 인터넷이 있으면 손쉽게 익명으로 하소연을 하겠지만 그도 아니 될 때라, 나는 말더듬이는 눈이 나쁘거나 귀가 안 들리는 것만큼의 심각한 질병이라 당연히 군면제를 시켜야 한다는 그 당위성에 대해 구구절절 편지를 썼고, 말더듬이가 어떻게 군생활을 할 수 없는지에 대해 절절한 하소연을 늘어놨고, 한번 이야기를 털어놓기 시작하니까 그간의 받은 설움까지 쏟아져나오는지라 날이 훤하게 밝아서 보니 편지는 대단히 긴 장문이 되었고, 편지지로 아홉 장을 빽빽하게 끼적인 그 편지를 딴에는 국방부에도 보내고, 병무청에도 보내고, 육군본부에도 보내고, 청와대 민원실에도 보내고, 정부합동민원실에까지 보낼 생각을 했고, 한 부를 쓰고 나머지를 복사하면 아무래도 절실함이 줄어 보일 것 같아서 죄다 친필로 쓰느라고 남은 휴가 닷새를 즐기지도 못하고 낑낑거리며 총 다섯 부를 완성했으나 실명을 드러내자니 후환이 두렵고, 익명으로 보내자니 투서의 효력이 약해질 것 같고, 이래저래 현실성이 없기도 없거니와 만에 하나 호응을 얻는다 해도 제도적인 차원에서의 개선은 내가 제대한 다음의 아주 먼 훗날의 일이 되려니 싶어 나는 결국 편지 보내는 걸 포기해야 했다.

귀대하는 날, 차마 내키지 않는 걸음으로 부대 앞 완행버스 정류장에서 내리니 아직 점심때라 나는 조금이라도 귀대시간을 늦추느라고 부대 앞 거리를 왔다갔다 했고, 공연히 오바로크집에 들러서 모자에 붙은 멀쩡한 일병 계급장도 다시 촘촘히 박고, 용궁다방에 들러 커피를 마시며 미스 정하고 실없이 노닥거리고, 한동안은 맛을 못 보려니 싶어 짜장면도 곱빼기로 처넣고, 오락실에 들러 백동전을 한 움큼 바꿔다가 멀거니 테트리스도 하고, 그런데도 아직 시간이 많이 남았는데 그렇다고 저녁 무렵 귀대하는 것도 눈치가 보여서 해가 아직도 서산 위에 한 뼘이나 남아 있는데도 마침내 부대가 있는 언덕배기로 걸음을 옮겼다.

그때 부대의 위병소가 저만치 보이는 데서 나는 차마 발걸음을 어쩌지 못하고 삼십 분을 우두커니 서 있었다. 단순히 들어가기 싫어서가 아니었다. 그건 도대체 지금 내가 왜 이 부대로 복귀해야 하는가 하는 의구심이 문득 들어서였다. 왜 들어가지? 왜 내가 여길 들어가서 이런 개고생을 해야 하지? 도대체 누가 날 군대로 보냈지? 이런 근본적인 의문이 새삼 들었고, 아무리 생각을 거듭해도 그 의문에 대한 답이 속 시원히 떠오르질 않았다. 그러니까 대한민국에서 군대란 남자라면 누구나 지는 국방의 의무이고, 그러니까 그걸 실존적으로 골치 아프게 따져봤자 아무 의미도 없는 것이고, 하여 아직도 나한테는 이십이 개월의 시간이 남았다는 그 단순한 생각이 그때는 들지 않았다. 부대 복귀를 해야 하는 이유를 필사적으로 찾으며 한없이 서 있었지만, 머릿속이 표백된 듯 나는 어떠한 대답도 떠올릴 수가 없었다. 줄담배를 피우던 어느 순간에 나는 개둥이를 떠올렸다. 지금 버스를 타고 곧장 서울에 가면, 분명 성은이와 함께 화양리에다 방을 얻었다고 했으니까 그 근처를 며칠 기웃거리면 개둥이를 어렵잖게 만날 듯싶었다. 개둥이가 잡히지 않고 생활하는 걸 보니 탈영 또한 그리 어렵지만은 않으리란 생각이 들었다. 이곳을 빠져나가 서울에 도착만 하면 개둥이가 바로 나를 안전하게 숨겨줄 것 같았다. 그게 아주 구체적인 장면으로 눈앞에서 떠오르는지라 나는 제법 설레는 마음까지 느끼며 걸음을 돌이켰다. 실제로 서울행 표를 끊고 멀거니 대합실에 있다가 막상 버스에 올라타려니 퍼뜩 입대 동기들 얼굴이 눈에 삼삼했고, 잇따라 첫 휴가인데 부대 복귀를 늦게 하면 동기들이 또 나 때문에 뚜들겨 맞을 것이란 생각이 들었고, 그제야 현실감각이 돌아오면서 나는 가까스로 발걸음을 돌릴 수 있었다.

  그 후로도 탈영에 대한 생각은 여러 번 들었지만 사람이 아주 죽으라는 법은 없는지 내가 숨 쉴 수 있는 구멍도 생겨났다. 매품을 팔려고 판 건 아니지만 어쨌거나 절뚝이는 걸 숨겨야 하는지라 나는 곧잘 헐떡고지 말뚝근무로 빠졌다. 그렇게 보초를 서면 함께 간 말년 병장이야 진종일 퍼질러 초소 안에서 낮잠을 자기 일쑤라 나는 혼자만의 시간을 즐길 수가 있었다.

  언제나 변함없을 것 같은 푸른 산들과, 가끔씩 날아다니는 산꿩과, 지천으로 피어 있는 철쭉과, 뭉게구름이 유난히 자주 끼던 강원도의 하늘과, 햇빛에 반사되어 빛나는 저 멀리 아렴풋한 강줄기와, 산골짜기를 돌아가는 국도와, 국도를 달리는 차량도 자그맣게 보였다. 혼자 멀거니 근무를 서자면 현실의 고통스러움에 대한 마취의 효과가 필요한 때문인지 나는 자주 예전의 추억을 불러냈다. 그럴 때면 대학 시절보다는 개둥이와 함께 나이트를 가던 때나, 개둥이와 함께 아파트에서 포르노를 보며 낄낄대던 일이나, 개둥이와 함께 음악을 듣던 장면이 떠오르곤 했는데, 이상하게도 그때 들었던 노래는 잘 생각나지 않았다.

이렇듯 현실에서 노래를 듣고 부를 수 없게 되자 나는 차츰 맘속에서
찬송가를 불러대기 시작했다. 당시에 나는 일요일마다 열심히 교회를 다
녔다. 졸따구 시절에야 일요일에 부대에 있자 해도 이것저것 고참들 심
부름을 해야 하는 터라 쉬지를 못했고, 해서 일요일이면 어지간한 졸다
구들은 한 가지씩 종교를 선택해서 빠져나가는 형편이라 나도 잽싸게
기독교를 선택했다. 다행인 점은 그때 중령인 포대장은 물론 그 사모까
지 독실한 기독교인이라는 것이었다. 따라서 주번사관이 일요일 일조점
호 때마다 후임병들 종교 활동 막지 말라고, 고참들 눈치 보느라 못 가는
일 없게 하라고 특별히 강조하던 터라 종교 활동만큼은 특히 교회를 가
는 것만큼은 그런대로 허용해주는 분위기였다. 때문에 오전 열 시쯤 교
회에 도착하면 점심은 교회에서 먹었고, 오후 두 시쯤에 귀대하는 게 보
통이었다. 부대 밖에 머무는 시간이 길어서도 좋았지만 오가는 길 또한
흐뭇했다. 일요일마다 부대를 빠져나와 산길을 걸을 수 있다는 것 자체
가 나에게는 크나큰 희열이었다. 인솔자도 그때는 꽤나 자비를 베풀어서
우리가 대열을 흐트러뜨린 채 제멋대로 걸어도 못 본 척했고, 하여 나는
마음 편히 주위 산야를 바라보며 걸어갈 수가 있었다.
　교회에 도착하면 찬송가로 예배를 시작했는데, 그때마다 나는 눈시울
이 흐릿해졌다. 웬 말인가 날 위하여 주 돌아가셨네…… 죄수처럼 머리
를 짧게 깎은 사내들이 줄지어 앉아 한 음절 한 음절 서투르게 부르는
굵직한 음성의 찬송가는 그레고리안 성가처럼 장중하게 들렸는데, 그러
다보면 아무리 푸른 군복을 입었다지만 이런 찬송가를 부르면서 어떻게
사람을 팰 수 있을까 싶었고, 하여 우린 모두 어쩔 수 없는 죄인이란 생
각이 들기도 했다. 이런 비감에 젖다보면 노래 가사 하나하나는 가슴에
더욱 사무치게 다가왔다.

어머니가 들려주던 그 찬송가들은 지겨워 죽을 맛이었는데 이렇듯 새로울 수 있다니. 찬송가는 군가처럼 빠른 행진곡풍도 있었지만 또한 장송곡마냥 느린 곡조도 많았는데, 나는 느린 곡들이 좋았다. 느린 곡들은 왠지 사람 가슴을 울리게 했고, 나를 감미로운 슬픔에 젖게 했다.

삶이 답답한 탓이겠지만 훗날 나는 군대 시절 들은 찬송가의 감동을 되살리기 위해 한때 열심히 찬송가를 수집했는데, 그러다보니 나는 국내 가수들도 찬송가를 참 많이 부른 걸 알게 되어서 앨범이든 테이프든 열심히 구하러 다녔다. 양희은이 부른 찬송가, 조영남이 부른 찬송가, 윤형주가 부른 찬송가, 윤복희, 김세환, 현미, 혜은이 것까지 부지런히 사 모았는데 아무튼 찬송가의 목소리로는 윤형주가 제일 어울렸다. 윤형주의 목소리는 저음에서 맑고 고음에서 투명하기에 성스러운 분위기에 가장 잘 어울렸다. 제대하고 한동안 찬송가를 듣던 시절에는 버스 안 라디오에서 윤형주가 부른, '오랜만에 그녀가 보내온'으로 시작되는 〈바보〉라는 노래가 흘러나오면 나는 그게 무척이나 낯설었다. 도대체 윤형주는 왜 저런 성스런 목소리로 자기의 재능을 낭비하며 저런 유치한 사랑타령이나 해댈까 나도 모르게 혀를 차곤 했는데 이런 찬송가 듣기는 제대 후 두어 달이 지나자 점차 수그러들었다. 아무리 밤에 불을 끄고 경건하게 무릎까지 꿇고 커튼을 친 채 찬송가를 들어도 예전 군대 시절의 감동이 되살아나지 않았다. 나는 노래란 아무리 스스로 좋아한다 해도 늘 변함없이 빛날 수는 없다는 것, 노래란 그 자체로 독립된 객관의 대상이 아니라, 노래 역시도 여타의 예술 작품마냥 나의 체험과 맞물리며 그 느낌은 변하는 것이고, 따라서 나의 마음상태에 따라서 감동이 달라진다는 그 당연한 진실을 뒤늦게야 깨달았다. 그러니까 군대 시절의 그 힘든 상황을 맞이하지 않는 한 그런 감동을 맛볼 수 없음을 알아차리고는 그제야 걸신들린 찬송가 수집을 그만두었다.

　사실 아무리 군대 생활이 고되고 힘들어도 짬밥이 쌓이면 밑에 쫄다구도 생기고, 하면 이래라저래라 지시하는 맛도 근사하고, 뭐 그래야 이제 적응이 되고, 더딜 것 같은 국방부 시계도 좀 돌아가는 것인데, 나는 쫄따구가 생겨도 예컨대 남들처럼 신병을 한번 재미삼아 놀리려 해도 그게 안 되었다. 애인 있냐고 물으려 해도 버벅거리고, 하다못해 단증도 땄겠다 태권도 자세를 가르치려고 해도 우선은 말이 매끄럽게 안 나오니 폼 한번 잡을 수가 없던 거였다.

　하루 종일 가도 나는 필요한 말이 아니면 숫제 입을 열지 않았고, 어느 정도 짬밥을 먹어 상병이 되어서는 니들은 놀려라, 나는 나대로 살겠다는 배짱이 생겨 진종일 인상을 구겨댔고, 그때 군인들에게 엄청난 인기를 구가한, 최진실 최수종이 나오는 TV드라마 〈질투〉를 봐도 무표정으로 대했다.

　내가 워낙에 침울하게 있으니 제대 말년에 화를 당하지 않을까 염려가 되었는지, 아니면 그간 저질렀던 가혹한 행위에 대해 뒤가 켕겼는지, 고참들이 조금씩 나를 의식하기 시작했다. 나중에 들은 얘기로는 오광철이가 그렇게 맞았으니 원한이 맺히고 맺혀서, 더구나 군생활 내내 쌍판만 구긴 채 적응을 못하는 이상한 놈이니, 언젠가 밤에 자는데 야삽으로 머리를 찍을지도 모른다는 말들이 나돌았다고 하는데, 아닌 게 아니라 이젠 누구도 나를 가지고 장난을 치거나 일부러 말을 붙이거나 하지를 않았다. 내가 병장을 달고서 내무반에서 담뱃불을 붙이면, 상병 늠의 새끼들부터 조져야 돼, 이건 병장이 담배를 펴도 누구 하나 재떨이를 대령 안 하니, 하는 식으로 바로 위의 고참이 슬슬 나를 대우해주기 시작했고, 나는 여전히 인상을 펴지 않았지만 그래도 시간은 가는지라 마침내 제대를 앞두게 되었다.

그날, 제대를 한 달 앞둔 일요일 오후, 나는 멀거니 텅 빈 내무반에 홀로 있었다. 그야말로 떨어지는 낙엽도 피하며 시간만 죽이면 되는 나날이었다. 부대원들은 공을 차러 연병장으로 나갔고, 나는 침상에 걸터앉아 있었다.

문득 외롭다는 감정이 엄습했는데, 나는 이런 외로움이 바로 보름 전 제대해서 먼저 나간 입대 동기 때문인 줄 알았다. 당시 대학생들은 1학년 때 문무대, 2학년 때 전방입소 이렇게 일주일씩 병영 군사 훈련을 받았다. 그리고 그걸 이수한 대학생에겐 복무기간을 석 달 줄여주는 혜택을 주었다.

그 입대 동기는 그 혜택을 누려 삼 개월을 먼저 제대해 나간 것이었으나, 나는 2학년 때 전방입소를 거부해서 아쉽게도 석 달의 절반에 해당하는, 다시 말해 45일의 단축혜택을 못 받았던 것이다. 나는 혜택을 보지 못한 45일을 아쉬워했고, 나도 이렇게 45일이 아까운데 대학을 못 간 이들은 대학 못 간 것도 서러운데 군생활을 석 달 더하는 게 얼마나 눈물 나게 분할까, 새삼 대학생이 얼마나 특권층인지를 곱씹었고, 그렇게 맘속으로 피눈물을 흘린 터였는데, 나는 그 여파가 지금껏 계속되는 것이려니 싶었다.

나는 침상 위로 샛노랗게 떨어지는 햇살을 눈부셔 하다가, 군번줄을 손가락에 감고 휘휘 돌려대다가, 실내의 먼지가 한가로이 떠다니는 걸 바라보다가, 수족관의 붕어와 거북이들을 한 마리 한 마리 찬찬히 헤아리다가 어느 순간, 하나의 느낌에 압도당했다. 이렇듯 무리로부터 떨어져 혼자 내팽개쳐지는 건 내게 얼마나 익숙한 일이었나.

나는 퍼뜩 외로움의 실체를 알아차렸다. 외롭다는 건 혼자 남는 것 이상이었다. 외롭다는 건 부당하게 외톨이라는 것이었다. 외롭다는 건 부당하게 자기의 존재를 인정받지 못하는 거였고, 무슨 일이 있을 때마다 오광철은 좀 특이하니 열외시키자는 것이었다. 그래서 점호 때만 되면 초소근무를 나가는 것이었고, 일과시간에도 말뚝근무로 빼는 것이었고, 힘든 훈련에도 선심 쓰듯 언제나 열외시키는 것이었고, 선임이면 당연히 보고를 해야 함에도 말을 더듬는다는 이유로 빼는 것이었고, 그게 습관처럼 되어서 이제 나 스스로가 어떤 일에도 나서지 않는 것이었다. 그러니까 외로움은 결박이었고, 주눅이었다. 외로움은 따로 떨어져서 외로움이 아니라 스스로가 스스로를 결박해서 외로움이었다.

나는 담배를 피워 물었다. 아, 사는 건 이런 거구나. 굽이굽이 힘들게 군생활을 하고 이제 제대를 앞둔 시점에 나는 인생의 비밀을 순간적으로나마 엿본 느낌이었다. 그 모든 나날은 결국 나에게 이것을 알려주려 했던 것인가? 나는 그 순간 어떤 계시를 받고 있는 것만 같았다. 아아, 산다는 건 쉽지 않구나. 새해만 되면 매번 일기장을 새로 사고, 새로운 결심을 해보지만 결국은 늘 제자리이지 않나. 제대를 한다 해서 과연 남은 삶이 마법처럼 탈바꿈할 것인가. 지금껏 말을 더듬지 않으려 수없이 다짐을 해도 번번이 실패로 끝났듯 삶은 결코 변하지 않으리란 느낌. 일병만 달면, 첫 휴가만 나가면, 유격만 뛰면, 상병만 되면, 혹한기 훈련만 지나면, 앞산에 눈만 녹으면…… 고비를 넘기면 무언가 달라지리라 믿으며 살아가지만 삶은 본질에서 그대로이리란 느낌. 삶에 도약이나 초월 같은 건 결코 없으리란 느낌. 그냥 이렇게 제대를 하고, 멍하니 결혼도 하고 애도 낳아보지만 서른이 오고, 마흔도 가고, 그렇게 세월이 흘러가리란 느낌……

나는 죽 외로웠고, 앞으로도 여전히 외로울 것 같았다.

4
후박나무 저편

내가 제대하는 날은 공교롭게도 사단 체육대회가 열리던 날이었다. 부대원들은 오전에 사단으로 가야 했기 때문에 아침 식사가 끝나자마자 정신없이 바빴다. 그래서 나는 여느 제대병처럼 무등을 탄 채 부대원들이 〈늙은 군인의 노래〉를 합창하며 함께 걸어오는, 그런 왁자지껄한 배웅을 받지도 못하고 혼자서 위병소를 나왔지만 물론 나로서는 제대한다는 감격이 워낙 컸기에 그런 것쯤은 전혀 서운하지가 않았다.

서울에 도착하고 보니 아직 해는 중천이라 나는 이대로 집에 들어갈 수는 없어서 공연히 여기저기 쏘다니다가 대학로를 갔다. 마로니에공원 나무의자에 앉아 지나가는 여자의 다리도 구경했고, 저녁엔 혼자 포장마차에서 소주잔을 기울이며 족쇄에서 풀려난 삶을 자축했다. 밤이 이울어서야 나는 집에 도착했다. 흥얼흥얼 콧노래를 부르며 현관문을 열었지만 그 순간 나는 기막힌 광경을 목도했다.

나를 반긴 건 어머니가 아니라 큰외삼촌이었다. 어머니는 산소호흡기만 안 댔을 뿐 식물인간이나 진배없는 신세로 방에 누워 있었다. 내가 휘둥그레진 눈으로 어머니를 굽어보자니 큰외삼촌이 잠깐 산책을 나가자고 했다. 나는 머릿속이 멍해진 채로 외삼촌 뒤를 따라나섰다.

어두운 골목길을 보안등이 비추었고, 어디선가 희미하게 개가 짖었다. 누군가 뒤에서 떠미는 것처럼 나는 허청허청 걸음을 내딛었다. 어머니가 아버지가 싸우다가 그렇게 된 게 아닐까. 퍼뜩 든 그 생각이 너무나도 강한 확신으로 다가왔기에 외려 나는 먼저 묻지를 않았다. 한참을 무작정 걸어가던 외삼촌이 몇 번의 헛기침 끝에 말문을 열었다.

"연락을 받고 와보니 느이 엄마가…… 나도 처음엔 그 인간의 말에 속아 단순한 뺑소니인 줄 알았다. 그런데 옆집 여자 얘기로는 엄마가 그날 새벽에 현관문을 열고 허둥지둥 나왔고, 바로 뒤이어 그 인간이 몽둥이를 들고 현관 앞까지 쫓아나왔다고 하더라. 옆집 여자는 마침 새벽예배를 가려고 나서던 참이라 그걸 다 목격했나보더라. 다행이 그 인간이 대문 밖까지는 쫓아나오지는 않더래. 옆집 여자는 달려가는 늬 엄마한테 남편이 쫓아오지 않으니 그만 도망가라구. 우선 급한 대로 자기 집에 들어가 몸 좀 녹이라구, 그 말을 전하려는데 엄마 걸음이 왜 그리 빠른지 모르겠더래. 엄마 뒤를 쫓아가는데 도무지 잡을 수가 없더래."

우리는 천천히 걸었다. 어느새 찻길이었다.

"아마 여기쯤 될 거다."

외삼촌이 손으로 찻길의 한 지점을 가리켰다.

"그날 늬 엄마가 절뚝대면서도 계속 달려가더래. 찻길로 막 달려가더래. 빨간불인데도 막 가더래. 여자가 한 오십 미터쯤 뒤에서 부르려는데 숨이 차서 말이 안 나오더래. 어느 순간 클랙슨 소리가 들렸는데…… 고개를 들어보니 엄마가 승용차 앞에 쓰러져 있더래. 옆집 여자는 너무나 놀라서 그냥 그 자리에 털썩 주저앉았대더라. 너무 놀라 아무 말도 나오지 않았다구…… 설마 그 차가 그렇게 도망갈 줄은 몰랐대. 친 사내는 내려서 주위를 한번 두리번거리더니 바로 차를 타고 다시 가버렸대. 늬 엄마가 얼마나 경황이 없이 길을 건넜으면 그랬겠냐. 아무리 뺑소니지만 이건 자동차가 그런 게 아니야. 그 인간이 니네 엄마를 이렇게 만든 거다."

사고 당시 척추를 심하게 다친 탓에 어머니는 숨만 내쉴 뿐, 어부어부하며 말도 못했고, 누운 자리에서 혼자 힘으로는 뒤척일 수도 없었고, 당연히 혼자 힘으로 용변도 처리 못했다. 식사는 희멀건 미음이었고, 가끔씩 포도당 주사로 영양을 공급받을 따름이었다. 그나마 말은 알아듣고 좋고 싫다는 건 얼굴 표정으로 나타낼 수 있었는데, 더 이상의 호전을 바라기는 힘들다고 했다. 어차피 병원에 있어도 더 이상 좋아질 가망은 없는 것이어서 병원 침대에 석 달을 누워 있다가 집에 온 지 겨우 사흘이 되었다고 했다. 일부러 숨긴 건 아니었지만 군대에 매여 있는 몸인데 심란하게 또 군이 알려선 뭐하냐 싶어서 지금껏 연락을 하지 않았다고 했다.

외삼촌이 돌아간 뒤에 나는 현관 계단에 걸터앉았다. 새삼 지난날이 떠올랐다. 밤이 깊어지면 나는 그때부터 불안에 떨었다. 아비의 귀가시간이 다가올수록 초조함은 극에 달했다. TV를 봐도 눈으로 들어오지 않아서 연신 벽시계를 흘금거렸다. 안절부절못하기는 어머니도 마찬가지였다. 장사를 마친 고단한 몸뚱이를 편히 쉬지도 못한 채 어머니는 어둠에 잠긴 창밖을 내다보거나 아니면 혼자 방 안에서 기도를 바치곤 했다. 어머니가 거실로 나오자면 이따금씩 우리는 눈길을 마주쳤다. 그건 힘없는 자가 느끼는 공감이자 비애의 눈빛이었다. 가장이 부리는 야만적인 폭력, 가장이기 때문에 합법적으로 행해지는 폭력에 대해서 고스란히 당할 수밖에 없는, 서로의 처지가 불쌍해서 나오는 체념 섞인 슬픔이었다. 우린 그런 나날을 수도 없이 겪었다.

나는 알 것 같았다. 어머니는 나보다 훨씬 더 긴 세월을 공포감에 휩싸여서 살아온 터였다. 어머니는 내가 코흘리개 시절부터 매를 맞았다. 내게 도망갈 틈을 주려고 일부러 아비의 앞을 가로막고 나선 적도 많았다. 고등학교 때부터 나는 야간 자율학습이니 도서관에서 시험공부니 핑계를 대며 요령껏 귀가시간을 늦추었다. 대학 때는 학교가 멀다는 핑계로 하숙생활을 했다. 나는 어머니를 방기한 것인지도 몰랐다. 어쩌면 삶에는 해야 할 일이 있고, 피할 수 없는 관문이 있는데, 내가 그걸 외면했기에 어머니가 이런 꼴을 당하는 것인지도 몰랐다.

나는 자책으로 마음이 아팠다. 고개를 들었다. 사위는 조용했다. 대문 밖의 까물거리는 외등빛이 눈에 들어왔다. 외등빛은 담장을 넘어오지 못한 채로 겨우 저편의 공간만을 희미하게 밝히고 있었다. 마치 음산한 어떤 기운이 이 집을 덮고 있는 것 같았다. 그 음산한 기운이 이 집을 차단해서 지금 이곳으로는 빛도 소리도 들어오지 못하는 듯했다. 마당 구석 후박나무의 넓적한 잎사귀가 조금 흔들렸다. 어두컴컴한 후박나무 저편으로 무언가가 있는 것 같았다. 그건 후박나무에 몸을 숨긴 채로 나를 엿보는 듯했다. 오싹 몸이 떨렸다. 난 그게 내 방으로 출몰하던 그 귀신이라고 느꼈다. 나는 한동안 후박나무를 응시했다. 다시 살짝 나뭇잎이 흔들렸다. 그자는 지금 내게 이렇게 말하는 것 같았다.

'다음에는 반드시 네 죗값을 치르게 만들겠다. 내가 몇 번이나 데려가려고 했는데 버둥거리면서 네가 자꾸 깨어나는 바람에, 나에게서 자꾸 도망치는 바람에 어머니를 그리 만든 것이다, 알겠느냐.'

어머니가 쓰러진 뒤 순영이는 내보냈고, 할머니 역시 작은아버지가 시골에서 올라와 모셔갔다. 어머니에겐 오십 줄의 간병인이 붙었다. 간병인이 날마다 와서 어머니에게 밥을 먹이고, 옷을 갈아입혔다. 어머니의 방에선 라디오가 켜지거나 그도 아니면 찬송가 테이프가 흘러나왔다. 누워 있는 어머니에겐 그것만이 유일한 낙이었다.

나는 어머니의 복수를 다짐했다. 몇 년 전부터 노화가 두드러지긴 했지만 아비는 내가 군대 간 사이에 실로 폭삭 늙어 있었다. 흰머리도 부쩍 늘었고, 어깨는 굽어들었고, 신문을 볼 땐 돋보기를 썼다. 살도 무섭게 빠져서 지금은 걸음걸이도 비실비실 힘에 겨워 보였다. 젊은 날을 놀고 먹으며 탕진한 것에 대한 인과응보 같아서 나는 그게 퍽이나 고소하기만 했다. 아비는 이제 기운으로 보나 덩치로 보나 나를 이래라저래라 할 수 없을 터였다.

나는 우선 어머니의 재산을 관리해 들어갔다. 외삼촌의 도움으로 나는 수월하게 내 뜻을 이루어나갔다. 어머니의 사고에 대해 아비도 일말의 죄책감을 느꼈는지 외삼촌이 서류를 들이댈 때마다 말없이 도장을 꾹꾹 눌렀다. 죄책감이 아니라도 이제 노인이 다 된 아비는 완력을 행사하는 일은 엄두도 못 낼 성싶었다. 모든 재산은 내 명의로 이전되었다. 설렁탕 가게를 정리하자 내 통장에는 거금이 들어왔다.

나는 아비에게 일체의 돈을 주지 않았다. 흥청망청 써댔던 예전의 습성이 있기에, 그것만으로도 아비에겐 엄청난 타격이었다. 그러나 호락호락 앉아서만 있을 아비가 아니었다. 어머니를 저 지경으로 만들었다는 자책감 때문인지, 혹은 외삼촌이 쏘아보는 눈빛으로 매일 드나들고 하니까 그 서슬에 놀랐는지 처음에는 찍소리 못하던 아비도 시간이 흐르자 차츰 본색을 드러냈다.

"이놈아, 돈 좀 다고."

"돈이 왜 필요한대? 그 나이에두 기집질할래?"

"난 친구도 안 만나고 술도 안 먹니?"

"구청에 공공근로라도 신청해보지. 소주값은 충분히 떨어질 테니."

"이놈아, 그 많은 돈 너 혼자 다 가질래?"

"아니 무슨 염치로 돈을 달래. 거지한텐 줘도 당신한테 줄 돈은 없어."

아비는 벌떡 일어났다. 주방으로 가서 부엌칼을 잡았다. 아비는 식탁 의자에 앉아 있는 내 멱살을 잡고는 칼을 목에 갖다댔다. 아비의 눈엔 불꽃이 일었고, 목소리는 나지막이 떨렸다.

"돈을 내놔라. 어서 돈을 내놔. 이놈아 난 니 애비다."

아비는 나를 노려봤으나, 나는 의자에 앉은 채라 몸을 움직이기가 불편했다. 나는 위험을 직감했다. 그러나 지금이 또한 아비를 결정적으로 제압할 순간이라는 것도 알았다. 이 순간 나는 침착했다. 지금껏 살아오면서 수없이 지은 표시, 당신을 향한 굴종의 표시인 양 두려움에 찬 표정을 지었다. 눈을 껌벅대면서 고개를 수그렸다. 그러다 갑작스레 왼손으로 칼을 쥔 아비의 손목을 잡아 비틀었고, 오른발로는 아비의 아랫배를 걷어찼다. 갑작스런 공격에 아비는 칼을 떨어뜨렸고, 신음소리와 함께 몸을 옹송그렸다. 나는 주먹으로 아비의 면상을 가격했다. 생각했던 것이상으로 아비는 기력이 예전만 못했다. 그 정도의 공격으로도 아비는 기신기신 숨을 몰아쉴 뿐, 쉬이 몸을 일으켜 세우지 못했다. 나는 예전에 내가 당했던 것처럼 얼굴이든 허리든 가리지 않고 아비에게 발길질을 해댔다.

아비는 옛 영화를 잊지 못하는 듯 그 뒤로도 서너 차례 도발을 감행했다. 술김에 몇 번 먼저 주먹을 들이대며 덤볐으나 그때마다 나는 수월하게 아비를 제압했다. 아비를 고꾸라뜨린 채로 흠씬 밟아댔다. 완력에서 밀린다는 걸 확실히 깨닫자 이제 아비는 수시로 으르렁거렸다.

"니 새끼를 죽여버릴 거다. 흥 이놈아, 내가 이대로 당할 줄 아니. 이놈의 집구석 싸그리 불지를 테다."

그런 말을 듣고만 있을 수는 없는지라 그때마다 나는 아비에게 주먹을 휘둘렀으나, 내 맘은 편치 않았다. 겉으로야 어디 맘대로 해보라며 이기죽거렸지만 어느 결에 아비가 다가올지 몰라 밤에 자려면 침대 머리맡엔 칼을 준비했다. 함부로 열지 못하도록 내 방문에다 걸쇠를 해 달았고, 또한 내 방 창문의 방범창살도 떼어버렸다. 혹시 아비가 불을 지르면 창문으로 탈출하기 위해서였다.

어머니가 자리보전한 뒤로, 이따금씩 나는 가슴이 답답했다. 멍하니 누워 있다가도, 음악을 듣다가도, 답답함은 수시로 엄습했다. 이 답답함은 말이 막힐 때, 말을 못해 느끼는 답답함하고는 차원이 달랐다. 산소가 희박한 나머지 지금 당장 죽을 것 같은, 심장이 짓눌리는 듯한 답답함이었다. 한번 엄습하면 이삼십 분을 갔다. 그럴 때면 나는 방구석에서 가만 몸을 웅크려야 했다. 이런 공황장애가 가시고 겨우 숨이 쉬어질 만하면 나는 기신기신 거실로 나가 냉장고를 열고 소주병을 꺼내왔다. 내가 당한 모든 기억들, 가령 아비에게 맞은 일이나 말을 더듬는대서 받았던 수모, 군대에서 겪은 설움까지 고스란히 떠올랐다. 바로 이 층으로 가서 지금 당장 아비의 모가지를 개구리 움켜쥐듯 와락 조르고 싶은 충동이 일었다. 그러면 내 입에선 주문처럼 이런 소리가 흘러나왔다. 언제든 죽일 수 있으니까. 언제든 죽일 수 있으니까. 그 말을 중얼거릴수록 내 맘은 편안해졌다. 나는 지금 즐거움을 뒤로 늦추는 거다, 즐거움을 온전히 만끽하려고 결행 시기를 뒤로 늦추는 거다. 맘만 먹으면 언제든지 죽일 수 있으니까. 그러다보면 술병이 비워졌고, 달콤한 복수의 장면을 떠올리며 한결 나아진 기분으로 잠을 청해보는 거였다. 나는 외로웠다. 이럴 때 개 둥이라도 옆에 있으면 좋으련만 그는 군에서의 편지 뒤로 나에게 아무런 연락을 해오지 않았다. 나는 개둥이를 만나고 싶은 열망으로 서너 번 발작적으로 화양리를 찾아가 그곳 골목을 샅샅이 뒤진 적도 있었으나 그를 찾아낼 수는 없었다. 정말이지 나는 누군가와 소통하고 싶었다. 이런 욕망은 내 처지를 이해받고 싶다는 바람이기도 했고, 또한 이성에 대한 갈구이기도 했다. 어쩌면 내가 뚜렷한 이유 없이 대학에 복학한 것도 그런 사람을 찾기 위한 하나의 바람, 절박한 몸짓인지 몰랐다. 현실이 삭막할수록 내 그리움은 불타올랐다. 이 세상에는 나와 교감할 수 있는 여자가 분명 한 사람은 있을 것 같았다. 비록 여느 사내들처럼 여자 앞에서 매끄럽게 나불대지는 못하지만 그녀야말로 살아오면서 내가 얼마나 핍박받았는지 헤아릴 것이고, 내가 얼마나 진실한 사랑을 갈구하는지 알아 차릴 것이다. 이렇게 자주 상상을 했지만 상상한 게 현실에서 이뤄지는 법은 단 한 번도 없는지라 나는 그녀가 어딘가에 있기는 있지만 지금 당장에 나타나리라고는 믿지 않았다. 그런데 여자는 홀연히 나타났다. 생각지도 않은 곳에서.

5
그대 고운 목소리에

　카페 '풍차'는 재래시장 깊숙이 자리했다. 시장은 학교 후문에서 십여 분을 걸어내려와 찻길을 건너고, 담배 한 대 피울 만큼 직진해서 굽잇길을 돌자면 나왔는데 풍차는 시장 안침의 허름한 사 층 건물에, 그것도 지하에 위치했다. 삐걱거리는 나무계단, 녹이 슨 손잡이가 달린 쇠문, 부주의한 담뱃불 때문인지 숭숭 구멍이 뚫린 바닥의 붉은 카펫, 잡지나 음반 설명서에서 오려냈음 직한 가수들 사진을 잔뜩 붙인 실내 벽, 더구나 갓을 씌운 조명 탓에 카페 안은 대낮에도 언제나 흐리마리했다. 문을 열고 들어가 보면 자리는 텅 비었거나 고작해야 한두 테이블이 차 있을 뿐이었다. 학교에서 거리가 먼 탓인지 학생들 출입은 뜸했는데, 그렇다고 학생 아닌 사람들이 앉아 있는 적도 드물었다. 이렇게 썰렁해서 어떻게 운영될까, 심각하게 걱정될 정도였는데 어쨌거나 풍차는 오전 열한 시면 정확히 문을 열었고, 대개는 자정까지, 손님이 있으면 손님이 나갈 때까지 끈덕지게 가게 문을 열어놓았다.

　내가 처음 카페 풍차를 방문한 건 순전히 우연이었다. 그날 나는 학교 후문을 지나 어슬렁거리며 그저 발길 닿는 대로 재래시장의 좌판에 멀건 눈길을 던지는 중이었는데, 난데없이 하늘에서 굵은 빗방울이 뿌렸다. 주위를 두리번거리던 나는 쇠창살에 나무판자가 대롱이던 작고 초라한 간판 하나를 발견했다. 쉼이 있는 카페 풍차. 그건 나무판자에 인두로 글자를 새긴, 그야말로 조잡한 간판이었다. 이런 재래시장의 외진 카페라니 어련하랴 싶었으되 비를 잠시 그으려 나는 지하 계단을 내려갔다. 커다란 고리가 달린 출입문을 열자 종소리가 났다. 순간 나는 멈칫했다. 카페라고 하기엔 안이 지나치게 어둡고 침침했다. 문을 연 채 잠시 서 있으려니 눈이 익으면서 카페 전경이 들어왔다. 길고 좁다란 실내엔 테이블이 두 줄로 해서 모두 열두 개 있었는데 자리는 텅 비어 있었다. 맞은편 벽으론 아래위로 빽빽이 꽂힌 LP판이 눈에 들어왔는데 유리로 가림막까지 해댄 걸 봐선 뮤직박스의 구실까지 겸하는 것 같았다. 한 여자가 눈에 들어왔다. 문소리가 분명 들렸을 텐데도 여자는 아랑곳없이 등을 돌린 채 LP판을 고르는 중이었다. 나는 조심스레 걸음을 옮기어 구석자리에 앉았다. 빗물에 젖은 구두로 바닥의 카펫을 밟는다는 게 어쩐지 송구스럽기만 했는데, 실내가 어두운 게 다행이라면 다행이었다.

　"어두우면 테이블의 촛불을 켜세요."

　여자가 말했다. 촛불을 켜자 나는 여자의 모습을 좀 더 똑똑히 볼 수 있었다. 여자는 키가 컸고, 민소매 차림의 검은 원피스를 걸쳤다. 한 갈래로 묶어내린 머리칼은 허리까지 넘실거렸다. 기다란 몸피에 비해 얼굴은 지나치게 작았는데, 작은 얼굴만큼이나 눈도 가늘었고 입도 아기처럼 자그마했다. 턱선 또한 유난히 갸름했다. 전체적인 인상은 나름 맵시

가 있었지만 미인이란 생각은 그다지 들지 않았다. 아무래도 광대뼈가 좀 튀어나오고, 이마가 너무 좁아서 그렇지 싶었다. 여자가 메뉴판을 가져오기에 나는 말없이 손가락으로 커피를 지목했다. 커피를 기다리는데 음악이 흘러나왔다. 푸웃, 나도 모르게 웃음이 나왔다. 조용필의 〈창밖의 여자〉. 아무리 시장통에 있다지만 그래도 대학가 인근의 카페인데 이런 흘러간 가요를 틀어주다니. 여자가 잘름대며 커피를 가져왔다. 가만 보니 여자는 다리를 조금 절었다. 그렇지만 허름한 카페치고 커피 맛도 좋았고, 실내의 음향 또한 무척이나 훌륭했다. 메인 스피커는 앞뒤 벽에 두 개가 있었고, 천장 모서리마다 보조 스피커가 달려 있었다. 실내가 조용한 게 무엇보다도 내 맘에 들었다. 그런데 음악이 계속 좀 거슬렸다. 조용필이 끝나자 윤복희가 흘러나오더니, 잇따라 조영남까지 등장하는 것이었다. 더구나 얼마나 오래된 LP인지 대부분의 노래에선 자글자글 기름 끓는 소리가 배경으로 깔렸다.

커피 더 드릴까요? 여자가 뮤직박스 안에서 물어왔다. 네, 좋죠. 그런데 다른 노래는 없나요. 오늘은 궂은비가 뿌리니 연주곡도 좋잖아요. 듣기 편한 척 맨지오니의 트럼펫 곡이라도 부탁합니다. 적당한 연주곡이 없으면 하다못해 귀에 익은 올드팝이나 영화음악이라도 부탁합니다. 죄송하지만 전 가요만 들으면 두드러기가 나는 체질이걸랑요. 나는 이런 말로 거침없이 이기죽거리고 싶었으나 물론 바람일 뿐, 아무 소리 없이 고개만을 끄덕였다.

나는 여자가 따라준 커피를 묵묵히 홀짝거렸다. 이런 케케묵은 가요만을 들입다 틀어대니 손님이 있을 턱이 있나. 나는 쓴웃음을 지으며 텅빈 카페를 휘휘 둘러보았다. 그렇게 한 시간 남짓 말없이 앉아 있다가 그곳을 나왔다. 그동안 여자는 내내 가요만을, 그것도 묵은 가요만을 줄기차게 틀어댔다. 참으로 매상에는 신경을 쓰지 않는 희한한 카페라는 생각이 들었다. 그런데 다음 날에도, 그다음 날에도 나는 무언가에 홀린 듯 풍차를 찾아갔다.

풍차의 주인은 마흔 초반의 나이로 보였다. 여자가 절름대며 커피를 가져오면 흘릴까봐서 나는 늘 조마조마했다. 며칠이 지나서야 나는 카페에 호사스런 붉은 카펫이 깔려 있는 까닭을 짐작할 수가 있었다. 카펫이 깔린 건 단순히 카페를 고급스럽게 치장하기 위해서가 아니었다. 그녀는 아마도 발소리가 싫었을 터였다. 나무판이 삐걱거리는 소리, 절름대는 발걸음에 따라 삐걱거리는 소리가 무엇보다도 거슬렸을 거였다.

처음에 나는 여자보다도 여자가 틀어대는 음악이 신기하기만 했다. 그 여자의 음악 취향은 특이했다. 팝송도 안 튼 건 아니지만 대부분은 가요를, 그것도 좀 지난 가요만을 틀어댔다. 틀 때마다 가수라도 바꾸면 좋으련만, 어느 시기 자기가 끌린다 싶으면 그 가수만을 집중적으로 틀었다. 그러니까 요 며칠 조용필이 당긴다 싶으면 질리지도 않는지 용필 오빠만을 내리 듣고, 그러다가 양념처럼 사이사이로 다른 곡을 끼워주었다. 필시 본인은 자주 듣고 싶지만 오는 손님 때문에 그나마 자제하는 듯싶었다. 이렇게 며칠 조용필 곡만을 듣다 질리면, 그제야 다른 레퍼토리로 넘어갔다. 지난주엔 조용필이면 이번 주엔 조영남 다음엔 윤수일, 뭐 이런 식이었다. 그런데 줄기차게 부름을 받는 가수가 있었으니 그는 바로 조동진이었다. 조동진은 그야말로 날마다 대여섯 번은 꼬박꼬박 호출을 당했다. 특히 나는 거기에서 〈조동진 3집〉을 숱하게 들어야 했다.

처음 며칠은 이런 선곡이 짜증났는데 차츰 나는 내성이 생겨났다. 거기에는 풍차가 주는 어떤 아늑함도 한몫을 했다. 손님이야 자건 말건 오로지 자기가 좋아하는 음악만을 틀어대는 여주인의 무심한 태도라든가,

침침한 조명, 혹은 실내의 조용함, 이런 것들에 맘이 눅진해지면서 나도 어느새 묵은 가요들에 익숙해져갔다. 그렇게 음악을 듣자면 시간은 잘도 갔다. 나는 날마다 카페를 방문했고, 몇 시간이고 앉아서 커피를 축내다 보니 카페 안에 나와 여자 단둘이 있는 시간은 늘어만 갔다. 좁은 공간에 단둘만 있다는 걸 시나브로 의식하게 되었다. 나는 어두움을 은폐물로 해서 구석자리에 앉아서는 여자의 모습을 훔쳐보다가 이따금 눈이 마주치기라도 하면 서둘러 눈길을 떨구었다. 그런 행위들을 처음에야 단순한 수줍음 정도로만 알았다. 좁은 엘리베이터 안에 여자와 단둘이 있으면 공연히 어색해져서 고개를 수그리는, 그런 정도의 수줍음쯤으로 알았다. 여자는 언제나 검정이나 짙은 회색의 원피스를 입은 채 심취한 표정으로 노래를 들었고, 노래를 들으며 자주 발을 까닥거렸는데, 그러면 나는 화장실을 가는 척하며 그 스타킹 신은 발을, 슬리퍼가 간들거리며 드러난 그녀의 발뒤꿈치와 하얀 종아리를 눈부시게 바라보았다.

풍차에 출입한 지 두어 달이 지난 어느 날이었다. 가만 앉아서 무심코 담배를 피워 물자니 노래 한 자락이 퍼뜩 가슴에 와닿았다.

그대 고운 목소리에 내 마음 흔들리고……

음, 정태춘 박은옥이 부른 〈사랑하는 이에게〉로군. 이번 주는 정태춘 스페셜인가. 그런데 몇 번 들었던 그 노래가 별안간 다르게 들려왔다.

나도 모르게 어느새 사랑하게 되었네……

이거 봐라. 나는 숨이 막혔다.

어서 오소서 이 밤길로 달빛 아래 고요히……

나는 풍차 여주인을 바라보았다. 그녀와 눈길이 마주쳤다. 나는 눈길을 떨구었다.

떨리는 내 손을 잡아주- 내 더운 가슴 안아주오……

이상했다. 그녀와 눈이 마주친 게 한두 번이 아닌데, 내 심장이 격렬하게 뛰었다. 그 순간 나는 알았다. 나는 내가 날마다 이 카페를 출입하는 게 어떤 편안한 분위기 때문인 줄 알았는데, 그게 아니었다. 나는 그녀를 보기 위해서 날마다 온 거였다. 이런 생각은 순간적으로 나를 사로잡았지만, 그 생각이 오랜 궁리가 아닌 바로 순간에서 나왔기에 내게는 더욱 분명하고 확실한 감정으로 여겨졌다. 도대체 나는 저 여자를 왜 좋아하나? 별로 예쁜 얼굴도 아닌 저 여자를? 나보다 나이가 이십 년은 더 많아 보이는 저 여자를 왜 좋아하나? 커피잔을 위태위태 가져오는 삐딱이는 그녀 모습을 좋아하나? 혹은 넋이 나간 듯이 음악을 듣는 그 표정? 아니면 검정 원피스를 입은 채 말없이 신비감을 풍기는 그녀의 분위기, 그런 걸 좋아하나? 자문했지만 답을 찾을 수는 없었다.

나는 이제 매일 카페를 가는 데서 더 나아가서 한번 가면 다섯 시간이고 여섯 시간이고 죽치고 앉아댔다. 나는 그곳에서 이런저런 상념에 빠졌고, 멍하니 음악을 들었고, 거듭 커피를 청해 마셨고, 재떨이가 수북하도록 담배를 피웠고, 무료함이 견딜 수 없을 지경이면 성냥개비로 탑을 쌓았고, 그러다가 어느새 나는 대학노트를 꺼내 그녀에게 편지를 썼다. 편지를 쓰면서 나는 다 쓴 편지를 읽을 생각도 없었고, 읽으며 고칠 생각도 없었고, 당연히 보낼 생각도 없었다. 그렇다고 그녀에게 편지 대신 말을 청할 용기는 더더욱 난망한 일이라 한없이 긴 편지를 쓸 뿐이었다. 내 지난날을, 내 외로움을 알아주길 바라는 마음으로 무작정 편지를 써댔다.

그러던 중 나는 부주의로 그만 그 노트를 풍차에 두고 나왔다. 그날 밤 나는 안절부절 견딜 수가 없었다. 내 은밀한 고백을 낱낱이 적어놓은 그 노트를 그녀가 본다면…… 나는 머리칼을 쥐어뜯으며 방 안을 수없이 서성였다. 그런데 이런 낭패감은 시간이 지나면서 묘한 설렘으로 바뀌어

갔다. 그녀가 내 고백을 읽는다는 게 뭐 그리 큰일이란 말인가? 비록 여과되지 않은 날것의 감정이라지만 이런 계기가 아니면 내가 어떻게 그녀에게 고백할 수 있단 말인가? 나는 외려 이 노트를 그녀가 읽었으면 하는 바람이 있지 않나? 그래서 그 노트를 혹시 일부러 놓고 온 건 아닐까? 맑은 정신에서는 용기를 낼 수가 없으니 무의식에서 이런 짓을 벌인 게 아닌가? 부옇게 날이 밝아오자 어느덧 나는 이런 생각까지 하게 되었다. 이런 간교한 놈. 말을 더듬으니 너는 여자에 대한 접근도 이렇게 변칙으로 하는구나. 나는 허탈한 웃음을 베어물어야 했다.

이튿날 오전 열한 시, 카페 문을 열자마자 가보니 노트는 내가 앉던 구석자리에 그대로 놓여 있었다. 여자는 여느 때와 다를 바 없었다. 절름대는 걸음으로 내게 커피를 내려놓았고, 가요를 줄기차게 틀었다. 가끔씩 나와 눈이 마주쳤지만 그 눈길에는 전과 다른 어떠한 조짐도 없었다. 그런데도 나는 어느 순간에 그녀가 내 노트를 읽었음을 직감했다. 그때부터 나는 날마다 죽어라고 편지를 써댔다. 숫제 편지지를 한 묶음 사서는 대낮에 풍차에 가서 열심히 끼적거렸고, 카페 문을 닫을 즈음이면 그 편지를 자리에 두고 나왔다.

그즈음 나는 생각했다. 내가 저 여자를 좋아하나? 정말 좋아한다면 이런 게 사랑일까? 이건 사랑이 아닐 것이라고 생각했다. 너무나 외롭기 때문에 나온 자폭적인 감정의 발산이지 사랑은 아닐 것이라고 생각했다. 그런데도 나는 화살 같은 편지질을 멈추지 않았다. 나는 이를 악물었다. 한번 감정을 표현하기 시작했으니 이제 지칠 때까지 행해야 한다는 것, 내 부끄러움을 노출했으니 여기서 물러설 수 없다는 것, 하여 노출된 내 감정에 대해 보상을 받아야 한다는 것, 싫다고 하든 좋다고 하든 여자가 반응을 내보일 때까지 나는 끝까지 가야만 한다고 생각했다. 거기에는 나의 비뚤어진 자의식도 한몫을 했다. 나는 내 사랑도 말더듬처럼 주저하며 진행될까봐 은근히 두려웠다. 나의 말들이 목구멍에 갇히듯 나의 사랑 역시 표현을 하지 못해, 열정이 부족해서가 아니라 표현을 하지 못할까봐 두려웠다. 불안감을 은폐하기 위해서라도 나는 처음부터 극단일 수밖에 없었다.

그러나 그녀는 도무지 별다른 변화가 없었다. 늘 무심한 표정이었고, 가타부타 어떤 말도 없었다. 나는 초조해서 미칠 것만 같았다. 초조함은 오기를 불러왔다. 나는 갈수록 편지 쓰기에 매달렸다. 만약 내가 여기서 편지 쓰는 걸 멈추면 그녀는 실망하리라. 그녀는 지금 나를 시험해보는 거다. 이게 잠깐의 열정인지, 오래도록 타오를 진정한 사랑인지를 확인해보는 거다. 그러니까 계속 써야 한다. 그녀만이 나의 아픔과 비밀을 안다. 그녀만이 나를 구원할 수 있고, 그녀만이 세상과의 소통에 힘들어하는 나를 위로할 수 있으리라.

그녀가 내 감정을 배설한 노트를 읽었다는 그 이유 하나만으로도 그녀는 나를 사랑해야 한다고 믿었다. 나는 실로 기나긴 편지를 썼다. 누가 강요하지도 않았거늘 나는 내 사랑을 증명해 보이려고 했다. 화려한 수사로 한껏 감정의 과잉을 허용했고, 나중에는 그 감정에 스스로가 도취해 들어갔다. 그녀는 여신이었고 구원이었고 이데아였다. 나는 밤마다 조동진을 수없이 들었다. 여자를 추앙하니까 여자가 추앙하는 조동진을 나 역시 응당 추앙해야 한다고 생각했다.

며칠 뒤, 나는 그녀의 외양에서 미세한 변화를 포착했다. 전과 다르게 그녀는 옅게나마 입술에 루주를 발랐고, 살짝 눈화장도 했다. 아, 그녀도 나를 의식하고 있었던 것이다. 얼추 이십 년의 나이 차가 염려되어 이런 사랑이 정말 가능할까 고민도 했고, 내가 왜 저 여자를 좋아하나, 혹시 이건 집착이 아닐까, 스스로의 심리도 분석하며 일말의 회의가 있었던 나는 용기백배 미친 듯이 편지를 쏘아올렸다. 그녀에 대한 맹목의 열정 때문이기도 하지만 스스로가 느끼는 외로움 탓에 편지는 써도 써도 자꾸 풀어져나왔다. 한없이 길게 쓸수록, 그런 편지의 길이가 사랑의 진정성을 증거하려니 싶었다.

군대 시절 숱한 연애편지를 대필했기에 나는 리허설도 충분했다. 나는 편지에서 내 말더듬을 드러냈고, 때리는 애비 얘기를 했고, 개둥이를 끌어들였고, 집회에서 자빠진 상황도 시시콜콜 묘사를 했고, 처음에는 이런 말을 쓸까 말까 고민하다가 그 갈등을 이기고 한번 갈겨대니 그건 묘한 쾌감을 불러왔고, 나 자신이 부쩍 대담해진 듯한 생각까지 들었기에, 나는 날이 갈수록 고백의 수위를 높였다. 그때 내겐 진실이 아니라 자꾸 안으로 파고드는 고백의 쾌감이 중요했다. 고백할수록 나는 도약하는 것 같았다. 더구나 나는 편지 쓰기에서는 누구한테도 뒤지면 안 되었다. 말로 내보일 수 없으니 나는 글로써 증명해야 했다. 이런 글재주를 왜 지금껏 썩히고 있었나 안타까움이 들 만큼 나는 스스로의 글에 도취해 들어갔다. 내 글은 매끄러워야 했다. 내 글은 음악처럼 흘러나와야 했다. 볼레로처럼 리드미컬하게 흘러나와서는 읽는 사람을 흥분시키고, 마침내는 감동케 만들어야 했다. 경쾌한 노래 한 곡이 곧바로 우리 기분을 바꾸듯 편지 몇 장으로 단숨에 그 여자의 가슴을 울렁거리게 만드는 거다. 편지를 통해 환상을 피어오르게 하고, 그 환상에 갈망을 불러일으키는 거다. 나는 열심히 열심히 편지를 썼다.

이제 카페 풍차의 공기는 전과는 완전히 달라졌다. 밤이 깊고, 사람들이 하나둘 빠져나가면 실내에선 감미로운 긴장이 흘렀다. 흐릿한 조명 아래 그녀와 나, 단둘이 남으면 우리만의 어떤 은밀함이 생겨났다. 둘만의 표정, 둘만의 몸짓, 둘만의 음악. 어릴 때의 헤드폰처럼 밖의 소음은 완벽히 차단되었다. 그럴 때 그 여자가 트는 음악은 내겐 더할 나위 없는 메시지가 되었다.

갑자기 간드러진 키보드 반주에 이어 콧소리 섞인 여자의 목소리가 흘러나온다.

나도 몰래 뛰는 가슴이여
나도 몰래 그를 살짝 보네
어쩌다가 나는 이럴까
언제부터 나는 이럴까

나는 황홀해서 미칠 지경이었다. 아아, 이런 노래도 있었나. 훗날 나는 그 노래에 대해 그녀에게 물은 적이 있다.

"응, 그거 신중현이 작곡하고 김정미가 부른 〈나도 몰래〉란 곡이야. 나중에 양희은도 불렀는데 아무래도 김정미 목소리로 들어야 제맛이지. 그 여자 목소리는 정말 듣는 사람의 가슴을 들뜨게 만들지."

그녀만의 색다른 분위기가 있었기에 그녀가 신비스럽게 다가온 것일까? 아니면 내가 그만큼 외롭기 때문에 그녀를 신비스럽게 포장한 것일까? 살다보면 운명 같은 사랑이 한 번쯤 오기 마련이라 내가 그렇게 여자에게 빠져든 것일까? 아니면 상대를 떠받드는 것으로 나는 내 안의 열정을 소진시키려고 했던 것일까? 어쨌거나 분명한 건 풍차에서 흘러나오는 노래들이 그전에 들었던 느낌과는 완전히 다르다는 사실이었다.

그녀가 허리를 굽혀 한동안 뒤적이다가 LP를 찾고, 재킷을 몇 번 쓰다들은 뒤에 가만 레코드판을 꺼내고, 턴테이블에 조심조심 레코드판을 올려놓고, 지지직 바늘 올려놓는 소리가 나면, 마침내 노래가 흘러나온다. 아무리 지난 가요라도 그 순간의 노래는 나와 여자 사이를 드리워주는 아담한 교량이었다. 그건 단순한 노래가 아니라 그 순간 여자와 내가 함께 창조하는 내밀한 분위기였다. 그러니 내가 그런 노래들을 어찌 사랑하지 않을 수 있으랴.

드디어 여자에게서 반응이 왔다. 그날도 손목이 뻐근하리만큼 혼자 열심히 편지를 쓰고 있는데 여자가 내 맞은편 자리에 앉았다. 그러고는 말없이 나를 바라보았다. 나는 그것만으로도 가슴이 터질 것 같았다.

"음…… 왜 그렇게 나를 좋아하지?"

여자는 물었다. 나는 말해야 했다. 물었으니까 나는 대답해야 했다. 그런데 말이 나오지 않았다. 단지 말을 더듬는대서가 아니었다. 여자의 질문을 받는 순간, 머릿속이 멍하기만 했다. 순간적으로 나는 정말이지 할 말이 궁했다. 그렇게 격정적인 편지를 썼음에도 왜 이런 질문에 대답을 못할까? 나는 기가 막혔다. 여자의 질문 하나에 내가 속절없이 무너진 것 같았고, 그건 내게 패배감을 불러왔다. 돌연 눈시울이 뜨거워졌다. 나는 등신 같은 꼴을 보이기가 싫어 허둥지둥 카페를 빠져나왔다. 나는 뛰다시피 걸음을 옮겼다. 나는 왜 이 여자를 좋아하나? 이런 젠장, 좋으니까 좋은 거지. 좋은 데에 꼭 이유가 있을 거냐. 우뚝 걸음을 멈추었다. 그제야 도망쳐 나온 게 너무나 어리석었다는 생각이 들었다. 이대로 도망친다면 다시는 풍차를 찾아갈 수 없을 것 같았다. 나는 입술을 깨물었다. 카페로 발길을 돌렸다. 쿵쿵대며 지하계단을 내려갔고, 기세 좋게 문을 열어젖혔다. 여자는 뮤직박스 안에서 판을 갈아끼우는 중이었다. 나는 성큼성큼 걸어서 여자 앞에 섰다. 좋아하니까 좋아하는 거지 좋아하는 데 꼭 이유가 있어야 합니까, 나는 순간적으로 이렇게 말하려고 했는데 이건 바람뿐이었고 우선 숨이 또 콱 막히면서 목에서 경직이 느껴졌다. 나는 재빨리 좀 더 짧게 문장을 바꾸었다. 그냥 당신이 좋아서요, 이 말을 하려고 했는데, 이 역시도 입이 잘 떼어지지 않았다. 나는 필사적으로 숨을 내쉬면서, 손가락을 바지주머니 위에서 까닥거리며 말의 리듬을 타려고 했는데 그래도 말은 좀체 나오지 않았다. 말을 하려는 열망과 열리지 않는 말문 때문에 입술에서의 압박감은 더욱 심해졌고, 말려들어간 혀는 입천장에서 내려올 줄을 몰랐다. 맥주병 뚜껑을 따지도 않은 채 애먼 맥주병만 요란하게 흔들어대는 꼴이었다. 내 숨은 부글부글 거칠어졌고, 얼굴은 극심한 투쟁으로 붉게 달아올랐다. 지금 순간에는 어떤 말이든 하는 게 의미가 있을 터인데, 하다못해 기침이라도 해야 했는데, 그건 바람뿐이었고 나는 여전히 말문을 열지 못했다. 여자가 내게 물어왔다.

"무슨 할 말이라도? 어디 아파?"

나는 고개를 저었다. 겨우 그그그 하면서 더듬거릴 뿐이었다. 뭐라고? 여자가 큰소리로 물었고, 그러자 나는 눈물이 날 정도로 분하기만 했다. 그렇게 편지로 말더듬을 고백했건만 짓궂게 묻는다는 생각이 들었다. 말더듬에다 이런 분통까지 겹치자 나는 자신이 풍선처럼 부풀어오른다는 생각이 들었고, 급기야는 막 터질 것 같았다.

"그그그그그 그냥요."

악을 쓰듯 내 입에선 큰소리가 터져나왔다.

"네? 뭐가요?"

여자는 놀란 눈으로 나를 쳐다보았다. 나는 너무나 난처해서, 지금 상황도 난처하거니와 이 난처함을 내가 다시 말로 설명해야 한다는 것도 너무나 까마득해서 또다시 서둘러 퇴각을 해야 했다.

128

계단을 올랐다. 햇빛이 환했다. 나는 죽고 싶었다. 자신이 참을 수 없을 만큼 싫어졌고, 갑자기 술 생각이 간절했다. 슈퍼에 들어가서 소주 두 병을 사서는 가게 앞 파라솔에서 벌컥벌컥 마셔댔다. 딱 세 번 입술을 떼고 한 병을 비우자니 정신이 알딸딸해왔다. 십 분쯤 쉬었다가 다시 반병을 비웠다. 그러자 놀라운 일이 벌어졌다. 별안간 나는 씩씩해졌고, 그 씩씩함이 어찌나 차고 넘치는지 말들이 가슴속에서 아우성을 쳐댔다. 이런 아우성이라면 막힌 목구멍도, 딱딱한 혓바닥도, 꽉 닫힌 입술까지도 거침없이 돌파할 성싶었다. 나는 다시 카페 문을 열어젖혔고, 그러자 내 입에선 말들이, 그토록 고대하던 말들이 쏟아져나왔다.

"당신을 왜 사랑하냐구요. 왜 편지를 보내냐구요. 왜라니요, 왜라고 묻는 건 너무 가혹한 것 아닌가요. 내가 당신을 사랑하는 이유를 말했는데 그 원인까지 분석하란 말인가요……"

나는 씨월씨월 정신없이 얘기를 했는데, 입에서 나오는 대로 마구 떠들었는데, 말을 마치고 보니 어느새 오 분이나 지나가고 있었다. 내 말을 듣고 난 여자는 대꾸가 없었다. 한동안 바닥만을 쳐다보더니 싱긋 웃으며 말문을 열었다.

"그렇게 숨차게 얘기했으니 목마르겠다. 커피나 한 잔 더 하고 가."

나는 자리에 앉았다. 여자는 주방으로 사라졌다. 스피커에선 음악이 흘러나왔다.

그대 고운 목소리에 내 마음 흔들리고……

알고 트는지 모르고 트는지 이 순간 노래는 공교롭게도 〈사랑하는 이에게〉였다.

그녀의 이름은 이정희. 나는 그녀에게 포박당했다. 나는 아무것도 할 수 없었다. 가슴이 울렁거려 밥도 먹히지 않았다. 길을 걸어도, 밤에 누워도 오로지 그녀 얼굴만 떠올랐다. 나는 이런 내 몽롱함이 싫지 않았다. 나는 그때 심신을 얽어매는 포박의 옥죄임이야말로 사랑의 순수성을 보증한다고 여겼다.

자연스레 내가 카페에 머무는 시간은 더욱 늘어났다. 나는 오전 열한 시쯤 눈을 뜨면 세수를 하는 둥 마는 둥 집을 나섰다. 도중에 김밥을 사 가지고는 곧바로 풍차에 들렀다. 구석자리를 차고 앉아서는 커피를 다섯 잔이고 열 잔이고 마셔대는 것이었고, 배가 고프면 김밥을 욱여넣었다. 그녀는 주위 눈 때문인지 이제는 커피를 리필할 때가 아니면 내 자리에는 가급적 앉지를 않았는데, 나는 개의치 않았다. 그녀와 말을 나눌 수 없을지라도, 그녀가 틀어주는 음악을 들으며, 그녀 모습을 바라보는 것만으로도 만족했다. 이윽고, 밤 열한 시나 열두 시쯤 마지막 손님이 나가면 이제 그녀와 나는 카페 문을 안에서 닫아걸었다. 맥주를 조금씩 따라 마시면서, 서로를 그윽하게 바라보면서 음악을 들었다. 그녀는 내가 말을 하지 않아도, 그리고 더듬더듬 말문을 열어도 불편해하지 않았다. 말은 주로 그녀가 했는데, 대부분은 음악 이야기였다. 그녀의 감식안은 예사롭지 않았는데 특히 가요에 대한 지식이나 그 평은 독창적인 데가 있었다. 그녀의 카페에는 트로트 계열 빼고 70, 80년대에 나온 웬만한 가요의 레코드판은 거의 다 있는 것 같았다.

그녀에게 훌륭한 가수란 단순히 노래 잘하는 사람이 아니라 자기만의 삘이 묻어나는 가수, 자기만의 분위기로 듣는 사람에게 감흥을 일으킬 수 있어야 했다. 더구나 가요는 가사도 음미할 수 있거니와 그게 아니더라도 국내 가수의 목소리에는 팝송과는 다른 우리네만의 삘이 훨씬 진하게 묻어난다는 거였다. 그래서 그녀는 김정호의 서늘하면서 애절한 목소리도 좋아했고, 김현식의 야생적인 투박함도 좋아했고, 송창식의 세련된 창법도 좋아했고, 장필순의 안개 같은 저음도 좋아했는데, 특히 그 삘이 묻어나는 여자 가수로는 김정미를 꼽았다. 그 밖에도 한영애는 조금 오버하지만 그 오버도 나름대로 맛이 있다며 좋아했고, 정수라도 자기 나름의 노래를 부를 줄 안다며 좋아했고, 조용필은 리듬을 절묘하게 탄대서 좋아했다. 또한 〈꽃밭에서〉를 부른 정훈희는 나이 먹고도 목소리가 맑대서 즐겨 들었고, 한대수는 자기 스타일의 기교가 있대서 자주 틀었고, 썩은 목소리로 부르는 임희숙은 그 당당함이 멋있다며 좋아했고, 서유석은 〈타박네〉를 가장 〈타박네〉답게 부른대서 좋아했는데, 그녀는 좋은 것만큼 싫어하는 것도 분명해서 패티김은 너무 기교를 부린대서 싫어했고, 이선희는 자기가 노래를 잘한다고 의식하는 것 같아서 싫어했고, 이광조는 지나치게 느끼하대서 싫어했고, 조하문은 무조건 거칠게 내지르기만 한대서 싫어했고, 왜 그런 음악을 하는지 모른대서 양병집을 싫어했다. 그녀가 제일로 좋아한 가수는 조동진인데 특히 그이는 노래를 잘 부르려는 시도를 전혀 하지 않는대서, 비록 자다 깬 목소리지만 조동진 그이는 그 자신만의 목소리에 어울리는 그런 노래를 만들고 부른대서, 조동진 노래는 오로지 조동진이 불러야지 다른 누구 목소리로는 맛을 살리지 못한대서, 그녀 말대로라면 가장 예술적인 삘이 묻어난대서 그이를 가장 윗길로 쳤다. 이렇듯 가요에 대해 평을 하자면 그녀는 자주 흥분하게 마련이었다.

"김정호는 노래도 좋았지만 노래 부르는 모습도 어쩜 그렇게 애잔하던지. 지금도 생생해. 그가 무대에서 공연하던 모습이. 눈을 지그시 감은 채 한 음절 한 음절 피를 토하듯 애절하게 노래 부르는 그의 모습이라니. 아, 노래에 헌신하려는 듯이 마이크를 수평으로 누인 채 부르는 모습이라니."

그녀가 좋아서 그녀가 좋아하는 노래를 좋아하는 건지 아니면 그녀의 해설 때문인지 모르겠으되 아무튼 풍차에서 들은 노래는 예전에 내가 라디오로 스쳐가며 듣던 그런 가요하고는 느낌이 달랐다. 그녀의 세례 덕분에 나는 내가 얼마나 편견에, 우리 가요는 하찮겠거니 하는 음악적인 편견에 사로잡혔는지를 깨달아갔다. 나는 그녀의 선곡을 통해 우리 가요의 세계에 거침없이 빠져들었다.

나는 실연의 절창인 '무슨 말을 할까요 울고 싶은 이 마음'으로 시작되는 윤항기의 〈나는 어떡하라고〉도 들었고, 노래를 들을 때마다 늦은 밤역 대합실로 누군가를 마중 나가고 싶게 만드는 하남석의 〈막차로 떠난여인〉도 들었고, 나그네가 먼 길을 걸어온 듯한 감흥을 불러일으키는 장미화의 〈서풍이 부는 날〉도 들었고, 나중에 최헌이 불러서도 히트했거니와 그녀 표현대로라면 도저한 그리움의 노래라는 히식스의 〈당신은 몰라〉도 들었고, '가을엔 떠나지 말아요' 하는 최백호의 마른 낙엽 같은 목소리도 들었고, 들어보면 결국 가을인데 가을이 아니라 슬픈 계절이라고 해서 이 노래는 살았다는 백영규의 〈슬픈 계절에 만나요〉도 들었고, 역시 그녀 표현대로라면 이별 노래 중 가장 애절하다는 이연실의 〈새색시 시집가네〉도 들었고, '바람이 휘몰던 어느 날 밤 그 어느 날 밤에 떨어진 꽃잎처럼 나는 태어났다네'로 시작되는 번안곡 〈1943년 3월 4일생〉을 떨어진 꽃잎처럼 태어난 장님가수 이용복의 목소리로도 들었고, 우산도 없이 비를 맞는 것 같은 채은옥의 〈빗물〉도 들었고, 낮달이 슬프다는 그 가사만으로 눈부시다는 임희숙의 〈내 하나의 사람은 가고〉도 들었고, 이동원의 〈불새〉와 〈애인〉과 〈이별 노래〉도 들었는데, 하여 나는 우리나라 가수들에게는 팝송과 다르게 쓸쓸함이 훨씬 더 묻어난다는 걸 느꼈고, 그 쓸쓸함으로 사람을 홀리게 만드는 무언가가 있다는 생각이 들었

고, 우리 민족이 한이 많아서 가수들 역시도 한이 많나보다 하는 생각이
들기까지 했다.

　그녀 얼굴을 마냥 넋 놓고 바라보는 게 좋긴 좋아도 매일을 카페 안에
서만 보낼 수는 없는 노릇이라 햇빛이 좋은 휴일이면 우리는 야외로 나
가기도 했다. 경의선 기차를 타고서는 차창을 내다보다가 경치가 근사한
곳이 나오면 아무 역이나 선뜻 내렸다. 손을 잡은 채 함께 들판을 걷다가
때론 해지는 하늘을 바라보기도 했다. 그럴 때 한순간 서로의 눈이 마주
치기라도 하면 나는 황홀함에 몸을 떨었다. 이런 떨림, 이게 사랑이구나,
나는 맘속으로 중얼거렸다. 주위 풍경도 새삼스럽기만 했다. 미풍에도
나달대는 초록빛 잎사귀의 움직임도 뚜렷이 눈에 들어왔고, 느리게 흘러
가는 구름의 속도도 똑똑히 감지되었고, 주위에 아무렇게나 피어난 개망
초꽃의 흰빛도 공연히 눈물겹기만 했다. 나는 예전에 시를 읽다보면 왜
시에는 늘 접시꽃이니 삐삐꽃이니 패랭이꽃이니 하는 꽃 이름이 이렇게
자주 들어가나 궁금했다. 시인이란 작자들은 정말 꽃에서 이런 다양한
느낌을 얻기는 얻나 의문이 들었다. 그리고 그럴 때마다 내 아둔한 감수
성이 은근히 부끄러웠고, 내가 괜히 열등한 동물로 여겨지기도 했는데,
나는 그 의문을 해소했다. 이건 내가 단순히 도시에서 자란 것과는 무관
했다. 내 감성이 열리지 않았기에 풍경이 주는 위로를 몰랐을 뿐, 사랑에
빠지니 노래도 풍경도 선명하게 다가들었다.
　나는 자주 웃게 되었고, 나날이 발랄해졌다. 나는 차츰 머릿속에서 무
슨 말을 할지 생각하는 버릇을 놓게 되었다. 내 느낌을, 내 생각을 떠오
르는 대로 바로바로 말하기 시작했다. 그러자 어느 때는 과히 더듬지 않
고 말이 불쑥불쑥 나오기도 했고, 또 간혹 내가 생각하기에도 너무나 신

통하고 재치 있는 말을 해서 그녀를 웃게 만들기도 했다.

그녀는 내가 말을 더듬는 것에 대해 한순간도 타박을 한 적이 없었다. 얼굴을 찌푸리거나 답답하다는 표정을 지은 적도 없었다. 그녀의 이런 지속적인 배려 덕분인지 막혔던 내 말문은 질적인 변화를 겪었다. 신기하게도 어느 순간부터 나는 말을 수월하게 해댔다. 물론 이 수월함은 예전의 나와 비교해서 그렇다는 것이지 아직도 여느 사람과 비교하면 더듬거림이 느껴지는 수월함이었지만 좀만 더 이런 나날을 보내면 보통사람처럼 말문이 트일 것 같았다. 개둥이 덕에 잠시 열렸던 말문이 군대에서 다시 닫혔다가 그녀로 해서 재차 숨통이 트이지 싶었다.

나는 이제 자꾸 말을 해댔다. 편지에서 이미 다 한 바 있지만 내 지난날을 재차 털어놓았다. 내 입으로 수월수월 나오는 말을 내 귀로 듣는 게 너무나 신이 나서 한 얘기를 또 하고 또 했다. 이제 군에서 겪었던 모진 설움도 회상할 만한 추억이 되었다. 군에서의 고생도 그녀 앞에서 떠들 거리를 만들어주려고 아마도 신께서 예비했나보다, 생각할 만큼 나는 너그러워졌다.

내가 말을 해대면 그녀는 상체를 숙인 채 가만 귀를 기울였다. 들으면서 그녀는 간간이 질문을 했고, 내 얘기에 눈물을 글썽였고, 때론 울분을 토해냈다. 그녀가 너무 열심히 들어주니까 나는 내 얘기가 그녀한테는 다 재밌나보다, 여기고는 별스럽지도 않은 사소한 일까지 시시콜콜 얘기를 해댔다. 그녀가 너무 열심히 들어주니까 이 얘기를 했나 안 했나 분간 못하고 중언부언해댔다. 사랑하는 여자가 내 말에 공감을 하는 건 실로 짜릿한 일이었는데, 나는 그게 또 사랑하니까 당연하다고 생각했다. 남의 말에 공감을 하고, 남의 말에 몰입을 해서 듣는다는 게 얼마나 고귀한 일이고, 얼마나 드문 품성인지를 나는 몰랐다. 사람들 대부분이 남이 말할 때 건성으로 고개를 끄덕이며 머릿속으로는 부지런히 자기가 내올 말의 가닥을 추린다는 걸 나는 그때까지도 잘 몰랐다. 말문이 매끄러운 이들이야 나처럼 대화 회피를 위해 듣는 걸 일부러 외면하지 않을 테니, 나 말고 세상 모든 이들은 듣는 것도 다 잘 듣는 줄 알았다. 그녀가 내 말문을 열려고 그렇게 정신을 집중해 귀를 기울여 듣는다는 걸 그때야 잘 몰랐다.

"난 거울을 보면 주름살이 싫어. 나이 들었대서가 아니라 꼭 지나간 내 흔적을 보는 것 같아서. 그 지나간 흔적을 내가 아직도 못 잊는 것 같아서. 내 주름살은 아마 그때 다 생겨난 것일 거야. 그 남자와 함께 있을 때 생겨난 것일 거야."

어느 날 그녀는 작심을 한 듯 자기의 지난날을 털어놓았다.

그녀의 꿈은 가수였다. 목소리와 통기타만으로 관객의 눈길을 끌어당기는 가수. 윤이 나는 긴 머리칼을 폭포처럼 늘어뜨리고 무대에서 작은 조명 하나만으로 노래를 부르는 존 바에즈 같은 가수를 꿈꾸었다.

"여고 때 아이들이 졸거나 그러면 선생들은 나에게 노래를 시켰거든. 교단 앞에서 내가 노래를 시작하면 모든 애들의 눈길이 한순간에 나에게로 향했어. 그래서 난 내가 노래를 되게 잘하는 줄 알았어. 근데, 그쪽 바닥을 기웃거려보니 참 나 정도의 목소리는 하늘의 별만큼 많더라고. 더구나 나는 소아마비로 다리도 절잖아."

대학을 졸업한 뒤에 그녀는 한 남자를 알게 되었다. 그림을 그리는 남자였다. 원래 자기의 불우한 신체에 대한 콤플렉스도 있던 데다 꿈이 꺾였다는 절망감에 빠져 있던 정희는 그 남자를 구원처럼 여겼다. 정희는 그 남자에게 순식간에 빠져들었다.

하루 종일 그 사내는 그림을 그렸고, 밤이면 술집으로 직행해 밤새 술을 퍼마셨다. 사내는 자기 그림을 알아주지 않는 세상을 향해 끝없이 독설을 퍼부었는데, 그때는 그게 불운한 천재의 절규로만 들렸다. 정희는 사내에게 밥을 사주었고, 술을 사주었고, 화실 도구까지 마련해주었다. 처음에 그녀는 그의 작업실을 청소해주다가 낮에는 밥도 해주다가 밤에는 함께 술도 마시다가 이윽고 집을 나와서는 그 남자의 작업실에서 살게 되었다. 사내는 그림을 그리다가도 그림이 잘 안 되면 작업실 문을 걸어 잠그고는 스펀지가 삐죽이 나온 싸구려 소파에서 정희의 치마를 들췄다. 밤마다 술을 마시던 사내는 차츰 낮에도 퍼마셨고, 그림은 언제나 제자리였고, 어느덧 돈이 떨어졌고, 돈이 떨어져 술을 마시지 못하면 사내는 뒹굴뒹굴 무협지를 봤고, 사소한 일로도 신경질을 부렸고, 그러다간 정희를 때렸다. 사내는 정희에게 돈을 가져오라며 소리를 쳤다. 정희는 집에 가서 눈물을 뚝뚝 흘리며 사정했고, 그의 부모는 그런 그녀가 가엾고 안 되어서 어떡하든 돈을 마련해주었다. 사내는 술을 마시고 술집에다 술 마신 값을 냈고, 술집 문을 나선 뒤에도 술 마신 값을 냈다. 술에 취해서는 공연히 길 가는 사람을 두들겨 패서 치료비를 물어주었고, 술에 취해서는 지폐가 빽빽이 든 지갑을 잊어버리기도 했고, 술에 취해서는 걸인한테 아낌없이 거금을 뿌리기도 했고, 술에 취해서는 친구 대학 등록금을 선뜻 건네주기도 했다. 그런 나날은 꾸준히 되풀이되었다. 정희는 그 모든 비참함과 수치를 넘겼다. 그런 굴욕을 겪을수록 그녀의 집착은 더해만 갔다. 그 남자와 헤어진다는 건 상상조차 못할 일이었다.

"그 남자가 내 곁을 떠나는 게 두려웠어. 뭐가 그렇게 두려웠을까? 남자 없이 혼자되는 게 두려웠을까? 아마 난 내 희망, 내 꿈이 깨지는 게 두려웠나봐. 난 그때 예술적인 삶을 살지 못하면 예술가를 뒷받침하는 삶이라도 살아야 한다고 생각했거든. 도대체 왜 그랬는지 몰라. 그 남자

품을 떠나는 데 십 년이나 걸렸으니. 가족들이 다 캐나다로 이민 가는데 무슨 영화를 보겠다고 혼자 남았는지."

그녀의 고백을 듣고 나자 나는 더욱더 그녀에게 빠져들어갔다. 그녀의 상처를 보듬어 깨끗이 아물게 해주고 싶었다. 그런데 내가 잘해줄 건덕지가 별로 없었다. 그녀 다리를 온전히 해줄 수도 없었고, 나 자신이 굉장한 예술가가 될 수도 없는 노릇이었다. 보듬어주고픈데 보듬어줄 무언가가 없는 건 실로 안타까운 일이었다.

그러던 어느 날, 가게 문을 닫고 술을 마시다 나는 나도 모르게 손을 들어 그녀의 뺨을 쓰다듬었다. 그러곤 너무 놀라 화들짝 손을 뗐다. 그날 밤 나는 알았다. 그녀를 보듬어주고픈 내 바람은 바로 육체에 대한 갈망이었다. 카페 안의 밀도는 더욱 농밀해졌다. 그녀가 주방에서 커피를 준비하거나 아니면 뮤직박스에 들어가 판을 고르면 내 눈은 대담하고 은밀하게 그녀의 가슴과 엉덩이에 머물렀다. 그녀도 그런 내 눈길이 의식되는지 전과 다르게 어딘지 어색해하고 허둥거리는 몸짓이었다.

카페가 유난히 침침한 탓인지 가끔은 젊은 남녀가 구석자리에 앉아서는 진한 키스를 하기도 했다. 그들의 상기된 얼굴과 키득거리는 웃음소리와 속삭이는 말소리는 내 귓전을 간질였다. 나 역시 그녀하고 저럴 수 있다는 욕망이 들었고, 그런 욕망은 어느새 성적공상으로 찬란하게 도색되었다. 가끔 가다 욕망이 너무나 들끓어오를 때면 나는 서둘러 계단을 올라 밖으로 뛰쳐나와야 했는데, 그건 물론 내 행동을 제어 못할까봐 두려워서였다. 장사가 끝나 카페 문을 닫아걸고 단둘이 맥주라도 마시게 되면, 카페 안의 농밀도는 최고조에 달했다. 우린 이야기를 나누다가 맥주잔을 부딪쳤고, 그녀는 중간중간 판을 갈아끼웠고, 그녀는 자기가 좋아하는 조동진을 곧잘 틀었고, 내가 처음 너를 보았을 때 너는 작은 소녀였고, 조동진의 〈제비꽃〉이 흘러나왔고, 그러면 그 노래는 바로 군대 시절의 찬송가처럼 내 전신을 파고들었고, 주위는 어떤 아늑함으로 채워지는 듯했다. 우린 말없이 서로를 바라보았고, 어느 순간부터 조동진 노래에 맞추어 블루스를 추었다. 그녀의 다리가 불편했기에 우리는 거의 움직임 없이 부둥켜안은 채로 상체만 흔들거리며 춤을 추었다.

그녀와 자주 문을 닫아걸고 있게 되자 내 몸은 갈수록 뜨거워졌다. 그녀와 춤을 추다보면 나는 그녀를 부둥켜안은 채로 그녀의 머리카락에 키스를 했고, 그녀의 이마에 키스를 했고, 그녀의 입술에 키스를 했고, 어느새 나는 떨리는 손으로 그녀의 가슴을 더듬적거렸고, 내 손은 열기를 띠며 그녀의 몸을 아래위로 어루만지는 것인데, 그 정도까지 진행될라치면 그녀는 언제나 내 손길을 밀어내고 약간 뾰로통해진 얼굴로 돌아앉았다. 나는 당황했다. 분명 흐름상 계속 나아가야 하는데 그녀가 새침해지는 건 내가 서투르기 때문이 아닐까? 아무리 블루스까지 추었더라도 육체관계로까지 나아가기 위해서는 아무래도 결정적인 무언가를 내와야 하지 않을까? 즉, 진도를 나가지 못하는 까닭이 낭만적인 말이나 박력 있는 행동이 부족해서인 것 같아서 나는 안절부절못해했다.

내가 할 수 있는 일이란 건 밤마다 홀로 술병을 비우는 것이었다. 그렇게 마시다보면, 사가지고 온 소주 두어 병에 만족하는 법이 없어서 다시금 술을 사러 밖으로 나와야 했다. 그러다보니 집 앞 슈퍼에서 술을 너무 자주 사는 게 의식이 되어서 일부러 먼 곳에서 술을 사오기 시작했다.

그런 게 다 본격적으로 알코올중독의 싹이 보인 것이련만 그때는 그런 심각성을 전혀 몰랐다. 그저 술에 취해 알딸딸해지면 어느 때는 감정이 고양되고, 어느 때는 끝 모를 절망감이 엄습했는데, 이 모든 감정의 오르내림이 좋기만 했다. 그렇게 어느 순간 마시다보면 나는 정신을 잃고는 쓰러져 잠이 들었다. 아침에 깨보면 어느 때는 방 한가득 토해놓았고, 어느 때는 방바닥이 흥건했다. 기억이 끊겨 잘 모르겠는데, 술 마시는 중간인지, 아니면 자는 도중인지 아무튼 질질 오줌을 싸대는 모양이었다. 그렇지만 나는 스스로를 가만 달랬다. 10일이면 9일은 마셔대는 주제에 날마다 마시는 건 아니라고 다독였고, 지금 나는 불꽃같은 사랑 때문에 괴로운 것이라고, 사랑에 빠진 사람이라면 대개는 이럴 것이라면서 스스로를 합리화했다. 그리고 내 방 옷장 속에 소주병을 잔뜩 숨겨놓았다. 혹시나 술이 떨어지면 야밤에 사러 나가는 것도 귀찮았고, 밤마다 이렇게 마셔대는 걸 아비가 알아차리는 것도 두려웠다. 취한 상태에서 아비한테 무슨 험한 꼴을 당할까 두려웠던 것이다.

그리고 나는 또 내가 서투를까봐도 두려웠다. 내가 숫총각이라는 걸 그녀가 알게 될까봐 두려웠고, 그녀를 안고 나서 내가 잘 이끌지 못하면 어쩔까 두려웠고, 이 모든 상념의 덩어리는 또 밤마다 술을 찾을 좋은 구실이 되었다. 취기가 오르면 그날 카페에 있었던 내 행동이 절로 리플레이되었다. 나는 말을 너무 많이 하면 수다스럽다고 자책을 했고, 너무 적게 하면 그녀를 지루하게 했다고 자책했고, 그녀가 내게 커피를 따라줄 때 빤히 그녀 가슴을 쳐다본 것도 자책했고, 그녀 앞에서 커피를 흘린 것도 자책했고, 그녀를 만나러 가면서 부주의하게 수염을 깎지 않은 것도 자책했다. 아무튼 이런 자책감이 쌓이다보니 내 용량에 과부하가 걸렸는지 어느 날 나는 내 안에 쌓인 울화를 일거에 방출시켜버렸다. 그날도 춤을 추다가 그녀가 내 손길을 슬며시 밀어내던 참이었다.

"왜 자꾸 그러는 거예요?"

"이 정도로도 충분하잖아."

"우린 사랑하는 사이 아닌가요. 도대체 왜 자꾸 막는 거죠?"

"그래, 나도 광철이를 사랑해. 아주 사랑해. 다만 난 누나로서 광철이를 사랑해. 나는 광철이를 그렇게 잘해주고 싶어."

"누나처럼 잘해주고 싶다는 게 도대체 무슨 말이에요?"

나는 고함을 빽 질렀다.

"말 그대로야."

"누나처럼 좋아해서, 그래서 평생 이렇게 손만 잡고 있을 겁니까?"

누나라는 말은 내게 격심한 분노를 불러왔다.

"썩어 없어질 몸뚱이인데 제발 좀 비싸게 굴지 말라구요."

나는 해서는 안 될 말을 하고는 카페를 박차고 나왔다. 나는 씩씩거렸다. 보라, 그녀는 나에게 한 게 뭐가 있나. 나는 수없이 편지를 보내고, 내 지난날을 고백하며 한없이 진실하려 했는데 그녀는 한 게 뭐가 있나. 나의 헌신을 음미할 뿐이고, 내 사랑을 희롱할 뿐이다. 저 여자는 고작 한다는 말이 누나처럼 사랑한댄다. 누나이려거든 처음부터 선을 그을 것이지 결정적일 순간에만 빼는 건 다 무엇이냐. 그녀는 나를 가지고 노는 거다. 그것도 치사하게 자기 육체를 미끼로.

누나처럼 사랑한다는 그 말을 나는 이해할 수가 없었다. 나의 열정, 내가 쏟은 노력에 비해 그녀가 내게 주는 감정이 너무나 인색하다고 생각했다. 섹스를 하고 싶은 안달의 몸짓인지 진실한 사랑인지를 분간하지도 못한 채 나는 내가 쏟은 열정만을 대단하다 여기고는 에둘러 나오는 여자의 감정을 조금도 용납하지 않았다. 그녀의 나이와 그녀의 신체와 그녀의 처지를 전혀 헤아리지 않았다.

나는 어린애처럼 토라졌다. 사흘 뒤에 풍차를 찾아갔다. 그리고 이렇게 말했다.

"그래요, 곰곰 생각해봤는데 아마도 누나 동생 사이가 낫겠어요."

나는 그 말만 내뱉고 훌쩍 일어섰다. 물론 그게 결별 선언은 아니었다. 토라진 나머지 우선은 상대를 할퀴려고 해댄 몸짓이었다. 시간이 지나면 다시 관계는 회복되겠지, 나는 막연하게 생각했다.

그리고 곧 졸업이었다. 나는 바로 제약회사 영업직에 취직을 했다. 한 번 찾아가야지 하면서도 처음 입사하니 교육이다 뭐다 시간을 빼기가 쉽지 않았고, 교육 뒤에는 거래처 인수인계로 휴일에도 계속 출근을 해야 할 형편이었다. 석 달 뒤에 가보니 우리에겐 어색한 분위기가 감돌았다. 도대체 나는 왜 그리 옹졸했던 것일까. 커피를 입에 대지도 않은 채 한 시간 만에 풍차를 나왔다. 스스로도 예상 못한 냉정함이었다.

나는 그날 그녀가 나를 보면서 깜짝 반기고, 그녀의 얼굴이 초췌해진 걸로 그간 그녀가 나를 얼마나 그리워했는지를 알았다. 그런데도 나는 아직은 아니라고 생각했다. 내가 지금껏 들인 열정에 비한다면 그녀는 더 속앓이를 해야 한다고 여겼다. 나는 복잡한 감정을 음미하면서 풍차를 빠져나왔다. 그녀의 괴로움을 알아차린 건 그런대로 맛볼 만했지만 이만큼 감정의 손익계산에 철저한 내 사랑의 실체를 알아버린 건 한편으로 입맛이 썼다.

그때 나는 왜 그렇게 차갑게 굴었던 것일까? 얼추 말문이 열리면서 자신감을 찾았던 것일까? 내겐 부푼 미래가 열려 있고, 하여 그녀 이상으로 젊고 아름다운 여자를 만날 수 있다고 생각한 것일까? 아니, 그런 단순한 게 아니었다. 내 차가움은 두려움에서 비롯된 거였다. 어쩌면 그 시절, 내 두려움의 실체는 상대를 자연스레 이끌지 못해서가 아니라, 상대에게 바칠 그 애원이 아니었을까. 지금까지의 열정은 소통을 위한 자기 도취적인 측면이었으니 얼마든지 가능했지만 이제 말문이 열리자, 나는 더 이상의 열정을 내오는 게 싫었던 것일까? 더 이상의 애원은 꺼렸던 것일까? 아마도 나는 내가 원하는 걸 그녀가 쉬이 주지 않으리라 생각했던 것 같다. 내게 애원이란 이런 거였다. 아무리 싹싹 빌어도 전혀 반응이 없는 것. 아무리 울며불며 빌어도 매질이 멈추어지지 않는 것. 내가 원하는 걸 그녀가 지금 당장 내놓지 않자, 나는 사랑 앞에서 불안감을 느꼈다. 애원을 계속하면 언젠가 정희는 내 소망을 들어주겠지만, 나는 언제가 될지 모를 그 훗날을 기다릴 수가 없었다. 애원한다는 건 언제나 비참한 일이며, 언제나 거부당할 가능성을 내포하는 일이며, 또한 스스로가 얼마나 하찮고 무기력한 존재인지를 각인시키는 일이었다.

그녀와는 결정적인 파국도 없이 파국이 왔다. 그리고 결정적인 게 없기 때문에 더 찜찜하고 안 좋아졌다. 나는 그 뒤로도 아주 가끔씩만 풍차에 들렀고, 그렇게 그녀와는 그냥 저절로 멀어져갔다. 사회 생활을 하면서 방탕을 일삼아보니, 수없는 계집질로 젊음을 탕진해보니 나는 알 수 있었다.

그녀는 일찌감치 육체관계를 허용하면 자기 스스로는 내보일 카드가 없다고 여겼을까? 나이 차이를 고려했을 때 빠르게 육체관계를 맺는다면 내 열정이 금방 식을 수 있다고 생각했을까? 그래서 그녀는 길게 가는 사랑, 우정 같은 사랑, 혹은 누나가 동생을 보듬어주는 그런 사랑을 원했는지도 모른다. 육체로 가면 사랑의 신비감은 퇴색되고, 사랑은 생기를 잃고, 더 빨리 권태감이 찾아온다는 걸 알았는지 모른다. 아니면 자기도취적인 내 열정을 처음부터 간파했는지도. 그리 보면 그녀는 나보다 훨씬 더 현명했다. 그리고 내가 준 사랑보다 그녀가 내게 베풀어준 사랑이 훨씬 크고 깊었는지도 모른다. 아니, 나는 왜 이렇게 애매하게 말을 하는 것일까. 그녀의 사랑이 훨씬 크고 깊었다. 그녀의 포근함으로 내 말문이 열렸거늘……

6
또치가 되어

남들 눈엔 제약회사 영업직이라는 게 후줄근해 보일지 모르지만 졸업 후의 첫 직장에 나는 제법 설레기까지 했다. 군대에서 워낙에 외톨이로 설움을 많이 당하고, 학창 시절부터 말더듬으로 남과 어울리지 못한다는 의식이 강했던 나는 사회생활만큼은 한번 멋지게 적응해보고 싶었다. 어머니가 남겨준 재산이 충분하니 장래에 대해 느긋이 계획을 세울 수도 있으련만 나는 적응에 대한 조바심 때문에 서둘러 취직을 했다. 나에겐 돈을 떠나 남들처럼 그렇게 사회생활을 할 수 있다는 걸 스스로 증명해나가는 게 중요했다.

그런 내 의도는 처음 얼마간은 성공하는 듯했다. 우선 그곳에는 억지로 만든 것이긴 해도 어떤 활기 같은 게 질펀하게 깔려 있었고, 그런 활기는 나름대로 변화를 추구하는 내게는 꽤나 근사하게 다가왔다. 영업사원들은 출근 인사조차도 악을 쓰듯이 안녕하십니까 외치며 사무실에 들어섰고, 그러면 미리 나와 있던 사람들도 역시 군대식으로 안녕하십니까 하며 더 크게 되돌려주었는데, 나는 이런 분위기도 내 삶의 변화를 위한 자극제이거니 여기며 기꺼이 받아들였다. 지금은 약국의 약을 병원 처방전대로 팔지만 그때야 의약분업 전이라 영업사원이 얼마나 약국에다 자회사의 제품을 푸시하느냐가 중요한 판매방식이었다. 어지간한 약들은 제품명만 다를 뿐이지, 성분이 다 비슷하게 마련이라 결국은 누가 더 약사와의 친분을 가지고 자기 회사 약을 집어넣느냐가 중요한 일이었다. 소비자들 역시도 이 약 저 약 다 비슷비슷하니 후시딘이니 펜잘이니 하는 잘 알려진 제품이 아닌 바에야 약사가 권해주는 제품을 써보게 마련이었다.

내가 맡은 지역은 강남구였다. 나는 날마다 약국을 십여 군데씩 돌아다니며 열심히 약을 팔았다. 처음 몇 달간 의욕적으로 일을 하던 나는 그곳에서 한 가지 놀라운 점을 발견했는데 그건 동료 영업사원들이 실로 무지막지하게 술을 마셔댄다는 거였다. 영업사원들은 저마다 매달 팔아야 할 목표치가 주어졌고, 하여 목표에 미달되면 잔소리에 질책이라 스트레스를 곧잘 받는 때문인지, 아니면 스트레스와는 별개로 술을 좋아하는 인간들이 공교롭게 모인 건지 모르겠는데, 아무튼 그곳 사람들은 엄청나게 술을 마셔댔다. 나는 동료 영업사원들이 요런 보잘것없는 박봉에 이렇게 술값으로 많이 깨져서 어떻게 생활을 할까 참으로 의아할 지경이었다.

원체 술을 많이 마시자니 공식적인 직함 말고도 술자리에선 별명을 잘 불렀는데 그 별명이란 것도 죄 술에서 비롯된 거였다. 예컨대 오 주임은 언제나 술자리에서 걸핏하면 아줌마 여기 한 병 더, 소리쳤는데 이 양반은 소주가 병에 반쯤 남아도 술이 떨어지면 불안하다고 노상 한 병

더를 외쳐서 병더 병더 하다가 병도 병도 하다가 결국은 '뺑도'가 되었다. 또한 김 계장은 '셧뽕'이라는 알쏭달쏭한 발음으로 불렸는데 알고 보니 이 양반은 소주를 마시면 무조건 잔을 부딪치면서 자자 마셔 마셔 심하게 재촉을 해댔고, 자기가 쭈욱 들이켜는 건 그렇다 쳐도, 언제나 마시고 나면 남이 술잔을 말끔히 비웠는지 눈알을 번뜩이며 감시를 해댔다. 더구나 취하면 마셔가 마씨어로 변했고, 그래도 상대가 잔을 비우지 않으면 마씨어 마씨어 마씨어뻐려 하면서 삿대질을 하게 마련이라 씨어뽕 씨어뽕 불리다가 그냥 편하게 셧뽕으로 낙찰되었다. 박 주임은 주임이란 호칭 대신 '박 일병'으로 불렸다. 이 양반은 퇴근길 회사를 나서자면, 오늘은 천지가 개벽해도 진짜 각 일 병씩만 비우고 일어서자 이러며 분위기를 잡았는데, 그렇지만 술집에서 뺑도가 발동이 걸려 연신 술을 더 시켜도 별로 말리는 법이 없었고, 이튿날이면 오 분 십 분 간발의 차로 지각하기 일쑤였다. 그러면 언제나 에잉, 인간들 각 일 병씩만 해치우자니까 그게 그렇게 안 되나, 하루의 시작도 여전히 그놈의 일 병 타령이었다. 그 밖에 성이 양씨에다 양주를 유독 밝힌대서 '양서방'도 있었고, 딱 세 잔이면 헤롱된대서 '딱새'도 있었는데, 나는 대번에 '또치'라는 별명을 얻어가지게 되었다. 술을 처음부터 잔을 꺾는 법 없이 속사포로 마시는 건 맘에 드는데 밤낮 너무나 빠르게 취한대서, 쟤는 어떻게 맨날 취하기부터 하냐, 야 오 광철 너 그것 마시고 또 취했냐, 아니 술이 약하면 딱새마냥 좀 조절하든가, 이렇게 핀잔을 듣다가 하도 빨리 취한대서 금방 또 취한대서 또치가 되었다.

우리 동북영업소팀은 영업소장을 제외하고 정확히 열 명이었는데, 매일같이 술을 마셨다. 다들 영업직이라 구변이 좋고 활기차서 언제나 왁자지껄 마셨는데, 이렇게 마시자면 2차 3차는 기본이었고, 때론 여자 있는 룸살롱도 찾아갔다. 누가 카드를 빼서 선봉에 서면 우르르 몰려갔는데, 며칠 지나면 또 다른 사람이 앞장을 섰고, 좀 뜸하다 싶으면 또 다른 사람이 선발대 역할을 자임했다. 돌아가면서 길잡이로 나서니 공평한 건 좋았는데 다들 결제일이 되면 카드를 막느라고 정신이 없었다.

또한 이런 술자리 말고도 영업부 사람들은 매달 한 번씩은 술자리를, 여자를 불러내는 질펀한 술자리를 공식적으로 갖기도 했다. 영업부는 매달 첫째 주 토요일에 지난달 실적의 결산을 겸한 단합대회를 했다. 오전에 잠깐 업무를 보고는 점심 무렵, 영업사원들 전부는 남한산성 밑의 한적한 식당촌으로 찾아들었다. 단합대회라고 해서 그저 밥을 먹고 술을 마시며 각오를 다지는 정도로 생각했던 나는 처음엔 왜 이리 먼 곳까지 찾아드나 궁금했는데, 이런 궁금증은 방에 들어서면서 바로 풀렸다. 그 식당들은 홀 말고도 저마다 아늑한 방을 대여섯 개씩 갖추고 있었다. 수목이 울창하고 새소리가 지저귀리만큼 주위가 한적한 탓에 쉬기에도 좋았지만 낮에 노름판을 벌이기에도 안성맞춤이었다. 방방이 화투와 트럼프와 군용담요와 재떨이와 라이터가 아낌없이 구비되어 있었다. 거기에서 우리들은 때로는 닭고기를, 때로는 개고기를, 때로는 오리고기를 먹었고, 반주로 얼큰하게 술들을 걸쳤고, 식사가 끝나고 나면 언제나 훌라나 고스톱 판을 벌였다.

예컨대 사원은 사원끼리, 주임이나 계장급은 그들끼리 그리고 소장이나 부장이나 상무는 또 따로 판을 벌였는데, 누구 하나 열외가 없었다. 그런 판에 끼지 않는 사람은 강서영업소의 윤 주임과 동북영업소의 김 계장뿐이었는데 그들은 노름을 싫어하는 게 아니라 노름보다 바둑을 더 좋아했기에 방 한쪽 구석에서 방당 만 원짜리 내기바둑을 두었다. 점심을 먹은 뒤부터 그렇게 노름을 하면 사람들은 처음에는 낄낄거리면서 대화도 나누었지만 한 시간만 지나면 말들이 없어졌다. 다들 눈알이 벌게진 채로 싯누런 오줌을 누어가며, 커피를 물처럼 들이켜며, 방 안이 자욱하도록 담배들을 피워대며 노름에만 골몰했다. 사실 그럴 수밖에 없는 것이 단합대회 겸 친목도모로 치부하기엔 판돈이 너무 컸다. 사람들은 정확히 오후 여섯 시까지 그렇게 죽어라고 쳐대는 것이었는데, 따면 따는 대로 챙길 뿐이지 개평이라고는 십 원 한 장 나누어주는 법이 없었다. 그런 분위기에 휩쓸리다보면 나는 반주로 마신 술 탓도 있고, 또 계속 고스톱을 치면서 술잔을 기울인 덕분에 알딸딸하게 취기가 올라서는 말이 제법 매끄럽게 나왔다. 이렇다니까 초 치면 초 나온다니까, 이런 말을 내뱉으며 나는 혀가 풀린 것만으로도 흐뭇해져서는 거액의 현금이 오가는 삼엄한 분위기에 어울리지 않게 자주 헤벌쭉 웃어댔다.

마침내 오후 여섯 시 땡 종을 치면 다들 판을 걷고는 영업부서별로 다시 헤쳐모여를 했는데, 우리 동북영업소 팀원들은 식당엘 나와서는 딴 놈이든 잃은 놈이든 뻐근한 어깨를 푸느라고 목을 휘휘 몇 번 돌린 다음에는 오늘도 불고기 먹으러 가야지, 하면서 승용차를 나눠 타고 우르르 모란시장 인근의 한 술집으로 직행하게 마련이었다.

처음 가던 날, 배도 안 꺼졌는데 뭔 고기를 또 먹냐고 차 안에서 내가 투덜거리자, 먹어둬 즉석에서 먹는 것이여, 뒷자리에서 누군가 대꾸를 했다. 그렇게 가보니, 그 술집이란 게 참으로 요사무사한 것이 룸살롱 급도 아니고 그렇다고 그보다 낮은 팔도과부류의 단란주점도 아니고, 그렇다고 부담 없이 놀 수 있는 노래방도 아닌 실로 어중간한 형태의 술집이었다. 그러니까 그곳은 분명 실내 구조는 노래방 시설을 하고 있었는데, 우리가 대여섯 명씩 룸으로 분산되어 들어가자니 부르지도 않았는데 여자들이 사내 숫자만큼 냉큼 들어와 앉았다. 지금처럼 노래방 도우미가 일반화되기 전이라 젊은 여자가 진한 화장을 한 채 남자 사이에 턱턱 껴 앉자 나는 좀 놀랐다.

술이 몇 잔 돌자 이윽고 셧뽕 김 계장이 노래 한 곡을 부르더니 옆에서 탬버린을 치고 있던 자기 파트너를 껴안고 소파 위에 널브러져서는 들입다 여자 가슴을 주물러댔다. 셧뽕, 저 양반 좀 과하게 노네. 나는 걱정이 되었으나 누구도 그런 것에 대해 신경을 쓰지 않는 눈치였고, 밑에 깔린 여자도 아이 오빠 숨 막혀, 말만 그럴 뿐 적극적인 저항을 하지 않았다. 이번엔 내 파트너가 마이크를 잡더니 '아무도 찾지 않는 바람 부는 언덕에' 하는 노래를 불렀고, 야야 내가 제일로 싫어하는 가수가 나훈아다 딴 노래 없냐 나는 소리쳤고, 그러자 다시 〈남자는 배 여자는 항구〉를 불렀고, 나는 취한 김에 여자를 끌어안고 블루스를 추었는데, 어느 순간 보니까 뺑도가 소파의 구석진 자리에서 자기 파트너의 치마를 걷어올리고 팬티를 내리더니 그리고 자신도 바지를 까더니 정말이지 소파 위에서 숨을 헐떡이는 것이었다. 아무리 취해도 그렇지 사람들이 다 보는데 저럴 수가 있나. 나는 술이 확 깨는 듯했는데, 곁눈질로 보자니 뺑도는 취하기는커녕 아주 멀쩡해 보였고, 지켜보던 다른 동료들도 말리기는 고사하고 낄낄거리기만 했다. 그리고 웃음이 끝나기가 무섭게 그들도 자기 파트너의 옷을 서둘러 벗기고는 저마다 여자의 몸을 올라타는 것이었다. 그제야 나는 즉석 불고기가 뜻하는 말의 의미를 어렴풋이 짐작할 수가 있었다. 노래방 기계의 화면 빛도 빛이지만 천장에는 지구본 같은 게 번들번들 푸른빛을 내며 뱅글뱅글 도는 터라 사위는 환했고, 그래서 그들이 끙끙대는 짓은 남김없이 내 눈에 들어왔다. 나는 어떡할까 하다가 그래도 차마 하진 못하고 블루스를 추면서 여자를 부둥켜안기만 했는데, 또치 너 이런 데 와서 점잔 빼는 거 아니다, 벌써 일을 끝냈는지 바지를 추킨 셧뽕 김 계장이 담배를 피워물었다. 점잔을 빼려고 뺀 건 아니지만 김 계장이 한마디하니 나는 무슨 액션을 취하긴 취해야 할 것 같았는데, 그래도 차마 할 수는 없어서 블루스를 추면서 여자 엉덩이를 와락 움켜쥐자니, 이런 제기랄 까면 다 까고 놀아야지 또치 넌 뭐하는 거야, 박 일병의 지엄한 목소리가 들려왔다. 그제야 나는 동료들도 이 짓이 좋아서가 아니라 그저 일사불란으로 미쳐갈 무언가가 필요해서 한다는 생각이 들었고, 일사불란하게 미친다는 건 결국 서로가 서로에게 가하는 폭력이 아닐까 하는 생각이 들었는데, 이런 생각은 잠깐의 편린에 지나지 않았고, 아무튼 다들 하는데 나만 안 하면 겉도는 인상을 줄 테고, 다들 하는데 나도 못할 이유가 없을 듯싶었고, 이런 행위마저 더듬거리면 안 되지 하는 생각도 얼핏 들었기에 나도 여자를 자빠뜨리려고 장소를 물색했는데, 보니까 이미 한 팀은 탁자 위에 널브러져 있고, 양서방네와 또 다른 한 팀은 소파에서 일을 치르느라 빈자리가 없었다. 나는 어쩔까 잠시 고민하다가 영화에서 본 장면을 흉내 내느라 여자를 벽에 탁 밀어붙이고는 여자의 치마를 들쳐 팬티를 내렸다. 여자의 한쪽 다리를 들며 힘겹게 애를 썼는데 어느 순간 여자가, 아이 참 자기가 무슨 최민수라고, 쫑알대며 가슴패기를 확 미는지라 나는 맥없이 바닥으로 나뒹굴어졌고, 그러면서도 떠밀린 창피함보다는 아무렴, 최민수가 하는 것이라면 내가 너무 힘든 걸 따라했구나 하는 생각이 들었다. 주섬주섬 바지를 추키려니까 이미 일이 끝났는지 소파에서 널브러졌던 팀이 그런 나를 보고 개글개글 웃어댔고, 이런 상황에선 화를 내기도 무렴한 일이라 나도 등신처럼 씨익 웃어준 뒤에 야, 도전정신 몰라, 이왕이면 난이도 있는 걸 해야지, 이런 말도 안 되는 농담을 씨불이면서 내 파트너의 궁둥이를 철썩 갈길 뿐이었다.

그렇게 질펀하게 어울리고 귀가하는 날이면 나는 택시 안에서 내 바지 앞섶을 확인하며 다행히 오줌은 안 쌌네 안도하는 것이었고, 여자 있는 술집 가니까 돈이 깨져 그렇지 중간중간 노래를 불러대 술이 깨는 건 좋네 중얼대는 것이었다. 날마다 술을 과하게 마시긴 하지만 영업사원들이 다 저 모양이니 나 역시도 별 문제가 없다고 여겼다. 직장인 대부분은 특히 영업사원의 음주야 일과의 연장 아니겠냐는 식으로 아직도 단순하게 생각했다. 그러나 택시 등받이에 기대 눈을 감자면 내일 출근해서 약을 팔 일이 걱정되었으며, 똑같이 되풀이될 일상이 지겹게 여겨졌으며, 인생에서 마법은 술 취했을 때 말고는 없나보다 하는 현실감각이 들면서 막막함이, 내게는 낯익은 막막함이 엄습해오는 것이었다.

그 당시에 적응이란 관념은 나에게 무척이나 대단하고 위대한 것이었다. 그것은 아비한테 매를 맞으면서 낮아진 자존감을 회복하겠다는 절박한 몸짓이기도 했다. 나는 남들과 막힘없이 소통만 하면, 말문만 잘 열리면 일상의 비루함이 충만함으로 바뀌리라 믿었다. 어릴 때부터 이런 생각에 골몰해온 탓인지 그것은 일종의 신념으로 굳어져 있었다. 그리하여 적응의 방법으로서 술은 좋은 핑계가 되었다.

그도 그럴 것이 매끄러워진 줄 알았던 내 혀가 다시 조금씩 굳어지고 있었던 것이다. 특히 약사 앞에만 서면, 약사 앞에서 신약을 설명하거나 수금을 재촉할 때면 말더듬이 더 심해졌다. 정희 덕분에 어느 정도 부드러워진 듯했던 내 혀는 누구와 초면이거나 당황하거나 긴장하면 어김없이 돌부리에 걸렸다. 말더듬이란 어쩌면 습관 이전에 기억의 문제일지도 몰랐다. 나 자신이 말을 더듬어서 낭패한 기억이 있는 한 결정적인 순간이 되면 또 말을 더듬을 테고, 그렇게 나는 이 천형에서 영영 벗어날 수

없는 게 아닌가 하는 절망적인 생각마저 들었다. 그럭저럭 영업 일을 하고 있었지만 약사 앞에서 매끄럽게 말할 수만 있다면 나의 적응은 한층 더 눈부실 것 같았다.

나는 이제 약국에 들어서기 전에 긴장을 풀고자 홀짝홀짝 소주를 마셔대기 시작했다. 술이란 대학 때부터 말더듬에 특효약으로 알고 복용해 온 터이지만 내성이 생겨서인지 나는 혈중알코올농도를 높여야 했다. 술의 힘을 빌린 긴장완화가 문제의 해결책이 아니라는 이성적인 판단이 들었음에도 나는 그 유혹을 떨치기가 어려웠다.

약국 순례를 위해 오전에 회사 문을 나서자면 나는 가게에 들러 소주병부터 챙겼다. 술은 긴장완화도 되었지만 심리적인 위안도 주어서, 즉 술을 마시면 내가 더듬지 않는다는 자기암시적인 측면도 있기에 나는 부지런히 소주를 마셔댔다. 보통 아침 열 시 반이면 약국 순례를 위해 회사 문을 나서는데, 복귀하기까지 점심 반주가 되었든 뭐가 되었든 나는 기본 소주 한 병을 말끔히 비워냈다. 그즈음 약국 순례를 마치고 회사로 들어갈 때 내가 꼭 하는 일은 쓰레기통을 찾아 가방 안의 빈 술병을 버리는 거였다. 다행히 아침부터 저녁때까지 찔끔거리며 나눠 마시는 술이라 소주 한 병까지는 얼굴에 별로 표가 나지 않았고, 또한 매달 중순 이후로 마감이 닥쳐오면 대개는 현지 퇴근이라 내 술은 처음에는 그다지 문제를 일으키지 않았다. 거의 알코올중독 수준이면서도 아직은 손도 떨리지 않고, 자다가 흥건하게 땀을 흘리는 일도 없어서 나는 취하고 또 취했다.

전적으로 술의 힘을 빌었으면서도 나는 내가 영업 일을 아주 잘해나간다고 생각했다. 그리고 나는 차츰 여자에 빠져들었다. 거기에는 이 정도 적응을 잘해대니 스스로에 대한 상으로 이만한 즐거움은 부여해야지

하는 합리화도 들어 있었다. 주위 분위기도 다들 유흥 쪽으로는 한 가닥 하는 인물들이라 내 쾌락은 걸림이 없었다. 더구나 풍차에서 정희와의 관계가 버성겨진 뒤로 그녀와는 거리를 둔 채 애인도 아니고 누나도 아니고 그렇다고 완전한 남도 아닌, 일 년에 두어 차례 만나 커피나 마시는 그런 사이로 전락했는데, 나는 그렇게 흐물흐물 녹아버린 내 지난날에 대한 열정을 보상받자는 심리도 있어서 여자에게, 아니 여자가 주는 육체의 쾌락에 과도하게 빠져들었다. 이제 나는 애매모호하고 시간이 많이 걸리는 사랑보단 눈앞에 분명한 모습으로 존재하는 여자의 몸뚱이를 원했다. 참았던 내 욕망은 한번 분출이 되자 끝 간 데 없이 이어졌다.

나는 동료들과 룸살롱을 순례했고, 국빈관이니 한국관이니 하는 성인 나이트클럽도 다녔고, 가서는 낯선 여자들과 부킹을 해댔다. 그러는 와중에 인터넷이 일반화되자 술자리가 없는 휴일에는 진종일 채팅 사이트에 접속을 해선, 안냐세염 커피 한 잔 생각나는 쓸쓸한 가을밤이에염, 나이를 일곱 살이나 낮추어 여자들에게 쪽지를 보내고, 속닥속닥 남이 못 듣는 귓말을 해대고, 남의 귓말을 엿보는 유료 아이템 망원경을 구입하고, 결국은 성공해서 낯선 여자를 만나고, 만나서는 그 여자를 쓰러뜨리는 재미로 세월을 보냈다.

나는 그 시절 미친 듯이 돈을 써댔다. 어머니의 재산으로 내 통장에는 거금이 들어왔기에 아무 거리낌이 없었다. 매달 번 돈보다 쓴 돈이 훨씬 많음에도 나는 이 모든 게 내가 세상에 적응하기 위한 인생의 수업료라고 생각했다. 가계부의 적자에다 건강도 망치고 아까운 시간까지 죽이면서 지겨운 직장 생활을 해대는 건 그야말로 어리석음의 극치이겠으나 나는 그게 다 내가 일상을 견뎌나가는 과정이려니 자위했다. 이런 터무니없는 자기 합리화란 끝이 없어서, 나는 나의 방탕함도 예전의 심약한 모습을 탈바꿈하려는 하나의 몸짓이니라, 여길 뿐이었다.

　나는 은색의 우람한 중형차를 뽑았고, 넥타이핀에서 구두까지 죄다 명품으로 치장했다. 채팅으로 꼬신 여자들은 시큰둥한 표정으로 차에 올랐지만 하나같이 드라이브하는 걸 즐겨 했으며, 내부는 좁은데 뭐 승차감은 괜찮네 하는 말들을 종알거렸고, 물질에는 초연한 척하는 여자일수록 안 보는 척하면서 샅샅이 내 옷차림을 살폈는데, 이미 그러면 일은 거지반 성사된 거나 다름없었다. 나는 장흥이나 미사리로 드라이브를 갔고, 일 층은 횟집이며 이삼사 층은 모텔인 곳에 파킹을 하고 얼큰하게 술을 한 잔 걸쳤고, 저녁 어스름이 깔리면 술을 마셔서 운전을 못하겠다며 머리를 내저었다. 여자는 대개 난처한 표정을 지으며 새침하게 돌아앉았지만 그러면 일은 얼추 된 것이라 나는 이제 여자와 함께 엘리베이터를 타고 오르면 되었다. 간혹 생뚱맞게도 나 혼자 가겠다고 야밤에 부득불 택시에 오르는 여자도 있었는데, 하면 나는 일말의 아쉬움이 없는 얼굴로 잘 가라고 손을 흔들었다. 물론 그런 여자들은 두세 번의 만남만 더 이어가면 자기가 먼저 치마를 홀렁홀렁 벗게 마련이었다.

　그렇게 동침을 한 이튿날 아침이면 나는 여자를 거들떠도 안 봤고, 나중에 핸드폰이 와도 받지를 않았다. 한 번의 잠자리로 싸늘하게 변하는 내 태도에서 기막혀 하는 여자가 있거나 간혹 순진한 여자가 울고불고 할 때면 쾌감은 더욱 증폭되게 마련이라, 야 울긴 왜 우냐, 서로 좋아서 했지 내가 뭐 억지로 하자구 해서 했냐, 이렇게 쏘아주었다. 나는 내가 자빠뜨린 여자를 수첩에다 빼곡히 기록했고, 그렇게 하나하나 명단이 늘어갈수록 수집가의 열정처럼 무언가가 충족되는 것 같아 흐뭇해지곤 했다.

　그렇지만 가끔은 만취해 여자의 옷을 벗길 때면 어느 순간 벽에는 그림자가, 두 남녀의 엉킨 그림자가 너울거렸다. 그러면 꼭 누군가가 나를 지켜보는 것 같았고, 바로 나를 따라다니는 그 귀신이 저 그림자로 나를 바라보는 것 같았고, 곧 죽을 목숨이니 즐길 수 있을 때까지 즐겨라 나를 비웃는 것 같았다. 그럼 나는 그 고약한 느낌을 떨치고자 여자의 입에 내 입술을 부비고, 여자의 젖꼭지에 내 입술을 부비고, 여자의 발가락에 내 입술을 부비고, 여자의 몸뚱이에 체중을 싣는 것인데, 밑에서 눈을 감은 채 누워 있는 여자를 보면, 여자야 그렇다 치고 나는 이 시커먼 구멍이 뭐가 좋다고 이렇듯 기를 쓰고 밀어넣나 하는 생각이 들었다.

그런 씁쓸함 뒤에 잠이 들었다가 어느 순간 새벽에 깨어나면 나는 움찔 놀라곤 했다. 옆에 누운 여자의 얼굴이 도무지 생경했고, 여자는 이십 대 초반으로 보이다가 십 대 후반으로 보이기도 했고, 도대체 이 여자를 어떻게 해서 여기까지 데려왔는지 생각이 나지 않았다. 여자의 숨소리만 나직할 뿐 사위는 조용한데, 내다보면 창밖으론 도심의 불빛이 군데군데 빛났다. 그걸 멀거니 한동안 보고 있자면 그 불빛들은 흘러나오는 내 눈물 탓인지 여러 겹으로 흐려졌다. 그러자면 이렇게 살아도 되나, 이런 짓은 정희에 대한 그리움인가, 세상에 대한 복수인가, 자학인가, 차라리 아비를 죽이고 한강다리나 올라갈까 오락가락 여러 가지 생각이 들었고, 분명 인생을 낭비하는 것이지만 그럼 이 짓 말고 어찌해야 하는가 의문이 들 때는 또다시 막막함이 전신을 감쌌다.

7
개둥이와의 재회

　개둥이한테 연락이 온 건 이렇듯 내가 한창 방탕한 생활에 빠져 있을 때였다. 그는 밤늦게 집으로 전화해서는, 야 전화번호 안 바뀌었네 혹시나 하고 한번 해봤는데, 하면서 키득거렸다.

　이튿날, 개둥이를 만나러 약속 장소인 대학로의 한 술집으로 향하자니 내 머릿속으론 온갖 상념이 피어올랐다. 도대체 군대도피를 해서 어떻게 살아가는지 나는 참으로 개둥이의 삶이 딱하고 궁금해졌다. 나 역시도 한때는 군생활이 힘들어 탈영을 꿈꾸기도 했지만 그건 말 그대로 한때의 기분이었고, 나뿐만 아니라 대한민국의 모든 사내들은 다 무사히 병역 의무를 마치고 밝은 햇빛 아래서 대낮의 거리를 아무 거리낌 없이 다니는데, 왜 개둥이가 저만치서 불심검문을 하는 전경만 봐도 가슴이 덜컥 내려앉는, 그런 힘든 길을 가는지 도무지 납득이 가지 않았다. 다른 죄라면 공소시효가 있어서 잡히지 않고 숨어 다니다보면 언젠가는 떳떳

해진다는 희망이라도 있다지만 대한민국에서 군대도피란 공소시효도 없었다. 마흔이 넘어 잡히면 노령의 이유로 군대를 안 갈 수는 있어도 삼 년 이하의 징역은 살아야 했다. 삼 년 형을 사나, 군대를 가나 그 시간이 깨지는 건 매한가지라 결국 군대도피란 무의미한 것이고, 용케 그렇게 숨어 산다고 해도 그 긴 세월을 마음 졸이며 불편하게 사느니 군대 갔다 오는 게 백 번 낫겠다는 생각을 정상적인 사람이라면 누구나 가질 법한 데 아무리 상황이 꼬여도 그렇지 왜 개둥이가 계속 도피생활을 하는지 나는 이해할 수가 없었다.

오랜만에 온 대학로는 별로 변한 게 없었다. 어딘가 사람을 들뜨게 하는 분위기 속에서 거리는 젊은 남녀들로 붐볐다. 마로니에공원에선 여전히 비둘기가 발에 걸렸고, 젊은이들은 여전히 한쪽에서 농구를 했고, 연인들은 그때나 지금이나 변함없이 배드민턴을 쳤다. 약속 시간이 남아 공원을 이리저리 거닐자니 감회가 새로웠다.

개둥이가 재수하던 시절, 나와 개둥이는 여자를 꼬신다고 처음 대학로에 왔다. 그때 개둥이는 마로니에공원에서 공연을 하는 그룹사운드를 보더니 이렇게 뇌까렸다.

"우리도 저렇게 한번 하자. 저 새끼들 목청만 지르고 복장만 요란하지 별게 아니네. 어휴 빠다 칠 좀 해야지, 기타 소리 날리는 거 봐라. 그래두 꼴에 팬더네. 으이구, 기타가 아깝다, 기타가 아까워."

그때 그 목소리가 아직도 귓가에 쟁쟁한데 어쩌다 개둥이는 타인의 환호를 들으며 무대에 서기는커녕 도피자의 삶을 살게 됐는지 실감이 나지 않았다. 나는 마로니에공원 뒤쪽으로 서서히 걸음을 옮겼다. 개그맨들이 공연을 한다는 소극장 입구엔 대열이 길게 꼬리를 물었다. 그 줄을 보면서 나는 생각했다. 흔히들 인생을 연극에 잘도 비유하지만 정말이지 인생이 연극이라면 개둥이는 과연 어떤 역일까? 삶에서 쫓겨다니는 개둥이는 어쩌면 이젠 극의 흐름에서도 완전히 밀려나 더 이상의 등장은 필요치 않은 그런 비중 없는 역인지도 몰랐다. 그래서 사람들 기억에서 잊혀졌다가 막이 끝나 불이 밝아지면, 그때 주연배우들이 나와 인사할 때 덤으로 뒷줄에 껴묻어 허리를 구부리는 그런 배역. 개둥이를 본 관객들이 아참 저 사람도 있었지 하며 쓴웃음을 짓는 그런 배역. 사람들 기억에서 멀어져서 동창회 때나 소문으로 등장하고, 아참 우리 동창 중엔 그런 괴짜 같은 놈도 있었지 하며 우리에게 심심풀이 안줏거리로 전락할 그런 존재.

개둥이는 왜 군대를 안 갔나? 나는 그의 출생을 떠올렸다. 사생아라는 신세, 때문에 자기는 당당한 아버지가 되어 아들을 키우고 싶고, 그 바람이 강해서 아이에 대한 애정도 유난할 수 있고, 또 그게 아니라도 생명은 소중한 것이니 낙태하지 않고 아이를 낳아 키우는 건 분명 바람직한 일이지만 다른 해법은 정말이지 없었던 것일까? 아무리 성은이 집안이 완고하고 노발대발 그 아비가 불불대도, 그리고 아무리 성은이가 순정만화 주인공처럼 그 큰 눈만큼이나 마음이 여려서 그녀를 지켜주고 싶은 마음이 들었다손 치더라도 그로서는 정말이지 이렇게밖에 행동할 수가 없었을까? 아버지 사업이 망한 탓에 어디 한 군데 손 벌려볼 곳이 없기도 했겠지만 성은이를 돌볼 방법이 꼭 군대도피밖에는 없었을까?

나는 개둥이와 약속한 술집으로 들어섰다. 개둥이는 구석자리에 앉아서는 손을 치켜들었다. 나는 그와 악수를 했다. 착잡함으로 한동안 말이 나오지 않았다. 그는 몰라보게 변해 있었다. 이마는 물론 눈가에도 잔주름이 짙었다. 원래부터 살찐 체격은 아니지만 그는 깡말라 있었고, 원래 얼굴빛이 검긴 했지만 지금은 더 새카맸다. 그건 단순히 햇빛을 많이 받아서가 아니라, 삶에 치여서 얼굴이 안된, 그런 낯빛이었다.

"뭐, 너무 그런 눈으로 보지 마라. 지금은 그래도 좋은 오야지를 만나서 일감도 끊이지 않고 잘 들어온다. 벽돌 쌓는 일도 이력이 붙어서 이젠 엄연히 기술자로 통하고 말이다."

안부 인사조로 몇 마디 오간 끝에 무얼 먹고 사느냐고 묻자 개둥이는 이렇게 말했다. 늘 불안감을 안고 살아서 그런지 그는 희번덕거리는 눈자위로 자주 주위를 둘러보았다. 차라리 밤업소를 뛰지 그랬느냐고 내가 말하자, 그는 급하게 술을 들이켜더니 이렇게 말했다.

"함께 일 다니는 사람 주민증을 훔쳐서 업소에 취직도 해봤는데 그게 참 못 해먹겠더라구. 손 굳은 거야 금방 풀렸는데, 〈신사동 그 사람〉 같은 거나 반주를 넣어주려니까 참 그것도 못할 짓이데. 아무리 몸뚱이가 편해도 그렇지. 술 취한 남녀가 부둥켜안는 데서, 걔네들 기분 내라고 기타 치려니까 더는 못하겠더라고."

"그나저나 왜 이리 연락을 늦게 하는데?"

"도피한 게 뭐 그리 장한 일이라고 제까닥 연락을 하냐. 안정이 되면 그때 찾아가려구 했지."

나는 그가 자존심 때문에 연락을 하지 않았음을 알았다. 그렇다면 나를 만나자고 한 건 그나마 어느 정도 생활이 좀 안정되었음인가. 술이 몇 잔 들어가자 개둥이는 그간의 지난날을 털어놓았다.

"노가다 뛰는 거야 어렵지 않은데, 아무래도 숨어 살려니까 그게 힘들긴 힘들더라. 어느 순간 보니까 참 기분이 묘해지는 거야. 사글세를 전전해도 계약서엔 늘 집사람, 통장을 개설해도 집사람, 전화를 개설해도 집사람, 이러니까 나란 존재는 과연 무엇인가 하는 생각이 들더라구. 나란 존재는 이 사회에서 없는 것이고, 그러니까 나 없이도 세상은 잘도 돌아가구, 그렇게 생각을 자꾸 하다보니까 나중엔 이런 생각까지 들더라구. 성은이가 나 없이도 잘 살구, 아니 나 없으면, 나를 안 만났으면 잘 살 아 인데, 괜히 나 때문에 걔 인생도 금이 간 게 아닌가 싶고······"

"처음에는 그냥 일이 년 정도 일하고 군대 가려고 했지 누가 이렇게 오래갈 줄 알았냐. 성은이가 무사히 애 낳는 것 보고, 그리고 어느 정도 기반만 잡히면 나도 군대 가려고 했지. 그런데 그게 어려운 거야. 막상 집을 나올 때, 집에서 이백인가 들고 나오고 성은이 엄마가 남편 몰래 겨 우 마련해놓은 돈이 삼백인데, 와 오백으로 시작하는데 뭐 방 얻고 이불 사고 그릇 사고 신발 사고 빤스 사고 하니까 없어. 한 푼도 안 남아. 그때 부터 노가다를 뛰는데, 그게 참 돈이 안 모이더라구. 모일만 하면 애가 어디 아프고, 모일 만하면 등짐 지고 계단 오르다가 굴러서 내가 한 두 어 달 쉬게 되고, 모일 만하면 성은이가 은행에서 돈 찾고 나오다가 버스 안에서 쓰리나 당하고. 야, 쓰리꾼이 아직도 면도칼로 가방 째더라. 나 참······"

개둥이는 그날 많이 주절거렸다. 술이 많이 들어가서 목소리가 풀렸을 때 그는 이렇게 말을 했다.

"글쎄 니 말대로 가긴 가야 하는데, 벌써 도망 다닌 게 칠 년이니까 이 제 그만 가긴 가야 하는데······ 솔직히 말하면 막막하다. 나 없으면 성은 이가 코흘리개 데리고 어찌 살아갈지. 뭐 성은이 집안도 그런 골 때리는 집안이 없어. 그 아비는 성은이하고 완전히 연을 끊었어. 그렇다고 내가 사업 망한 꼰대한테 찾아갈 수도 없고, 지하방에 살면서도 날마다 술이 나 마시는 철딱서니 없는 울 엄마한테 성은이를 맡길 수도 없구. 어쨌거 나 군대는 내년이 되었든 내후년이 되었든 가긴 가야 하는데······"

그는 머뭇거리다가 말끝에 이렇게 덧붙였다.

"요즘 장마라 며칠 계속 쉬었네. 씨발, 돈 있으면 한 백만 빌리자."

나는 가슴이 아팠다. 그가 연락을 해온 건 생활이 안정되어서가 아니라 자존심 따위를 신경 쓸 여력이 없으리만큼 형편이 어려워서였다. 오죽했으면 오랜만에 만나서는 자기의 구질구질한 신세를 내보이며 도움을 청할까 싶었다.

그 뒤로도 나는 그를 두 번 더 만났다. 그는 술이 들어가자 너스레를 떨었지만 그건 예전에 내보인 활달함하고는 거리가 멀었다.

"광철아, 좀만 기다려라. 내년엔 나 꼭 군대 갈 거야. 군대 갔다오면 나, 태평양 건너서 얼른 이 나라 내뺄 거야. 이 좆같은 대한민국 얼른 떠날 거야. 뉴욕에 가서 바구니 하나 앞에 놓고 기타 칠 거야. 단 사흘만 쳐도 내가 픽업되는 건 문제도 아니다. 안 그러냐. 야, 우디 거스리도 젊은 나이엔 노숙도 하고 길거리에서 기타두 치구 그랬어 새꺄. 이 자식이 음악에 대해서 무얼 알아야 얘길 더 하지. 어 웃어? 너 지금 나 무시하지…… 두고 봐 새꺄. 내가 틈틈이 작곡한 노래만 이백 곡이 넘어. 나 그거 미국 가서 다 음반 작업할 거야. 두고 보라구."

개둥이는 술을 연신 들이켰다. 술이 들어갈수록 그는 눈에 띄게 풀이 죽어갔다.

"요즘에도 음악 듣냐?"

개둥이가 개개풀린 눈으로 물어왔다.

"음악은 무슨…… 한때는 가요가 좋아졌는데, 이젠 것두 시들하구. 뭐 직장생활하면서는 거의 못 듣지. 넌?"

"응 나두 그렇지. 집 나올 때 판도 다 놓고 나왔구, 오디오를 장만할 형편두 아니구. 머 설사 있다 쳐두 셋방살이 주제에 크게 틀어댈 수도 없

구. 그냥 소리 조그맣게 해놓고 테잎 들어. 요즘엔 줄창 비틀즈만 듣는
다."

"어, 그래."

"비틀즈가 대단한 게 다 이유가 있나봐. 난 그저 개네들이 때를 잘 만
나서 히트한 대중음악일 뿐이라고 생각했는데 암튼 그 이상이데. 들으면
들을수록 정감이 가, 노래들이. 그러고 보면 히트한 노래들은 다 이유가
있나봐. 참, 좋은 음악도 얼마나 많은지. 평생 그걸 다 듣는 것만으로도
벅찰 것 같아. 인생은 길지 않으니까."

나는 그를 바라보았다. 세월의 풍화 속에서 개둥이의 기타 솜씨는 얼
마나 무뎌졌을까. 기타는 헤엄치는 것과는 엄연히 다르다. 한번 익혔다
고 계속 가는 기술이 아니다. 몇 년을 거의 안 쳤다면…… 나는 그가 삶
에서 음악의 끈을 거의 놓아버렸다는 생각이 들었다.

개둥이는 일어설 즈음 다시 어렵게 돈 얘기를 꺼냈다. 나는 다시 먼젓
번만큼의 금액을 인출해주었다. 쓸쓸히 돌아가는 그의 뒷모습을 보면서,
이 자식이 어서 군대문제부터 해결해야 하는데 왜 자꾸 미루나 하는 생
각이 들었다.

개둥이를 세 번째 만나던 때는 아침부터 함박눈이 내리던 겨울날이었
다. 바람이 불 때마다 가로수의 마른가지에 얹혀 있던 눈송이들이 이리
저리 흩날리던 그날, 내가 약속 장소에 들어가 먼저 소주를 시키고 있자
니, 개둥이는 벌써 전작이 있는지 불쾌한 얼굴로 나타났다.

"한 이백만 더 부탁하자, 정말 마지막이다."

소주 첫 잔을 비우고 잔을 내려놓기가 바쁘게 그는 돈 얘기부터 꺼냈
다. 나는 그를 찬찬히 바라보았다. 개둥이는 지치고 추레한 눈빛이었다.

얼굴은 살이 더욱 빠져 광대뼈가 유난했고, 코끝은 주독으로 빨갛게 변했고, 아무렇게나 걸친 검은 외투는 땟국에 절어 꼬질꼬질했다.

저게 개둥이가 맞나. 핑크 플로이드의 〈위시 유 위 히어〉를 허밍으로 읊조리고, 딥 퍼플의 〈하이웨이 스타〉를 기타로 치고, 닐 영의 〈하트 오브 골드〉를 부른 그 개둥이, 우리를 수없이 웃기고 은기한테 저항했던 개둥이, 정말 그 개둥이가 맞나. 까마득하던 십이 층 건물의 아파트 난간 위에 올라 양팔을 활짝 벌려 중심을 잡고는 독수리처럼 유유히 건너가던 그 개둥이가 정말 맞긴 맞나. 도대체 저런 녀석이 어쩌다 군대도피자가 되어 삶의 막다른 골목에 다다랐을까? 왜 개둥이는 자폭하듯 그렇게 삶을 살아가는 것일까? 높은 벼랑에서 떨어지듯 왜 스스로를 마구 추락시키는 것일까?

나는 답답함에 마음속으로 혼잣말하듯 물었다. 아파트 옥상에서 그와 함께 워크맨으로 〈프리 버드〉를 듣던 때가 떠올랐다. 가슴이 덜컥 내려앉았다. 문득 알아지는 게 있었다. 그건 아무리 생각해도 감질거리기만 하던 왕년의 가수 이름이 딱 생각나듯, 그렇게 불현듯 알아지는 거였다.

"너 혹시, 그때…… 은기 떨어질 때, 오오 옥상에 너두 있었냐?"

"아냐, 아니라구."

개둥이는 고개를 흔들었다. 한동안 우리 사이엔 침묵이 흘렀다. 어느 순간 그가 다시 말문을 열었다.

"내가 죽인 건 아냐. 거기 있었지만 내가 죽인 건 아냐."

개둥이는 급하게 술을 들이켰다.

"아니, 음…… 그래, ㅎㅎㅎ 내가 죽였다고 볼 수도 있지. 여름방학에도 녀석은 나를 계속 괴롭혔지. 그때만 해도 우리 집이 잘살 때니까 녀석은 노골적으로 돈을 요구했어. 옥상으로 불려가면 난 돈은 돈대로 바치고 또 한참을 맞았지. 그날도 예외 없이 그랬어. 은기는 내 따귀를 여러 대 갈기고는 천천히 담배를 피워 물었지. 그때 왜 그랬는지 몰라. 녀석이 품에서 라이터를 찾아 담뱃불을 붙이는 동안 난 옥상에 굴러다니는 의자를 가져와서 거길 딛고는 난간 위로 올라갔어. 한 발 한 발 천천히 내딛으며 난간의 한쪽 끝까지 걸어갔지. 바람 한 점 불지 않는 무더운 날이었어. 난간에서 훌쩍 내려오자니 은기가 저쪽에서 그런 애들 장난 같은 건 나도 할 수 있다고 소리치더군. 아마 밤이라 그랬을 거야. 밤엔 아무래도 사방이 어두워 낮보단 높이에 대한 감이 떨어지니까 두려움도 훨씬 덜하지. 은기는 담배를 비벼 껐지. 나처럼 의자를 딛고 난간에 섰어. 난간을 걸어보면 알겠지만 그건 공포와의 싸움이야. 만약 그 난간이 십이 센티 높이라면 거기서 떨어지는 사람은 아무도 없을 거야. 그러나 십이 층 높이니까 다들 발걸음이 후들거리지. 은기도 아마 그랬을 거야. 한쪽은 까마득한 허공이지만 건물 안쪽은 고작 허리 높이의 시멘트 바닥이잖아. 다들 안쪽으로 중심이 쏠려서 걸어가지. 그래서 몇 발자국 걷다가 다들 안쪽으로 떨어지게 마련이지. 그게 당연해. 여차하면 다들 그러리라고 마음먹고 난간 위를 오르는 거니까. 은기 역시 두어 걸음 걷는데 중심이 안쪽으로 쏠리는 게 완연했지. 그래도 은기는 제법 걸었지. 천천히 한 걸음 한 걸음 놓으면서 난간의 중간까지 걸어왔어. 그때부터 내 마음은 떨려오기 시작했어. 녀석을 밀어버리고 싶다는 욕망으로 내 마음은 달아올랐지. 녀석은 계속 침착하게 걸음을 옮겼어. 언제나 자기의 깡이 얼마나 센지 보여주고 싶어서 안달이 난 녀석이니까. 난 숨이 막혔어. 은기는 내 쪽을 향해서 계속 걸어왔지. 아직도 나와의 거리는 십여 미터나 되었어. 어느 순간 녀석은 고개를 들어 나를 바라보았지. 이만큼 걸어왔으면 내 깡은 증명된 게 아니냐는 눈빛이었지. 나는 절망했어. 녀석은 이제 금방이라도 걷는 걸 그만두고 바닥으로 내려설 것 같았어. 그렇다고 난 달려들 수도 없었어. 아무리 득달같이 달려들어도 거리가 아직은 십여 미터나 되었으니까. 위험을 느낀 순간 은기가 그냥 안쪽 바닥으로 훌쩍 뛰어내리면 그만이니까.

난 그 순간 온 마음을 다해 빌었지. 은기가 떨어졌으면…… 평생 교회 근처에는 얼씬도 않던 내가 그 순간 하느님을 찾으며 맘속으로 부르짖었지. 은기 저 새끼가 제발 떨어져 뒈졌으면…… 이젠 됐냐, 어느 순간 은기의 목소리가 들려왔어. 난 고개를 들었지. 녀석은 내 눈을 마주 보면서 씨익 웃었어. 양팔을 벌린 채 녀석은 히죽거렸지. 그 순간 바람이 불어왔어. 서늘한 바람이. 그건 안쪽 바닥이 아닌 허공 쪽에서 불어왔어. 중심을 잡으려는 듯 은기의 양팔이 조금 흔들렸지. 그의 중심이 안쪽으로 쏠리다가 다시 약간 반동을 주면서 바로 잡으려는 찰나, 아마 그 찰나일 거야. 난 소리를 질렀지."

"소리? 무슨 소리?"

"몰라. 소리쳤어."

"뭐라고?"

"모른다니까. 그 순간 나도 모르게 소리가 나왔어. 별로 큰소리도 아니야. 악이라고 했는지, 앗이라고 했는지, 얍이라고 했는지. 나도 몰라. 하여간 짧은 기합이 내 입에서 터져나왔어."

"그래서?"

"은기의 몸이 기우뚱하더니 아래로 떨어졌어. 십이 층 아래로."

"니 소리에 놀라서?"

"모르겠어. 내 소리에 놀란 것 같기도 하고. 아닌 것 같기도 하고. 그 외마디 기합소리가 은기한테까지 들렸는지도 의문이구…… 그 순간 바람이 좀 불긴 불었는데…… 난 멍하니 있다가 후들거리는 걸음으로 엘리베이터를 타고 우리 집으로 들어왔어. 수위는 자고 있어서 은기가 떨어진 것도 몰랐어. 은기는 새벽에야 화단에 발견됐지. 너도 알다시피 은기는 늘 죽고 싶다는 말을 달고 다녔으니까 어렵잖게 자살로 처리되었지."

"은기가 너 땜에 떨어진 건 아니잖아?"

"그래, 처음에 나도 죄가 없다고 생각했지. 그 정도 소리에 놀랄 수가 있을까? 아무리 생각해도 은기 같은 애가 그만한 소리에 놀라서 떨어질 것 같지는 않았어. 방심한 순간에 공교롭게도 바람이 불어와서 그런 것이라고 생각했지. 난간을 먼저 걷겠다고 나선 것도 지 놈이니까 난 죄가 없다고 여겼어. 더구나 그간에 당한 고통을 생각하면 난 손톱만치도 죄의식을 가질 필요는 없다고 생각했지. 그런데 시간이 흐르니 자꾸 맘이 무거워지는 거야. 공부도 하기 싫고 기타도 치기 싫고. 그냥 몇 달만 참았으면 됐는데. 몇 달만 참으면 졸업이고 그럼 다시 안 볼 놈인데 그걸 못 참고 내가 일을 저질렀구나 하는 생각이 드는 거야…… 그리고 시간이 지나면서 은기는 내가 죽였다는 생각이 갈수록 강해지는 거야."

"무슨 소리야? 왜 니가 주주 죽였다고 하는데?"

"그때 왜 난간에…… 에이 몰라 씹새꺄. 그냥 자꾸 그런 생각이 든다니까. 아참 그때 몇 달만 참았으면……"

"개개 개둥아. 니가 죽인 게 아니잖아. 바람이 불어서, 바바 방심해서…… 시시 실수하잖아, 사람은…… 기기 길 가다가 곧잘 넘어지기도 하구."

"아냐, 아냐."

개둥이는 고개를 내저었다.

"넌 몰라. 난간에서 방심할 수는 없어. 온 신경을 곤두세우고 있는 형편인데, 거기서는 집중이 최고도에 이를 때라구. 더구나 은기 그 새끼가 어떤 놈인데…… 넌 몰라. 그 자식은 정말 피도 눈물도 없는 냉혈한이야. 그렇게 어쭙잖게 떨거나 할 놈이 아냐. 방심할 놈은 더더욱 아니고."

"그런 놈이면 소리에 놀라서 떠떠…… 떨어질 리도 없지. 안 그래?"

"그래 소리에 놀라서 떨어질 리도 없지. 근데도 그냥 내가 죽인 것 같다니깐, 나 때문에 죽은 것 같다니깐."

개둥이는 언성을 높였다. 그러곤 말없이 남은 술잔을 들이켰다. 나도 잔을 비웠다. 그가 공연한 죄의식을 갖는다고 느껴져 내 맘은 답답하고 답답하기만 했다.

8
방황하는 길손

그즈음 나의 방탕은 극에 달해갔다. 영업 생활이 오 년을 넘어서자 그제야 나는 이 짓을 내가 왜 하고 있나, 허망함이 몰려들었다. 그 지난 세월 중 어느 달의 달력을 넘겨도 그건 다른 달과 전혀 다르지 않는 나날의 연속일 터라, 그럼 난 오 년을 산 게 아니라 한 달을 살았을 뿐이라는 자조감이 들기도 했다. 더구나 끊기는 걸 헤아리면 온전한 하루도 드물 것이었다. 자조감은 자책으로 이어졌고 자책은 다시 자포자기의 심정을 불러왔다. 나는 직장을 때려치우고는 오로지 술과 여자만을 탐닉했는데, 미연은 그 시기에 만난 여자였다.

그녀는 내가 채팅으로 만난 여자 중 제일 예뻤다. 게다가 관능적이기까지 했다. 미연은 나보다 고작 나이가 두 살 아래임에도 외양은 이십 대 초반으로 보였다. 더구나 팔등신이란 말이 절로 나올 만큼 미니스커트 아래로 다리는 쪽 뻗었고, 가슴은 풍만했다. 그런 육감적인 몸매에다 얼굴 생김생김도 어찌나 관능적인지 몰랐다. 입술은 도톰했고, 눈은 시원하게 크면서도 그 꼬리는 가늘게 위로 향했다. 게다가 눈꼬리 끝에 점이 있어서 무척이나 색정적인 느낌을 주었다.

미연이 상체가 꼭 끼는 흰 티셔츠에 빨간 미니스커트 차림으로 나온 첫날부터 나는 눈이 돌아갔다. 눈이 돌아가는 건 나뿐만이 아닌지, 그녀와 함께 길을 걷자면 모든 사내들이 한 번씩 돌아보며 죄다 눈길을 주었는데, 그 눈길은 나에 대한 부러움과 혹은 저런 늘씬한 미녀에게 왜 저런 볼품없는 사내가 붙었을까 하는 어이없음이 뒤섞인 것이었다. 어쨌거나 처음부터 우린 꽤 많은 양의 술을 마셨다. 말이 매끄러우려면 긴장완화 차원에서도 그렇지만 그때는 중독기도 있어서 제어가 안 될 때라 나는 거침없이 술잔을 비웠는데, 그녀는 내가 마시면 같이 마셨고, 따라주면 제꺽제꺽 소주잔을 부딪쳐왔다.

우린 마시면서 이런저런 얘기를 하다가, 화제가 영화 이야기로 옮겨갔고, 어느 배우를 좋아하느냐 물음이 오가다가, 자연스레 어떤 이성에게 끌리느냐의 대목을 거쳤고, 급기야는 자기가 언제 성적으로 흥분하는지까지도 진행되어나갔다. 그러던 어느 순간이었다.

여기서 할까? 불쑥, 미연이 말했다. 나는 도대체 뭘 하자는 건지 처음에는 감이 오지 않았으나, 그녀의 낯빛이 달아오른 터라 여기서 키스라도 하자는 말이거니 짐작을 했다. 그때 우리가 마신 술집은 실내가 이 층이었는데, 이 층도 그냥 이 층이 아니라 원래는 일 층인데 나무계단을 서너 개 놓아 만든 억지 이 층이라 이 층에 들어서려면 허리를 구부릴 지경으로 천장이 낮았다. 둘러보니 이 층엔 구석의 우리 말고 아무도 없었다. 아무리 일 층 중간을 잘라 이 층을 만들었다 해도 이만한 안침이면 일 층에서는 용을 쓰며 땅뜀을 해도 잘 보이지 않을 성싶었다. 나는 에라

168

모르겠다, 여자가 하자는데 못 한다고 뺄 수 있으랴 싶어서 냉큼 그녀 옆
자리로 다가들어서는 미연에게 키스를 했다. 그녀는 기다렸다는 듯이 입
술을 열고는 혓바닥을 이리저리 놀렸다. 나는 그녀의 적극성에 약간 놀
라기는 했지만 속으로야 이게 웬 횡재냐 싶었다. 나는 키스를 하면서 그
녀 목덜미를 어루만졌고, 그래도 그녀가 가만있는지라, 나는 그녀 가슴
을 가볍게 스치듯 만졌고, 그래도 가만있는지라 그녀 티셔츠 안으로 손
을 집어넣었는데, 그녀는 이제 나직하게 신음을 흘리는 것이었다. 나는
그렇게 주물럭거리면서도 은근히 신경이 쓰여 눈은 연신 계단 쪽을 흘
금거렸다. 그런데 한참을 주무르고 주물러도 사람은 올라올 기미가 보이
지 않았고, 나는 슬슬 난처해지기 시작했다. 여기서 그만둬야 하나 말아
야 하나 고민을 하면서도, 이윽고 나는 스커트 속으로 손을 뻗쳐 허벅지
를 쓰다듬었고, 말려주었으면 싶은데 그래도 가만있는지라 그녀의 팬티
위를 슬슬 더듬거렸고, 이젠 제발 말려주었으면 싶은데 그래도 가만있는
지라, 우리 나갈까 속삭이자니, 그녀는 홍조 띤 얼굴로 좀 더 좀 더 할 뿐
이라, 도대체 어디까지 나가야 하나 나는 곤란해지기만 했다. 언제까지
이 층으로 사람이 올라오지 않으리라는 법은 없어서 맘은 초조해졌고,
도대체 여기서 어떻게 더 진도를 나가야 하나 머릿속이 복잡했는데, 갑
자기 그녀가 내 바지 안으로 손을 쓱 집어넣는 것이었다. 그때 계단이 삐
걱거리는 소리가 났다. 후다닥 떨어지는 나에 비해 그녀는 유유히 내 몸
에서 손을 뗐다. 얼른 나가자고 보챘으나 그녀는 흥분한 것에 비하자면
이상하게 요지부동이었다. 남은 소주를 천천히 자작하며 말끔히 비운 뒤
에야 몸을 일으켰다.

　나는 술집에서 나오자마자 모텔을 찾느라고 눈알이 벌게져서는 앞장
을 섰는데 따라오던 미연은 어느 순간 택시를 불러세우더니 횡하니 타

고 가버렸다. 나는 미연을 품지 못한 게 안타까워서 땅을 쳤다. 분위기가 고조되었음에도 여자가 택시를 타고 가버린 건 첫 만남부터 하자니 좀 쑥스럽거나 아님 마음은 어느 정도 있었는데 사내자식이 모텔도 못 찾고 헤매니 짜증이 나서 그런 것이려니 싶어 원통하기만 했다.

이튿날 큰 기대를 하지 않고 전화를 했는데 미연은 다정하게 대해주었고, 하여 나는 그녀와 다시 만날 약속을 잡을 수 있었다. 며칠 뒤, 이번에는 사전 답사로 모텔 위치까지 확인하고 나서 나는 미연을 만났다. 그때도 미연은 술집에서 진한 스킨십을 다 허용해놓고는 결정적인 국면에선 몸을 뺐다. 그리고 이런 내 속쓰림은 늘 되풀이되었다. 다시 말해 그녀는 아주 노골적인 스킨십을 허용하면서도 모텔에 가는 것만큼은 언제나 몸을 빼는 거였다.

그녀와 처음 관계를 가진 건 만난 지 두 달쯤 지난 어느 토요일, 신사동 주택가의 반지하 주차장에서였다. 나는 봉고차 뒤에 몸을 숨긴 채 그녀와 관계를 했는데, 새벽 한 시가 넘은 시간이라 오가는 사람은 뜸했지만 그래도 누가 올지 몰라 나는 하면서도 이게 지금 좋은 건지 어떤 건지 느낄 새도 없이 정신없이 하기만 했다. 그 뒤로도 매번 이런 식이었다.

술이라도 한 잔 하면 그녀의 낯빛은 삽시간에 발그레하게 물들었는데 그건 단순히 술기운 때문만은 아니었다. 그런 상태에서 그녀가 나를 지그시 바라보면 나는 뱀의 눈초리에 꼼짝 못하는 개구리처럼 그녀에게 빨려들어갈 뿐이었다. 그녀가 일어나면 나 역시도 서둘러 일어났는데, 그리고 나서 모텔에 들어서면 얼마나 좋으련만 그녀는 늘 모텔 아닌 데로만 나를 데려갔다. 어두컴컴한 극장이나 막다른 골목길이나 혹은 소극장 연극을 보면서도 은근히 내 손을 자기 치마 속으로 이끌었다. 물론 그녀가 요령껏 신문지나 핸드백을 가림막으로 이용했고, 극장 안이 컴컴하긴 했지만 그렇다고 남들 눈을 완전히 가릴 수는 없는 일이라 나는 그녀가 그렇게 나오면 늘 신경을 써야 했다.

그녀는 어찌나 대범한지 종종 술집 화장실로 나를 끌고 가 키스를 했고, 두어 번은 그곳에서 치마까지 내렸다. 어쨌거나 그녀가 얼굴이 발그레해져서는 어서 해달라는 사인을 보내오면, 술집의 화장실이건 늦은 밤의 주차장이건 공원이건 빌어먹을, 나는 해야 했다. 해달라는데도 안 하면 쪼다 소리를 들을 것 같아서. 벌건 대낮에도 나는 그녀가 작은 기미만 내보이면, 예컨대 전시장에서 그림을 관람하다가 여긴 생각보다 사람이 없네, 따위의 말을 해도 나는 그게 어떤 의미를 둔 게 아닌가 싶어져서 쿵 가슴이 내려앉았고, 조건반사처럼 휘휘 주위를 둘러봐야 했다.

하지만 아무리 그녀 몸뚱이가 탐스럽다 해도 그렇지 남의 눈을 피해서 하는 건 꽤나 피곤한 일이라 나는 그녀에게 슬슬 짜증이 났다. 더구나 늘 그녀가 주도권을 행사하는 데 대한 불만도 겹쳤고, 남의 눈에 신경 쓰지 않고 한번 편하게 해보고 싶다는 욕망도 가세해서 어느 휴일 대낮에 나는 그녀의 손목을 잡아끌었다.

"맨날 너 좋을 때로만 하냐. 따라와, 오늘은 내가 하잘 때 하는 거야."

대강 반항을 하다가 못 이기는 척 따라올 줄 알았던 그녀는 그러나 끌려가지 않으려 죽어라고 버팅겼다. 그러다 힘으로 안 되니까 사람 많은 길거리에서 고래고래 악을 써댔다.

"야이 새꺄, 모텔 가기 싫다니까."

나는 이미 당한 창피라 이를 악물었고, 낮이 후끈거리는 걸 느끼면서도 쌍, 하잘 때 하는 거야, 이 소리만 되풀이했고, 주위 사람들은 킬킬거렸고, 저 자식 저거 신고해야 하는 거 아냐, 이런 소리가 들려왔는데 천신만고 끝에 겨우 그날 나는 미연을 모텔 방으로 몰아넣을 수가 있었다.

방에 들어서자니 미연은 내가 언제 버팅겼냐는 듯이 그 자리에서 당장, 보는 내가 실감이 나지 않을 정도로 옷을 홀랑홀랑 벗었다. 너무나 쉽게 옷을 벗으니까 신비감이 좀 깨지는 맛이 있었으나, 나는 그간 애가 달아 있었기에 얼씨구나 쾌재를 부를 뿐이었다. 그 기쁨을 만끽할 새도 없이 미연은 나를 침대에 쓰러뜨렸고, 내 옷을 삽시간에 벗겼다. 벌써 미연의 얼굴은, 특히 두 뺨은 욕망의 분출을 정직하게 드러내는 듯 발그스레해졌는데, 미연은 내 몸을 사정없이 올라탔고, 손과 발과 입과 젖가슴으로 내 몸을 더듬었고, 나는 나도 모르게 으아아 으아아 연신 앓는 소리를 냈다. 그리고 그날 미연은 미연대로 모텔이 떠나가라 교성을 질렀다. 그 소리가 어찌나 요란했던지, 우리가 들어선 곳은 그래도 엄연한 호텔 비스름한 모텔이었건만 옆방 누군가가 좀 조용히 하라는 의미로 쿵쿵 벽을 두들겨대기까지 했다. 일을 치르고 난 뒤에 미연은 담배를 꼬나물며 이렇게 말했다.

"난 맨 정신에 하는 건 별로 안 좋아해. 이렇게 너무 다정하면 사랑하는 것처럼 착각하니까."

"착각 좀 하면 어때."

"있지도 않은 사랑 있다고 착각하는 게 뭐가 좋은데. 앞으로도 우린 그냥 섹스만 하면 되는 거야."

지금까지 우리가 만나서 섹스만 했지 그 이상으로 무얼 했나, 하는 말이 목젖에서 간질거렸으나 나는 꾸욱 참고 이렇게 물었다.

"사랑이 없다고 생각해?"

"그럼 있니?"

"남녀 간의 사랑은 없지만 어쩌면 순수하고 허허 헌신적인 사랑은 있을지도 몰라."

"얘가 아주 웃기네. 뭐, 헌신적인 사랑? 그냥 사랑도 재고가 바닥난 판에 그런 프리미엄급이 남아 있겠니."

나는 그녀의 말을 흘리려고 했지만 그녀가 하도 입술을 삐죽이며 피식대기에 정희 얘기를 뜨문뜨문 비추었다. 그녀와의 사연도 털어놨고, 풍차에서 듣던 음악도 이야기했다. 미연은 뜻밖에도 말을 끊지 않고 내 얘기를 끝까지 들어주었다.

"바보, 너 진짜 완전 발발이구나. 대강 짐작은 했다만 상상 그 이상의 발발이야. 여자가 거부한다고 바로 삐지다니. 쯧쯧, 좀만 기다렸어도 되는 걸."

"오 년 전 일이야. 내가 좀 어렸지."

"근데 말야, 넌 섹스가 그렇게도 좋니?"

그녀의 물음에 나는 눈을 껌뻑거렸다. 방금 전까지 모텔이 떠나가라 신음소리를 낸 걸 고려하자면 무척이나 뻔뻔한 질문 같았다. 내가 말이 없자 그녀가 다시 입을 열었다.

"아니다, 발발이한테 물은 내가 잘못이지. 나가자, 어디 가서 밥이라도 먹자."

왜 그녀를 만나면 그녀가 나를 가지고 논다는 생각이 든 것일까? 만날수록 나는 은근히 부아가 솟기 시작했다. 그건 후미진 주차장 대신 이따금씩 모텔을 찾아간다고 해서 해소되는 차원이 아니었다. 그녀와 관계를 갖고 나면 나는 언제나 허탈한 기분에 사로잡혔다. 그녀는 섹스를 게임처럼 승부처럼 하고 싶어 했다. 유혹을 하고, 그 유혹에 넘어오나 안 넘어오나에 짜릿해했다. 그녀는 사랑 대신 섹스만 하자고 했지만 그녀와 나누는 건 분명 순수한 섹스도 못 되었다. 누가 볼세라 그렇게 그녀와 살 떨리는 관계를 갖자면 나는 어딘지 개운치 않은 느낌을 가져야만 했다. 즉 내 안에서 끓어오르는 욕망이 아니라, 강요된 욕정, 도발당한 욕정 같은 것이었는데, 그건 행위를 치르고 난 뒷맛이 찜찜한 것만 봐도 알 수가 있었다.

그래서 나는 어느 날 그녀의 도발에 반기를 들었다. 그녀가 하자는 사인을 보내왔을 때 과감히 자리를 털고 일어섰다. 그러나 그녀는 이런 내 욕망과 심리를 정확히 읽어냈다. 생각과 욕망이 따로 노는 우리 사내들의 이중성을.

흥 더럽다 더러워, 내가 안 하고 만다. 지 년 아니면 뭐 이 세상천지에 여자가 없나. 나도 처음 며칠간은 씩씩하게 견뎌봤다. 업소에도 나가보고 나이트에 가서 여자들도 꼬셔보지만 도무지 그네들은 여자란 생각이 들지 않는다. 일주일, 열흘, 한 달…… 그녀가 나에게 얼마나 횡재였는지를 실감한다. 퉤 더럽다 더러워, 이 말이 얼마나 배부른 짓거리였나를 각인한다. 참다 참다 나는 전화를 건다. 만나서 술을 한잔 한다. 그녀는 시종 침착하다. 이미 내 몸은 술기운이 아니더라도 뜨겁다. 그녀의 농익은 육체를 눈앞으로 대하자니 내 맘은 후회로 가득하다. 내가 미쳤지 저런 팔등신 글래머를. 명품 백을 한 아름 안겨 잡아둘 생각은 못할망정 굴러들어온 저 보물을 저렇듯 방치하다니. 나는 정말이지 아무도 없다면 개처럼 그녀 앞에 납작 엎드려 고개를 조아리고 싶다. 그녀는 이런 내 마음엔 아랑곳없이 이제 어떠한 사인도 보내지 않는다. 외려 자기한테는 애인이 여럿 있다는 걸 은근히 암시해댄다. 아무렴, 저렇게 육감적인 여자가 한 남자에게만 만족할 리 없다. 새삼스러운 건 아니다. 나도 예전부터 그녀 얘기 속에서 얼추 짐작은 했으나 차마 물어보지 못했을 뿐이다. 내

알량한 자존심 때문이기도 하거니와 보나마나 애인이 있을 게 뻔할 터라 내심 두려웠고, 또한 집착한다는 인상을 줄까봐 물어보는 걸 자제했을 뿐이다. 그녀는 다시 아무렇지도 않게 말들을 흘린다.

"어제는 여고 동창 만나서 오랜만에 밤새 춤을 추며 놀았더니 온몸이 뻐근하네."

그런 말을 들을 때면 나는 불안해진다. 저게 간밤에 혹시 나이트에서 또 어떤 놈팡이랑 눈이 맞고, 그래서 모텔에서 실컷 분탕질을 즐긴 건 아닐까 하는 생각이 올가미처럼 내 목을 옥죄어 든다. 그녀는 사실 어떤 남자라도 군침을 흘릴 만큼 지나치게 육감적이라 꼭 그랬을 것만 같다. 짐작은 확신으로 바뀌는데, 이런 확신이 바로 표정으로 드러나는지, 그녀는 내 얼굴을 바라보며 얄밉게 생글거린다. 그런 그녀를 보자면 오냐 강아지 갖고 놀듯 더 놀려봐라, 나도 너를 개로 본다, 이 개 같은 년아, 나는 속으로 이를 갈아 마신다. 그럼에도 내 가슴은 아프다. 그녀가 다른 사내와 놀아나는 장면이 눈앞에서 어른거린다. 커다란 신음소리로 모텔이 떠나가라 소리 지르던 그녀 모습도 떠나질 않는다. 그건 참으로 사랑도 아니고 소유욕도 아닌 지랄 같은 감정이었으되 나는 그녀의 그런 전술에 대응하지 못한 채 계속 끌려다니기만 한다. 밤이 깊어 술집을 나온다. 외진 주차장을 찾을까, 살살 달래서 모텔로 갈까, 나는 할끔할끔 그녀 눈치를 살핀다. 그녀는 가차 없다. 택시를 잡고는 뒤도 돌아보지 않는다.

관계 개선은 쉽지 않았다. 그렇게 사라지는 그녀 뒷모습에 대고 수없이 갈구하는 눈빛으로 조공을 바치고, 숱하게 핸드폰에 메시지를 남기고, 살이 마르며 안달하는 모습까지 보였지만 그녀는 까딱도 안 했다. 차라리 연락이라도 안 해오면 깨끗이 포기하겠는데 가끔은 또 전화를 걸어온다. 오늘은 커다란 은사를 베풀 것처럼 쾌활한 목소리로 술 한잔 하잔다. 나는 그간의 굴종을 보상받느라 희희낙락 여기지만 그녀는 여지를 줄 듯 줄 듯 하다가 끈적끈적한 내 눈길을 단칼에 베어버리고는 택시에 오른다. 그녀의 사인 한 번이면 장소불문, 하자는 대로 하겠는데 말이다.

그날, 일요일엔 식전부터 가을비가 추적추적 내렸다. 빗줄기는 쉼 없이 내 방 유리창을 타닥타닥 두들겼는데, 아침 잠결에 그 소리를 듣고 있자니 왠지 마음이 심란했다. 눈을 뜨고도 한동안 나는 자리에 누운 채 빈둥거렸다. 유리창을 조금 열고 담배를 피워 물었다. 하늘은 회색으로 흐려 있었다. 나는 오랜만에 가요 몇 곡을 들었다. 그러자 갑자기 참을 수 없을 만큼 정희가 그리워졌다. 나는 당장에 차를 몰고 풍차로 향했다.

정희는 반갑게 맞이했다. 그녀가 끓인 커피를 마시며 나는 물었다.

"일요일이라 그런가 사람이 아무도 없네요?"

"언젠 사람이 있었나. 요즘 애들 누가 이런 데 오려고 하겠어."

"여긴 정말 변한 게 없네요. 커피 맛도 음악도."

"좀 자주 들르지 한 일 년 만인가?"

"네, 그렇죠."

그녀의 말에 난 머쓱해했다.

"잘 왔어. 그래도 한 번은 봐야지 생각했는데. 나 닷새 뒤에 여길 떠나."

"이사 가세요? 어디로?"

"아니, 영영 이 나라를 떠나. 오빠가 몇 년 전부터 캐나다로 오라고 했거든. 사실 지금까지도 다달이 오빠가 보내주는 돈으로 가겔 운영한 건데 이젠 정리하려고. 내일 세운상가 업자가 와서 판도 다 실어갈 거야."

"갑자기 왜?"

"사실 지난여름에 캐나다 놀러 갔다가 한 남자를 알게 됐어."

"아 네."

"은퇴한 변호사인데…… 나, 아마 결혼할 것 같아."

"거기서요?"

"응."

"집도 봤어. 뜰엔 빨갛게 물든 단풍나무도 있구, 털이 하얗게 북슬북슬한 강아지도 있어."

"남자는 며며 몇 살이에요?"

은퇴한 변호사라는 말이 맘에 걸려 나는 물었다.

"예순둘."

그녀가 판을 갈아끼웠다. 그녀는 결혼을 하려 한다. 더 이상 자기 인생에서 꿈도 사랑도 남지 않았다고 여기기에 그 아끼던 레코드판까지 남김없이 팔아버리고 이제 결혼으로 도피하려는 거다. 그녀는 자신을 거쳐간 남자를 어떻게 추억할까?

"저기…… 예전의 그 화가는 아직도 기억나세요?"

"응. 아주 가끔."

왜 나는 예전 사내에 대해 물었을까. 나에 대해서 묻기를 바랐으면서도. 우리는 말없이 한동안 음악만 들었다.

"이런 날은 술 한잔 해야지."

그녀가 냉장고에서 맥주를 꺼내왔다. 그때 핸드폰이 울렸다. 미연이었다. 나는 카페 문을 열고 나가 층계참에서 폴더를 열었다.

"어디야? 술 한잔 할까?"

"여기 풍차야. 오늘은 시간이 좀 그런데."

"뭐 풍차? 아, 그 정희란 여자가 한다는 그 카페. 내가 그리로 갈까?"

"아니, 여기가 좀 머머 멀어서⋯⋯"

"지금 출발할게."

그녀는 바로 전화를 끊었다. 나는 고개를 갸웃했다. 도대체 미연이 여길 왜 온다는 것인가? 이미 온다고 했으니 그녀 성질머리에 말려도 들을 게 아니었다. 나는 갑자기 불안해졌다. 미연에겐 악마적인 야릇한 심술이 있어서 주변 사람을 파멸시킬 것만 같았다. 나는 정희와 한 병 한 병 맥주를 비웠다. 오랜만의 만남이라 그녀 쪽에서 할 말이 많기도 했지만 나 역시도 이제 볼 날이 없으려니 싶어서 차마 발걸음이 떠나질 않았다. 시간은 잘도 흘렀고, 나는 계속 엉덩이를 붙이고 있었다.

서울에서 오려면 두어 시간 걸리니 아직은 괜찮겠지. 풍차에 대해 애기를 했지만 이런 재래시장 가운데에 있는 카페를 단박 찾아내기란 쉽지 않겠지. 이것만 비우고 어디 다른 데 가서 마시자고 해야지 머릿속으로 생각을 굴리는데 카페 문이 활짝 열렸다. 미연이 들이닥쳤다.

"저기⋯⋯ 제 친구예요. 오늘 부득불 온다고 해서."

나는 어쩔 수 없이 자리에서 일어나 소개했다.

"친구 겸 애인이기도 하구요."

미연은 고개를 까딱하더니 자리에 앉았다.

"광철이한테 이런 이쁜 애인이 있었어? 근데 왜 말을 안 했지. 가만 이런 귀한 손님이 왔는데 커피 가지고야 안 되지. 내가 음식을 준비할게. 비도 오는데 부침개나 해먹을까. 내가 요기 시장 가서 잠깐 장을 봐야겠네."

"제가 다녀올게요."

"아냐 아냐, 광철인 앉아 있어. 지금 올 손님도 없고. 애인한테 커피나 대접하며 있으라고. 오래 안 왔다고 설마 커피 끓이는 걸 잊어버린 건 아니겠지?"

정희가 나가자 나는 미연을 쏘아보았다.

"왜 왔어?"

"야, 니가 하도 그때 누님 자랑을 해서 와 봤다. 좀 오면 안 되니?"

미연은 생글거렸다. 자작으로 술을 따르더니 맥주잔을 연신 비워댔다.

"비도 오니까 술 한잔 하고 싶더라. 얘, 인상 좀 펴라. 오늘밤 약속만 나가리되지 않았어도 이런 구리구리한 카페는 안 왔다."

음악이 끊겼다. 판 긁히는 소리가 났다.

"여긴 주로 가요야. 다른 노래 틀어줄까?"

"됐다. 지금 누가 이런 노래를 듣니. 여기 혹시 거미줄은 없니. 이건 영업을 하자는 건지 말자는 건지. 맥주나 더 내놔봐라."

내가 자리에서 일어서는데 미연이 내 허리춤을 붙잡았다.

"근데 술보다 더 급한 게 있다. 하자."

"뭘 해?"

"하자니까."

"지금?"

"응."

"여기서?"

"응."

미연은 눈웃음을 쳤다. 더없이 확실한 신호인 듯 두 뺨도 발그레 달아올랐다.

"왜 싫어?"

그녀의 목소리가 은근했다. 이 개 같은 년이 사람을 뭘로 보고…… 나는 그녀를 말없이 노려보며 식식거렸다. 몇 초의 시간이 흘렀다. 마주 앉아 있던 미연이 다리를 꼬았다. 노란 원피스 자락이 말려올려가면서 그녀의 희멀건 허벅지가 드러났다. 그녀가 혀로 자기 입술을 살그머니 핥았다.

"하자니까."

씨발, 나는 했다. 그 순간에도 머릿속은 기민하게 돌아갔다. 정희가 시장을 한 바퀴 돌 것이니 그래도 시간이 좀 걸리려니 싶었다. 더구나 지금 밖엔 비가 뿌린다. 한 손엔 우산을 받치고 한 손엔 장바구니를 들면서 한쪽 어깨가 기운 모습으로 그녀는 느릿느릿 걸어올 테니, 그동안 얼른 끝내버리는 거다.

나는 미연을 옆 테이블에 거칠게 눕혔다. 그녀 원피스의 어깨 자락을 끌어내리고는 젖가슴을 마구 주물러댔다. 아아, 난 이런 게 좋아, 미연이 중얼거렸다. 그래, 이 개 같은 년아, 나도 이런 게 좋다. 난 마음속으로 부르짖었다. 어딘지 몽롱한 의식 속에서 나는 나무계단을 내려오는, 삐걱거리는 발소리를 들었다. 카페 문이 빙긋 열리는 소리도 들었다. 미연은 신음소리를 흘렸다. 정말 좋아서 그런 건지 순간의 연출인지 그녀의 신음소리는 갑작스레 터무니없이 커졌다. 나는 손으로 그녀의 입을 막았다가 어느 순간 내버려두었다. 자포자기 심정이었다. 그 요란한 신음소리 가운데에서도 나는 카페 문이 닫히는 소리를 감지했다. 순간 내 심장은 끼이익, 파열음을 냈다.

나는 미연의 손목을 이끌고 풍차를 빠져나왔다. 빗줄기가 꽤나 굵어져 있었다. 바람까지 심했다. 내 옷은 금방 젖어왔다. 턱을 타고 빗물도 뚝뚝 떨어졌다. 눈가가 뜨듯한 걸로 봐선 내 회한의 눈물도 조금은 섞여 있을 터였다. 차가 주차되어 있는 대학 구내로 가기 위해 나는 연신 미연을 잡아끌었다. 처음엔 내 손을 빠져나가려 버둥거리던 미연도 나중에는 또각거리는 하이힐 소리를 내며 묵묵히 따라왔다.

나는 미연을 차에 태웠다. 나는 내가 혐오스러워 참을 수가 없었다. 여자라는 것, 섹스라는 것, 도대체 그런 것들이 무엇이기에 내가 이리도 개처럼 굴었나. 그것도 정희 앞에서. 그녀가 밤새 내 얘기를 들어주던 나날이 떠올랐다. 아아, 그녀로 해서 열린 내 말문에 대해 나는 한 번도 고마움을 나타낸 적이 없었다. 그런데 이런 짐승 같은 짓을 저지르다니. 고마움을 표해도 남은 시간이 모자를 터인데 이런 용서받지 못할 잘못을 저지르다니. 나와의 지난날을 한때의 추억으로 간직하지도 못하게 하다니. 도대체 나란 놈은 얼마나 개새끼인 것이냐.

"어디 가는 거야? 여기 우리 집 방향 아닌데?"

"이 쌍년. 죽기 전에 아가리 닥쳐."

미연은 입을 다물었다. 차창을 조금 열더니 불어오는 비바람을 만끽했다. 그건 내 말이 무서워서가 아닌 승리자의 느긋한 여유 같았다. 나는 내 단골 모텔로 차를 몰았다. 그녀를 모텔 구석방에 몰아넣었다. 그녀에 대한 증오심과 나에 대한 혐오감이 몰려들면서 나도 내가 어떻게 되어가는지 몰랐다. 너무나 분한 마음에 우선 뺨을 서너 대 갈겼는데, 어찌된 게 그다음엔 그녀의 원피스를 끌어내리기 시작했다.

나는 밤낮없이 그녀와 뒹굴었다. 그녀 몸뚱이가 얼마나 대단한지 한번 해보자는 심사였다. 부둥켜안고 개처럼 헐떡이다 누구 하나가 지쳐 죽든 말라 죽든 해야 한다고 생각했다. 지겹도록 나는 그 짓을 하겠다고 마음먹었다. 지겹고 지겨워서 마침내는 섹스만 생각해도 구역질이 나오게 만들고 싶었다.

영업 일을 하면서 숱하게 계집질을 했건만 도대체 미연의 몸뚱이가 어떻게 생겨먹었기에 나는 허물어진 것이냐. 나는 그녀의 육체를 마구 짓이기듯 섹스를 했다. 머릿속이 하얘지도록 섹스만 했다. 밤에도 하고 낮에도 했다. 이래도 욕망이 생길까? 이래도 욕망이 생겼다. 모텔로 밥을 시켜먹었다. 술도 사왔다. 밥을 먹고 하고, 취한 채로 하고, 술이 깨면 다시 했다. 그녀가 욕실에서 알몸으로 오줌 누는 걸 뻔히 지켜보면서 그녀가 변기의 물을 내리면 또 덤벼들었다. 이래도 하고 싶을까? 이래도 하고 싶었다. 말도 거칠어졌다. 야이, 쌍년아 엉덩이 좀 올려봐. 그녀도 지지 않았다. 이 새꺄, 좆심이 없으면 빨기라도 해. 나흘 밤이 지나갔다. 이래도 하고 싶을까? 나는 겨우 알 것 같았다. 나는 그저 이기고 싶었다. 미연이란 저년을 굴복시키고 싶었다. 어떻게? 도대체 무얼? 내 상태를 알았지만 해답까지 떠오른 건 아니었다. 시간을 헤아려보니 지금쯤 아마 정희는 비행기를 탔을 터였다. 그녀는 나를 어떻게 생각할까? 얼마나 치졸한 복수극이냐고 생각하겠지. 사내자식이 예전 일에 꽁해가지고, 그걸 복수하고자 일부러 보는 앞에서 그 짓을 했다고 생각했겠지. 오래전에 얘기한 그 누나 같은 사랑에 꽁해가지고서는. 그녀가 떠났으니 만회할 길은 없었다. 차마 배웅할 염치가 없으면 안 보이는 곳에서 잘 가라고 손이라도 흔들 것이지 이게 다 뭔 짓인가. 허탈했다. 나는 그제야 그녀의 몸뚱이에서 떨어져나왔다.

"내일 나나 날 밝으면 떠나라."

"원 없이 했냐?"

"시끄러, 내가 술로 곯지만 안 앉았어두 한 일주일은 더 했어."

"미안하다. 내가 카페에서 그런 건……"

"다다 닥쳐 이년아."

어둠 속에서 미연이 담배를 피워 물었다.

"난 길거리를 다니면 참 이상했어. 사내들이 다 나만 쳐다봤으니까."

"어련했겠냐."

그녀는 내 이기죽거림에도 아랑곳없이 계속 말문을 열어나갔다.

"여고 때부터 난 그게 너무 이상했어. 저들은 내 몸이 그렇게 좋을까. 이런 더러운 몸뚱이가 그렇게 좋을까. 작년에 입던 티셔츠만 걸치고 나가면 늙은 놈이나 젊은 놈이나 내 가슴을 흘금대는 사내들의 눈길은 꼭 송충이 같았어. 나는 일부러 추리닝을 입고 다녔어. 내 몸을 밉게 만들고자 끊임없이 먹어댔어. 그런데 아무리 먹어도 살은 어느 한계까지만 찌고 더 이상 찌지 않았어. 외려 가슴이나 엉덩이만 나왔지. 한데 이런 몸이 더 도발적이었나봐. 사내들은 내가 살이 찌자, 너도나도 희번덕거리며 나를 탐하려고 했지. 처음엔 사내들의 눈길이 불쾌했는데 난 어느 순간부터 그 눈길을 즐겼어. 사내들이 내 몸을 위아래로 핥아대는 그 눈길을 즐겼지. 그리곤 이제 다른 사내에게도 한 번 두 번 몸을 내췄지. 이런 썩을 몸뚱이 아낄 게 뭐가 있을까 싶어서……

새아빠란 그 새끼가 처음 내 몸에 들어왔을 때 난 목숨을 끊었어야 했어. 난 열다섯 살에 처음 당했지. 그 새끼는 약속했지. 두 번 다시 하지 않겠다고. 자신은 술에 취해 있었고, 그자는 우리가 그저 실수한 것뿐이라고 했어. 그때부터 알아봤어야 했는데. 그 새끼는 자기가 실수한 게 아니라 우리가 실수한 거라고 했어. 처음 두어 달은 괜찮았어. 아무 일도 없었지. 그런데 밤에 화장실에 가기 위해 거실에서 우연히 마주치기라도 하면 그는 내 몸을 똑바로 바라보지 못했지. 난 불안했어. 집을 나와야 하지 않을까? 하지만 난 그때 고1이었어. 너무 어렸지. 그러던 어느 날 밤 그가 잠긴 방문을 따고 들어왔어. 나는 제발 그러지 말라고 애원했어. 그는 술 냄새를 풍기고 있었지. 그는 내 애원을 무시했어. 철저히 무시

했어. 나를 거칠게 만졌어. 내 몸 구석구석을. 난 울었어. 그리고 며칠 뒤, 그가 다시 들어왔어. 또다시 술 냄새를 풍기면서. 그러곤 나를 범했지. 나를 범했다고. 고약한 술 냄새를 풍기며…… 그리고 난……"

그녀는 미친 듯이 머리를 흔들었다.

"난 그런 년이야. 알겠니?"

"그래서? 그래서 어떻게 되었는데?"

"어떻게 되었냐고? 난 그게 좋았어."

"좋았다구?"

"그래, 좋았어. 알아?"

미연은 목소리를 높였다.

"난 그 짓이 좋았어. 그 더러운 짓이. 내 몸을 더듬는 그의 손과 까칠한 그의 턱수염과 내 귓전에 퍼붓는 그의 입김까지도. 어느 날, 그자가 또다시 술에 취한 채 와서는 나를 덮치려고 할 때, 난 완강히 저항했지. 그는 포기하고 나갔어. 그때 내 기분을 알아? 무언가 허전하고 아쉬운 기분이었어. 그때부터 나는 그냥 그자를 받아들였지. 대학을 졸업하고 독립할 때까지 무려 칠 년을 말이야. 그리고 이따금씩 난 생각했지. 그래서 그 새끼가 그때 우리란 말을 쓴 것이구나. 알아, 난 그런 년이야."

나는 갑자기 술 생각이 간절해졌다.

"야, 앞으로 연락하지 마. 나도 연락할 일 없을 테니까…… 왜 말이 없어 새꺄?"

그녀는 기어코 울먹였다.

이튿날, 나는 모텔에서 나와 그녀를 차에 태웠다. 마지막으로 그녀를 집까지 데려다주고 싶었다. 차 안에서도 우린 아무 말이 없었다. 출근시간이라 그런지 차가 밀렸다. 바람이 세찼다. 노랗게 물든 가로의 은행잎이 아스팔트 위를 나뒹굴었다. 어색한 침묵을 깨고자 나는 라디오를 켰다.

자, 다음에 소개할 곡은 에밀루 해리스가 부른 〈웨이페어링 스트레인저〉입니다……

디제이는 그 노래가 영혼의 여정을 그린 것이라고 했다. 그리고 에밀루 해리스를 세상에서 가장 슬픈 목소리라고 소개했다. 인디언 혼혈의 피가 섞여서 그녀는 그렇게 슬픈 목소리를 지녔는지도 모르겠다고 덧붙였다.

나는 이 세상의 인생길을 방황하고 있는 가련한 길손입니다. 하지만 더 이상 병도 없고 고통도 없는 밝고 빛나는 세상을 찾아가고 있습니다. 방황이라고는 더 이상 없는 그곳으로 가고 있습니다……

디제이는 1절의 가사를 읊조린 다음 노래를 틀었다. 단순한 통기타 반주에 이어 노래가 흘러나왔다. 나는 에밀루 해리스의 노래를 들을 때마다 그녀 목소리가 참 맑다고 생각했는데, 디제이의 설명을 들어서 그런지 이 순간엔 애잔하게 다가왔다. 왜 하필 지금 이런 노래가 나오는 것일까? 흘러나오는 저 노래야말로 그녀의 본질을 대변해주는 것 같았다. 문득 신이 있을지도 모른다는 생각이 들었다. 그렇지 않고서야 내 삶의 고비 고비마다 무언가를 암시하는 노래, 의미심장한 노래가 흘러나오는 걸 어떻게 설명할 수 있으랴. 모든 우연은 신이 흘린 편지래요. 소곤대는 성은이의 목소리도 들려왔다.

나는 풍차에서 들었던 〈사랑하는 이에게〉를 떠올렸다. 그 순간 내 맘을 대변한 듯한 노랫말과 한없이 가슴을 파고들던 정태춘의 목소리를 떠올렸다. 그리고 나는 또 아파트 옥상에서 들었던 레너드 스키너드의 〈프리 버드〉와, 자신의 노래처럼 비행기 사고로 죽은 로니 반 잰트와, 그때

빨간 불씨로 한없이 떨어져내리던 담배꽁초와, 그렇게 떨어져갔을 은기와, 스스로의 삶을 한없이 추락시키고 있는 개똥이도 떠올렸다.

나는 가만 노래를 끝까지 들었다. 그녀도 말없이 귀를 기울였다. 노래가 끝났다. 나는 목이 말라왔다. 그렇다, 신의 편지에 답장을 보내야 한다. 나는 그녀에게 이런저런 말을 해주고 싶었다. 서로의 유년 시절이 끔찍하지 않았다면 우리가 더 좋게 만났을 것이란 말을 해주고 싶었고, 스스로를 사랑한다는 건 쉽지 않지만 그래도 제발 스스로를 돌보라는 말을 해주고 싶었다. 자기를 돌본다면 타인도 너를 함부로 하지 못할 것이란 말도 해주고 싶었다. 그리고 무엇보다도 지난날의 방황은 그만 접고 저 노랫말처럼 밝은 세상을 찾아서는 좋은 남자 만나 부디 잘 살라는 말도 해주고 싶었다. 그러나 나는 머뭇거렸다. 머릿속으로 떠오르는 것들이 죄다 어딘지 판에 박힌 말 같았다. 나는 영화 대사 같은, 촌철살인 같은 아주 근사한 말을 내놓고 싶었다. 나는 한참을 궁리했다. 어느새 그녀 집 앞이었다.

"앞으로 볼일 없겠지."

그녀는 차에서 내렸다. 단호한 걸음걸이로 멀어져갔다. 바람이 불어와서 그녀의 원피스 자락이 감겼다. 나풀대는 긴 머리칼은 이별의 손짓 같았다. 열린 차창으로 바람이 불어와 내 머리카락도 자꾸만 흐트러졌다. 나는 앞머리를 쓸어올리지 않았다. 지금 순간 머리카락을 쓸어올리면, 결정적 순간을 놓쳐서 또다시 말을 못하고 머뭇거릴 것만 같았다. 이제라도 나는 무슨 말인가를 해야 했다. 단 한마디라도 좋으니, 그녀를 뒤쫓아가서는 나를 짓누르던 육중한 내 입술의 철문을 열어젖혀야 했다. 그러나 나는 운전석에서 꼼짝을 안 했다. 그녀의 뒷모습을 눈부셔하며 바라만 볼 뿐이었다. 나는 예전처럼 심하게 더듬지 않았지만 결과적으로 예전보다 더 심하게 더듬은 꼴이 됐다. 한마디도 하지 못했으니까.

난 알았다. 말더듬은 습관 이전의 진실의 문제라는 걸. 어느 순간, 가슴을 열 용기, 가슴을 열고 내 마음을 있는 그대로 진술할 용기, 내 느낌을 진실되게 표현할 용기. 개똥이 말마따나 어쩌면 이 세상에 센 사람은 없고 다들 센 척만 할 뿐인데, 거기서 나는 얼마를 더 세게 보이려고 그렇게 영화 같은 말만 찾았을까.

나는 홀로 술집을 찾아들었다. 그날은 실로 기록적이었다. 앉자마자 냅다 들이붓긴 했지만 초반 한 시간 정도만 기억날까. 이튿날 깨보니 길가 어느 건물 계단에 쪼그려 있었다. 출근길 정장 차림의 젊은 남녀들이 한심하다는 눈초리로 쳐다봤는데, 만취한 뒤끝이면 어김없이 그렇듯 내 바지자락은 축축이 젖어 있었다.

미연과 헤어지고 온 그날, 나는 오랜만에 술 없이 밤새 뒤척였다. 때때로 명징한 정신에서 떠오르던 생각들, 그러나 금방 이어가지 못하고 파편처럼 조각나던 생각들이 하나의 얼개로 뚜렷하게 떠오르는 느낌이었다.

여전히 나는 결정적인 순간에 말 한마디 제대로 못했다. 진실한 감정은커녕 술이 없으면 입도 뻥긋 못했다. 중학생 시절, 멋있는 말을 하려고 희곡 대사를 외우던 그 유치한 모습에서 나는 한 뼘도 나아가지 못했다. 본질에서 나는 하나도 안 변한 것 같았다. 나는 숭고한 가치를 위해 살지도 않았고, 가정의 단란함을 위해 살지도 않았다. 세상에 적응한다는 미명하에 오로지 유흥의 나날만을 보냈다. 술이 들어가야 작업을 걸고, 술에 취해야만 여자를 리드하는 주제에 무슨 적응인가? 정말 원하는 게 여자인지 술인지 아님 매끄럽게 나오는 주둥이인지 어느 때는 헷갈려 하면서도 도대체 무슨 적응인가?

유흥으로 삶의 정기를 마모시킨 스스로의 지난날이 얼추 이해가 갔다. 유흥이 아닌 건실한 사회인으로 한 여인과 단란한 가정을 이루는, 이런 삶을 은근히 꺼려 했다는 생각이 들었다. 세상과 소통하는 그 행복감에 아비를 용서할까 나는 저어했던 거였다. 말더듬의 원인이 아비 때문인데, 말문이 열려 정상적인 삶을 산다는 건 아비에 대한 화해의 몸짓과 다를 바 없었다. 술은 임시방편일 뿐, 본질적으로 말더듬은 고쳐질 수 없다는 걸 내 무의식은 진작에 알고 있었다. 아비의 응징을 위해 나의 진심은 어쩌면 말더듬을 고치기 싫어하는지도 몰랐다.

어린 시절, 아비의 매를 피해 혼자 봉은사 뒷산 길을 오를 때부터, 아비의 질문에 말을 더듬을 때부터 어차피 나는 혼자였다. 나는 세상과 섞일 수 없었다. 아니, 무의식 저편에선 섞이는 것 자체를 바라지 않았다. 어쩌면 고등학생 때 힘껏 분노의 주먹을 휘두르며 아비에게 맞섰다면 차라리 어떤 변화의 여지가 있었을지도 몰랐다. 그러나 지금은 너무 분노가 쌓여 나에겐 다른 선택의 여지가 없었다. 나에게 운명이란 출구가 하나뿐인 정해진 수순이었다. 어떤 사람에겐 신이 편지를 흘려 항로를 바꿀 기회를 주는지 몰라도 나는 아니었다. 복수하지 않는 한, 내 삶에 평화는 없었다. 응징이 없는 한, 내 기억에서 아비는 언제나 출몰할 거였다. 누워 있는 어머니의 앙갚음을 위해서라도 더는 미룰 수가 없었다.

이튿날부터 나는 마지막 남은 삶의 정기를 다 소진하듯 발악적으로 술을 마셨다. 정희를 좋지 않게 떠나보낸 것도 내 발악을 부채질했다. 내가 황폐해질수록 아비는 생생해지는 것 같았다. 얼마 전부터 아비는 동네 노인정에 나가 하루를 보냈다. 노인정은 구에서 얼마 전에 새로 지은 삼 층짜리 아담한 건물이었다. 노인정에는 바둑판과 컴퓨터와 탁구대가 놓여 있었고, 아비는 거기에서 한가로이 노인들과 탁구를 쳤고, 디브

이디 영화를 감상했고, 저녁이면 막걸리를 한잔 걸친 채 흥얼거리며 들어왔다. 세월이 감에 따라 아비의 노는 가락도 무뎌졌는데, 무뎌진 만큼 욕망도 절로 숙지근해진 것 같았다. 나에게 돈을 달라고 노골적으로 손을 벌리지도 않았다. 유흥이 줄자 식탐도 줄었는지 예전처럼 고기를 즐겨 하지도 않았다. 살이 빠지고 주름은 늘었어도 아비의 혈색은 외려 예전보다 나아 보였다. 나는 그게 그렇게 꼴 보기가 싫었다. 그게 싫어서도 나는 날마다 마셨고, 취하면 아비에 대한 증오가 더욱 불타올랐다.

그즈음 나의 하루는 언제나 한결같았다. 간밤의 과음 탓에 오후 두어 시쯤에야 겨우 눈을 뜬다. 기신기신 일어나서는 냉장고부터 연다. 소주를 꺼내 반 병가량 꿀꺽꿀꺽 마시면 그제야 숙취가 좀 가시며 정신이 개운해진 듯한 느낌이 든다. 밥 냄새를 맡기만 해도 헛구역질이 나는지라 밥 대신 겔포스를 쪽쪽 빨아먹는다. 소주 반 병의 효과가 시나브로 나는 덕분인지 정신이 얼큰 달아오르는데, 그러면 눈꺼풀은 절로 감긴다. 다시 눈을 뜨면 대개는 해 질 무렵이다. 그래도 밥 생각이 나질 않아 국물 같은 걸 좀 홀쩍이고는 밖으로 나간다. 눈에 띄는 바에서 우선 칵테일 두어 잔으로 입술을 축인다. 기분이 좋아지면서 슬슬 용기가 솟아난다. 이런 바가 아니라 일반 술집에서도 혼자 마실 수 있을 것 같다. 나는 좀 멀리 나간다. 인근 술집들은 내 술버릇을 아는지라 여간해선 술을 주지 않기 때문이다. 낯선 술집에 들어가 우선 소주 한 병을 맛나게 아껴 먹는다. 기분이 더욱 좋아진다. 다시 한 병을 주문한다. 두 병째는 이상하게 안주 한번 지분대는 법 없이 깡으로만 들어간다. 필름은 대개 여기서 끊긴다. 술집에 나와서는 술을 깬답시고 이젠 혼자 노래방으로 간다. 그 뒤엔 다시 술집, 노래방, 술집…… 나중에 카드 내역을 보면 시종 그런 행로였다. 그 와중에도 술을 깨려고 틈틈이 노래방을 찾아가는 내 무의식에게 고맙다고 해야 할지…… 집을 제대로 찾아드는 적이 드물다. 눈을 떠보면 공중전화 부스 안에 웅크리고 있거나 건물 계단에 널브러져 있거나 공원 벤치에 쓰러져 있거나 그도 아니면 파출소 안이다. 누구하고 싸웠는지 혹은 비틀대다가 넘어졌는지 몸뚱어리 여기저기는 상처투성이다. 거기다 옷을 입은 채 백발백중 오줌을 지려 바지는 언제나 젖어 있다.

나는 술 없이는 견딜 수 없는 지경이 되었다. 하루라도 술을 마시지 않으면 밤에 잠이 오지 않거나 간신히 잠에 빠져도 사내가 목젖에 칼을 갖다대는 악몽을 꾸기 일쑤였다. 전과 다르게 가위에 눌리자면 이상하게 잘 깨지지도 않았다. 버둥거리다 겨우 눈을 뜨면 전신에서 땀이 났고 몸은 덜덜 떨려왔는데, 그러면 다시 소주를 마셔야 했다.

그러던 어느 날, 가만있는데도 손발이 떨리고, 방 천장이 내려앉아 보이고, 벽에는 벌레가 기어다녔다. 그런 환영이 두어 시간이나 계속되었다. 그날 나는 탈진한 상태로 하루를 보냈다. 밤이 이울어 정신이 좀 맑아지자 나는 결심을 굳혔다. 아비를 심판할 때가 다가왔음을 알았다. 술에게 잡아먹히기 전에, 귀신에게 끌려가기 전에 이젠 아비를 처단해야 했다. 냉장고에서 소주를 꺼내왔다. 소주를 두어 모금 흘려보내자 정신이 한결 개운해졌다. 시계를 보니 새벽 두 시였다. 지금 당장 해치워버릴까. 나는 중얼거렸다. 지금 할 수도 있겠다는 생각이 들었다. 그래, 지금 결행하자. 나는 얼마나 이날을 꿈꿔왔더냐. 더 이상 미루다가는 오늘 같은 맑은 정신을 갖기도 힘들 것이다. 칼은 내 책상서랍 안에 벌써 몇 년 전부터 고이 모셔놓은 터였다. 나는 서랍을 열었다. 주위는 조용했다. 그 순간 책상 위의 핸드폰이 울렸다. 전혀 모르는 번호였다.

"여보세요."

"광철아. 광철이니?"

"어, 그래, 개둥이구나."

"광철아, 나 사람을 찔렀어…… 듣구 있냐?"

나는 숨이 막혔다.

"야, 어어어 어쩌다가?"

"씨발, 내 인생이 왜 이러냐. 사람을 하나두 아니구 둘을 찔렀다. 둘 다 여러 번 쑤셨어. 내가 가정집을 들어갔거든. 털려고 들어갔거든. 씨발 근데…… 광철아, 이 새꺄, 듣구 있어? 듣구 있냐구?"

"응."

"아마 둘 다 죽었을 거야. 피가 바닥에 뚝뚝 떨어졌어. 이만큼이나…… 거실에 피가 흥건해. 벽에두 묻었어. 아 씨발 진짜 좆같네…… 광철아, 거기 있냐? 듣구 있지?"

개둥이는 울먹였다.

"드 드드 듣구 있어."

"광철아 나 어떡하지. 군대 도발이 치는 놈이 사람까지 찔렀으니 나 어떡하지…… 나 붙잡혀 빵에 가면…… 씨발, 우리 한동안 못 보겠다. 나 내년엔 정말 군대 가려고 했는데…… 군대 갔다 와서 제대하면 다시 밴드 하구, 너 보컬 시키구…… 니 새끼 말더듬은 노래 부르면 바로 낫는데. 광철아, 이 새꺄 무슨 말이라도 좀 해봐."

나는 무슨 말이라도 하고 싶었는데 내 입에선 정말이지 어떠한 말도 나오지 않았다.

"광철아, 나 빵에 가면 우리 성은이 잘 좀 돌봐줘라. 씨발, 그년은 자기 혼자 은행 가서 돈 찾는 일도 잘 못하는데…… 그년 그거 나 없으면 아무것도 못하는데…… 광철아 너 거기 있지?"

"그그 그래."

"광철아 무슨 말 좀 해봐, 이 새꺄…… 광철아……"

그는 계속 내 이름을 불렀다. 공중전화인 듯 동전 떨어지는 소리가 나
더니 이윽고 전화는 끊겼다. 그리고 다시는 전화벨이 울리지 않았다.

나는 초조감에 방 안을 서성였다. 그러곤 서랍을 죄 뒤지기 시작했다.
우선 성은이와 통화를 해야 한다고 생각했다. 그러면 내가 지금 무얼 해
야 할지를 그녀가 알려줄 것 같았다. 전화번호를 어디다 적어놨더라. 부
산히 뒤지면서 나는 개둥이의 자존심을 고려한다는 핑계로 한 번도 내
가 먼저 전화를 건 적이 없음을 알았다. 나는 서랍을 다 꺼내고 책장 속
의 책까지 바닥에 늘어놓았다. 어디더라, 수첩인가 아니면 어느 책 뒷면
에다 적어놨던가. 나는 샅샅이 본 서랍을 다시 봤다. 뒤진 수첩을 또 뒤
졌다. 나는 아무리 찾아도 전화번호가 나오지 않는다는 걸 알았다. 하지
만 나는 한동안 그 가망 없는 짓을 계속했다. 그 짓이라도 하지 않으면
나는 미칠 것만 같았다.

내가 그때만큼 내 말더듬을 저주한 적은 없었다. 나는 왜 개둥이에게
아무 말도 못했을까? 아비한테 선생한테 고참한테 약사한테 말을 못하
고 빌빌대고 더듬은 건 나보다 힘이 세고, 권위가 있어서 그랬다고 치자.
그러나 개둥이는 내 벗이었다. 나의 자폐는 개둥이를 통해 허물어지기까
지 했다. 개둥이가 아니라면 어쩌면 나는 정상적인 생활을 못 할 수도 있
었다. 나는 왜 아무 말도 못했을까? 자수하라는 말…… 아니 그런 침착
함이 아니더라도, 거기가 어디냐는 말. 혹은 야 임마 기다려, 내가 금방
갈게 같은 말. 아니면, 너 도대체 왜 그랬어 이 병신아, 이 정신머리 나간
새꺄, 나는 왜 그런 욕조차 못했을까?

그 순간 개둥이한테 내 마음을 전하는 것, 그게 뭐 그리 큰일이라고.
떨렸다고? 당황했다고? 그럼 떨린 내 마음을 전하면 될 것을. 어떠한 말

이라도 내놔야 했을 것을. 도대체 뭐가 두려워서 난 말문을 열지 못했을까? 나는 개둥이를 배반한 느낌이었다. 그가 가냘프게 구원의 손길을 뻗쳤는데 결정적인 순간에 또다시 더듬거리기나 할 뿐, 그를 구해주지 못한 느낌이었다.

다음 날 나는 〈아홉 시 뉴스〉에서 개둥이와 관련된 화면을 볼 수 있었다. 기자는 허술한 치안과 군대도피범의 범죄 행각에 대해 보도했고, 또한 그의 군대도피가 한 여자와의 사랑 때문이라는, 젊은 시절 한때의 철없는 불장난이 이런 엄청난 범죄를 불러왔다고 덧붙였다. 화면에선 개둥이가 강도짓을 하러 들어갔던 이 층 양옥집을 연신 비추어댔다. 그뿐이었다. 카메라는 개둥이와 성은이가 살아온 세월을, 그들이 어떻게 태어나고 어떤 부모 밑에서 자라고, 또 어떻게 사랑을 키워왔는지는 대해서는 한마디도 하질 않았다. 텔레비전을 보면서 나는 분노했다.

개둥이는 자신이 사생아라는 걸 상처로 지니고 있었다. 자존심이 강한 그는 자기 어머니가 첩이라는 사실에서 수치감을 느꼈다. 그래서 그는 어릴 때부터 누구한테나 반항을 했다. 내가 아비의 매질을 피해 도망쳤다면 개둥이는 무모한 도전을 일삼았다. 내가 말을 더듬으며 유폐되었다면 그는 수다한 말로 자기를 드러냈다. 내가 남이 쓴 글을 외웠다면 그는 자신이 직접 노래를 만들었다. 삶이 순탄했다면 그는 대단한 뮤지션이 될 수도 있었다. 그가 열중했던 건 음악과 반항만이 아니었다. 반항하는 그만큼 개둥이는 사랑을 갈구했다. 그렇기에 바람둥이로 위악적인 행세를 했는지도 모른다. 그러나 결국엔 성은이를 선택하고 그녀에게 최선을 다한 걸 보면 그는 위악보다는 진실 쪽이었다. 나는 안다. 그는 분명 여린 성품이었다. 은기의 죽음으로 그렇게 괴로워한 걸 보면 말이다. 어쩌면 마음에 새겨진 죄의식의 흔적이 그런 자폭적인 일을 감행하게 만들었는지도 모른다. 그렇지 않고서야 돈이 떨어졌다고 어찌 그런 어설픈 강도짓을 행할 수 있으랴. 그는 식칼을 범행을 저지르기 겨우 한 시간 전에 구입했다. 그리고 개둥이는 범행 후 고작 범행 장소에서 삼백 미터 떨어진 피시방에 숨어 있다가 당일 아침에 잡혔다.

개둥이의 비극적 운명이 내 결심을 더욱 굳게 했다. 나는 학창 시절부터 개둥이의 자기 파멸적인 모습을 감지한 바 있었다. 스스로의 삶을 파멸로 이끄는, 그런 운명을 타고 난 사람도 분명 있을 터였다. 그는 파멸함으로써 자기 삶의 궤도에 순응하는 거였다. 은기 때문에 개둥이의 인생이 파멸로 끝났다면 나 역시도 아비를 죽이고, 인생을 끝장내면 그만이었다. 살의에 대한 내 결심은 언제나 정신적인 배설로 그쳤지만 이번만은 흔들리지 않고 실행할 성싶었다.

나는 간략하게 메모를 했다. 외삼촌에게 어머니 수발을 부탁한다는 내용이었다. 그리고 마지막으로 집 안을 정리했다. 내 방을 말끔히 청소한 뒤에 안방으로 건너갔다. 어머니는 잠이 들었는지 눈을 감은 채였고 숨소리가 고르게 났다. 방 한구석에선 조막만한 라디오가 나직나직 소리를 냈다. 라디오를 끄지 않은 채 간병인이 돌아간 듯했다. 나는 다가가서 라디오를 껐다. 일순 방 안이 조용했다. 갑자기 어머니가 으으으 하는 소리를 냈다. 나는 어머니께 다가들었다. 어머니는 눈가를 실룩거렸다. 눈만 감고 있었지 어머니는 잠이 든 게 아니었다.

"라디오 틀라구요?"

나는 어머니 귓전에 대고 말했다. 어머니는 미약하게 입술을 움직였다. 나는 다시 라디오를 켰다. 어머니가 눈을 껌벅였다. 만족한다는 신호였다.

나는 장롱을 열고 어머니의 지난 일기를 꺼냈다. 사람들이 혹시라도 뒷말을 내오는 게 싫었다. 우리 가정의 비극에 대해 어떠한 흔적도 남지 않았으면 싶었다. 버리기 전에 나는 하나하나 펼쳐 보았다. 어머니의 일기는 젊은 시절부터 죽 써놓은 것들이었다. 필체가 단아해서 읽기도 편했다. 한 권 한 권 뒤적이다가 나는 맨 밑에 있는 노란 노트 한 권을 발견했다. 그건 여느 대학노트보다는 조금 작았다. 나는 그 노트를 찬찬히 살폈다. 그리고 어느 순간 눈길을 박은 채 그 노트를 읽어나갔다.

9
노래는 누가 듣는가

나는 초조하다. 더 이상 우리 관계가 이대로 계속 갈 수는 없을 것 같다. 그이와 나 둘 중에 하나가 죽어야 이 관계가 끝나리란 생각이 든다. 그래서 나는 쓴다. 조만간에 내가 먼저 쓰러질 수도 있기에, 쓰러지기 전에 광철이 네게 진실을 알려야 한다는 생각이 든다. 그건 사명감은 아닐지라도 최소한의 도리라는 생각이 든다. 너에 대한 도리, 부모 노릇을 못한 자로서의 도리……

무슨 말부터 해야 할까? 광철아, 이 어미는 삶이 어거지이고 불합리하다는 걸 일찍부터 알았다. 나는 왜 이렇게 태어났을까? 차라리 남자로 태어나지 왜 여자로 태어났을까? 나는 어릴 때부터 수없이 이런 물음을 던졌다. 집안이나 생김생김을 선택한 것도 아니고, 내가 여자를 원한 것도 아닌데 왜 이런 것들이 내 삶을 구속하나? 내 몸뚱이 어느 한구석도 마음에 드는 게 없는데, 주어진 삶을 마냥 살아야 한다는 게 나는 못내 억울하고 슬펐다. 예쁘지 않은 얼굴이야 그렇다 쳐도, 얼굴이나 체구에서 나는 여자다운 구석이 하나도 없었다. 어쩌된 게 자랄수록 나는 남자 같았다. 대대로 양조장을 해왔기에 우리 집은 부유했다. 동네의 다른 계집애들과 달리 땡볕 아래서 험한 밭일을 한 적이 없는데도 그렇게 내 체형은 억세게 변해갔다.

여고 시절 단짝 친구로 정애라는 애가 있었다. 그녀는 얼굴도 예뻤지만 몸매도 육감적이었다. 작은 몸집임에도 적당히 살이 쪘고, 앞가슴도 봉긋했다. 정애와 같이 걸어가자면 남학생들은 공연히 돌멩이를 차서 우리의 발치 앞으로 보내거나 휘파람을 불거나 대담한 아이들은 정애의 손에 편지를 쥐어주고 사라지기도 했다. 그때마다 정애는 가소롭다는 듯 편지를 읽지도 않고 북북 찢어버렸는데, 옆에서 그걸 보자면 나는 부러움에 가슴이 아릴 지경이었다. 남자들이 내게 다가온 적은 한 번도 없었다. 내가 풍기는 억세고 강인한 인상 탓에 접근은커녕 그들은 먼발치에서 힐끔대기만 했다. 그건 내가 여자여서가 아니라 하나도 여자 같지 않아서 하는 힐끔이었다. 나는 어느 순간부터 남과 눈길을 마주치는 걸 두려워했다. 길을 걸을 때도 늘 고개를 숙이고 다녔다. 혹시라도 남학생 몇몇이 키득거리며 지나가면 나는 그게 꼭 내 얼굴을 보며 해대는 비웃음 같아 죽고만 싶었다. 사춘기 시절부터 나는 내 몸에 자학의 갑옷을 둘러야 했다. 한낱 살덩이에 지나지 않은 내 육체가 쇳덩이처럼 육중하기만 했다. 육체란 무엇일까? 육체를 가지고 산다는 건 어떤 의미일까? 도대체 아름다운 육체란 얼마나 대단한 것이기에 이토록 모멸감을 가져야 하나? 산다는 일이 내겐 치욕이고 고통이었다.

나는 여고 때부터 일기장에다 죽고 싶다는 말을 수없이 썼다. 그렇게 일기를 쓰면서도 누군가 내 일기를 엿보는 듯해서 이튿날이면 지우기를 반복했다. 여자로서의 자존심이 강했던 나는 이런 고민을 누구한테 털어놓을 수도 없었기에 오로지 혼자서 끙끙 앓아야 했다. 단 하루만이라도 정애 같은 얼굴을 하고 살았으면 얼마나 좋을까? 나는 자주 이런 공상을 했다. 미운 오리 새끼처럼 어느 날 갑자기 내가 백조처럼 탈바꿈한다면? 지금까지의 내 육체란 사악한 마법에 걸린 탓이고, 누군가 내게서 마법을 풀게 해서 드디어 내 육신에 쳐진 이 억센 탈바가지가 벗겨진다면? 아무리 공상을 거듭해도 변신은 일어나지 않았다. 나는 차라리 얼른 나이를 먹고 싶었다. 시간이 빠르게 흘렀으면 하는 게 소원이었다. 그럼 남들도 다 같이 늙게 되고, 그럼 누구나 주름이 생기고, 누구나 못나고 추해지니까, 나의 추함도 그들의 추함에 묻어갈 수 있으려니 싶었다.

대학에 입학해도 나는 별로 즐거운 줄을 못 느꼈다. 나 말고 거리에 다니는 젊은 여자들은 전부 예뻐 보였다. 젊은 여자들 누구도 나처럼 억세고 투박한 인상을 갖고 있지는 않았다. 나는 남자와의 연애는 꿈도 못 꿨다. 대신에 나는 우리 세대의 가수들에게 열광했다. 어차피 그들은 내가 넘볼 수 없는 대상이었고, 오를 수 없는 나무였다. 라디오로 엽서 신청곡도 보냈지만 좋아하는 가수에게 팬레터를 직접 부치기도 했다. 답장이 없어도 개의치 않았다. 어떠한 기대도 없이 나는 마냥 좋아하기만 하면 되니까.

그 당시, 나는 서울의 이모 집에서 대학을 다녔는데, 시간이 좀 지나자 나는 팬레터로 만족하지 않고 가수들을 보기 위해 직접 찾아다녔다. 지금 너희들이 팬클럽을 조직해서 열광하는 그만큼 나도 내가 좋아하는 가수를 보기 위해 먼 걸음을 마다하지 않았다. 여느 여대생처럼 나도 트윈폴리오와 서유석과 이수만을 좋아했고, 사월과오월을 즐겨 들었다. 김세환은 하늘의 천사가 사람으로 잠깐 환생한 것 같았다. 솜사탕 같은 목소리에 웨스턴 풍의 체크 남방과 청바지를 즐겨 입던 그는 나의 이상형이기도 했다. 나는 수업이 끝나면 친구들과 어울려서 종로나 명동이나 무교동이나 광교의 음악다방을 출입했는데, 그 시절 내가 좋아하는 이수만의 〈행복〉이 흘러나오면 나는 주위 눈길에도 아랑곳없이 큰 목소리로 따라 불렀다. 외로움 때문인지 처음부터 내 열정은 여느 애들과는 달리 넘쳐나기만 했다.

나는 종로의 한 고고클럽에서 처음 그이를 보았다. 사실 그이의 노래를 처음 들었을 때 나는 그이가 노래를 잘한다는 생각이 들지 않았다. 그이의 목소리는 김세환처럼 부드럽지도 않았고, 이장희처럼 담백하지도 않았고, 윤형주처럼 맑지도 않았다. 그이는 그때 하얀 옥스퍼드 남방에 파란 샤이안 조끼를 맵시 있게 걸치고, 착 달라붙는 흰 바지가 늘씬한 그런 모습이었다. 그이는 느릿느릿 무대에 올랐다. 나는 지금도 그때 일을 손에 잡힐 듯 떠올릴 수 있다. 갑자기 모든 조명이 꺼지고 천장에는 파란빛의 조명 하나만 남았다. 그 파란 조명은 얼마나 작고 희미한지 겨우 그이가 서 있는 자리만을 감싸 안을 뿐이었다. 나는 저 사람이 저 파란 원을 나가면 어쩔까 마음을 졸였다. 그러나 내 걱정은 기우였다. 그이는 기타를 멘 채 시종 꼿꼿했다. 단정한 자세만큼이나 퉁겨져나오는 기타음도 나직하기만 했다. 한 줄 한 줄 깔리는 기타음을 배경으로 그이는 이렇게 읊조렸다.

한 사내가 꿈을 꿉니다. 꿈에서 사내는 고향의 푸른 잔디를 보고 정겨운 옛 친구도 만나죠. 한데 꿈을 깬 순간 회색 벽이 사방으로 둘러막힌 교도소인 겁니다.

멘트가 끝나니까 그이는 가볍게 기타를 치며 반주를 넣었다. 그 사내의 꿈을 깨지 않으려는 듯이 아주 조심스레. 톰 존슨이 부른 〈그린 그린 그래스 오브 홈〉. 그 노래를 그이는 약간 바이브레이션을 넣어서 저음으로 불렀다. 나중에 조영남이 〈고향에 푸른 잔디〉라고 번안해서 불렀지만 그이가 부른 노래는 그것과는 댈 게 아니었다. 그이의 노래는 외딴 마을의 빈집을 연상시켰다. 팝송을 들을 때는 단순하게 다가오던 노래가 그이의 목소리에서는 말할 수 없는 쓸쓸함으로 내 전신을 감쌌다. 곱고 부드러운 목소리만 좋아하던 나는 그이의 노래를 듣고는 노래를 잘한다는 생각은 못했지만 무언가 다르다는 생각은 들었다.

나는 그때부터 자주 그 업소에 들렀다. 그이는 글렌 켐벨이나 짐 리브스의 노래도 불렀지만, 무엇보다도 그이 노래의 절정은 밥 딜런이었다. 그이가 통기타와 하모니카만으로 밥 딜런의 〈소낙비〉를 부르면 나는 온몸의 피가 거꾸로 도는 느낌이었다. 그이는 그때 오픈 스테이지로 출연하는 중이었다. 즉 정식 그룹사운드가 나오기 전의 시간이 그이의 공연 순서였는데, 애가 달은 나는 그이가 나오기 한참 전부터 자리를 잡고 앉았다. 저녁 일곱 시부터 가서 앉으면 먼저 고고 걸들이 몸을 풀었다. 그이는 고고 걸 다음 차례였다. 그이는 오로지 자기가 메고 온 통기타 반주만으로 노래를 했고, 중간중간 하모니카를 신들린 듯이 불어댔다. 그이는 밥 딜런보다 더 밥 딜런다웠다. 밥 딜런도 여러 음색으로 노래를 부르듯 그이도 밥 딜런 곡을 그대로 부르는 게 아니라 자기만의 스타일로 조금 느리게 해서, 처연한 느낌으로 불렀다. 그이의 노래는 들을수록 좋았다. 약간 탁한 듯하면서도 저음으로 나오는 그이의 노랫소리는 집에 와도 내 귓전에서 울렸다. 그때 나와 함께 그곳을 드나든 친구들은 언제나 그 뒤에 나오는 블루스카이라는 사인조 그룹을 좋아했지만 나는 다른 가수들은 눈에 들어오지도 않았다.

어느 날 웨이터를 통해 나와 내 친구들은 블루스카이 멤버들과 만남을 가졌다. 그 자리에는 그이도 끼었다. 특별히 내가 부탁해서가 아니라 우리가 다섯인데 비해 블루스카이는 넷이라 자연스레 그리된 것이었다. 남자들의 소지품으로 짝을 정했는데, 나는 대번 그이의 걸 알아낼 수가 있었다. 다른 사람들은 무얼 꺼냈는지 지금은 기억에 희미하지만 그이 것은 대번 이거다 감이 왔다. 나는 소지품 중에 모자를 골랐다. 흔한 야구모자였다. 나는 그이를 보러 워낙 일찌감치 자리를 잡고 앉았기에 몇 번 그이가 스테이지에 나오기 전, 모자를 쓴 채 무대 뒤편을 오가는 걸 본 적이 있었다. 그때 쓴 모자가 소지품으로 내놓은 모자는 아닐지라도 그이가 모자를 즐겨 쓰는 걸 알고 있었기에 그이가 내 파트너가 된 게 대단한 일은 아니련만 나는 턱없이 의미를 부여했다. 젊은 여자다운 지나친 설렘으로 이건 어떤 운명이려니 예감했다.

첫날 이런저런 대화를 나누면서 나는 그이의 형편을 알게 되었다. 그이는 고등학교를 졸업하고는 무작정 서울로 올라온 터였다. 처음 악기점 점원으로 취직했고, 음악이 좋아서 기타를 치게 되었고, 그렇게 혼자 기타를 치다가 알음알음으로 학원도 다니고 기타 잘 치는 사람이 있으면 찾아도 다니면서 그렇게 기타를 배운 것이었다. 그 뒤로도 우린 몇 번을 더 만났다. 그이가 나를 맘에 들어 하지 않는 건 시들한 그이 표정으로 봐도 뻔했다. 아마도 그이는 자기를 보러 내가 일찍부터 업소에 나오고, 또 너무나 사모하는 눈빛을 보내니 마지못해 나왔을 터였다. 나는 무슨 수를 써야 했다.

내가 연락을 취해 다시 그이를 만났다. 그날 그이는 이제 마지막이라는 말을 했다. 난 그때 얘기했다. 젊은 여자로서 아주 하기 힘든 말을 했다. 사실 너무나 당신을 사랑한다, 그러나 당신이 나를 싫다면 어쩌겠느냐, 그렇지만 그냥 이대로 영영 헤어질 수는 없다, 그저 하룻밤의 추억만이라도 만들고 싶다. 나는 간곡하게 말했다. 세상 어느 남자가 그렇게까지 하는데 청을 거절할 수 있으랴. 통금이 가까워오자 우리는 여관에 들었다.

처음부터 술수를 쓸 생각은 아니었다. 단 하룻밤만이라도 그이한테 안긴다면, 나로선 기쁨에 겨울 것 같았다. 지금까지 여자다운 관심과 사랑을 받지 못한 터라, 나는 내가 좋아하는 사내와 하룻밤만 같이 보내면 아무 여한이 없을 것 같았다. 내 지난날에 대한 조그마한 한풀이라도 될 성싶었다. 그런데 막상 신발을 벗고 방에 들어가자 내 생각은 달라졌다. 첫날 그이 소지품을 맞추었을 때 느꼈던 어떤 예감 같은 게 또다시 몰려들었다. 예감이란 맞을지도 틀릴지도 모르지만 그놈을 펴보지도 않은 채 그냥 흘린다는 건 왠지 억울하기만 했다. 나는 컨닝 페이퍼를 손에 쥔 아이처럼 심하게 갈등했다. 페이퍼를 손에 쥐고도 선생 눈이 겁나서 종이 울릴 때까지 하염없이 쥐고만 있을 것이냐.

스커트를 벗는 내 손에선 땀이 묻어났다. 마침내 나는 결단을 내렸다. 나는 그때 시기로 봐서 아무 준비 없이 관계를 가지면 임신이 되리란 걸 알았다. 그러나 나는 임신을 해도 좋다고 생각했다. 내 예감이 예감 언저리에도 못 오는 나만의 착각이라면 미혼모로 남은 내 삶은 비극이겠지만 나는 한번 걸고 싶었다. 남은 삶을 거니 대가가 톡톡해야 했다. 나는 그이를 차지하고 싶었다. 나 혼자서 통째로.

나는 임신을 했다. 그 뒤부터는 모든 게 내 생각대로 진행됐다. 나는 그이의 마음이 여리다는 걸 몇 번의 만남으로 간파했다. 나는 그이에게 임신 사실을 알렸고, 이모 집에서 세코날을 먹는 것으로 자살 소동을 벌였다. 원래 우리 집은 자식이 많았다. 딸은 나 하나였지만 아들만 넷이었다. 그러나 둘째 오빠가 대학 때 하숙집에서 어이없이 연탄가스로 죽고, 또 셋째 오빠는 군대에서 지뢰를 밟고 명을 달리했다. 자식을 둘이나 잃어서 예민해진 아버지는 그나마 하나 있는 딸자식마저 잃을까봐 노심초사했다. 아버지는 집안의 유일한 성인남자인 큰오빠를 대동하고 그것도 모자라 당시 경찰서장이던 이모부까지 끌고서 그이를 만났다. 어떡하겠느냐는 엄포에 그이는 책임을 지겠다고 했다. 결혼은 일사천리로 진행됐다. 나의 소망도 그랬지만 부모님은 그때 그이에게 한 가지 조건을 내걸었다. 결혼을 하게 되면 가장으로 식솔들을 먹여 살려야 하니 딴따라를 그만둘 걸 엄명했다. 그때만 해도 딴따라로 나서면 다 굶어죽는 줄 알았으니 있을 수 있는 조건이었다. 남의 자유를 구속하는 엄명을 내리면서 아무것도 없이 큰소리만 칠 리 없었다. 신혼집을 창신동에 기와집으로 마련해준 건 물론, 아버지는 또 그이 집에 논 다섯 마지기를 안겼다. 그이의 부모는 충청도 홍성의 허름한 빈농인지라 이게 웬 떡이랴 싶었을 게다. 그이 말고도 밑으로는 자식들만 일곱이라 끼니 때우기도 큰일이었는데 농사일 싫어 도망간 큰애가 이제 근사한 혼삿자리에 논마지기를 가져다주니 이런 횡재가 어딨으랴 여겼을 게다. 그이는 체념했다. 그 체념 속에 얼마나 심한 분노가 섞여 있는지를 나는 아직 몰랐다.

　일의 시작은 아버지가 돈으로 밀어붙였다면 매듭은 이모부가 졌다. 이모부의 주선으로 그이는 버스회사에 취직했다. 흔한 말로 노선상무였다. 차장들 삥땅 치나 몸수색도 하고, 운전사가 사고 내면 피해

자와 합의를 보는 등 주로 골치 아픈 뒷수습을 하는 게 일이었다. 변변한 사회경험 없이 음악만 하던 사람이 그게 맞을 리 없었다. 넉 달만에 그이는 직장을 때려치우고 업소에 취직을 했다. 그러나 사흘도 못 돼 그만두고는 풀이 죽은 채 귀가했다. 경찰서 서장이 얼마나 발이 넓고 대단한 직책인지 나도 그때 알았다. 내가 이모부에게 사정을 하자 그이는 제격 떨려나온 거였다. 이모부 관할은 종로서였고 그이가 취직한 업소는 영등포인데 그 정도 협조는 일도 아닌 것 같았다. 그런 협조에는 물론 시대상황도 한몫을 했다. 그때 한참 대마초 파동으로 대중음악인이 철퇴를 맞을 때라 업소 주인들은 물론 잘나가는 가수들도 납작 몸조심을 하는 분위기였다. 관에서 내린 사소한 지시 하나도 쉬이 넘길 수 없을 터였으니 무명가수 한 사람을 밤업소에서 쫓아내는 건 일도 아닐 것이었다.

그 뒤로도 그이는 틈나는 대로 무대에 서보려고 노력했다. 실제로 서너 번 더 취직이 되기도 했으나 그때마다 바로바로 떨려나가자 아예 체념했다. 나중에 알고 보니 이모부가 손을 써서 그이를 대마초 혐의가 가는 인물로 찍어 아예 리스트에 올려놓은 것이었다. 요주의 인물이라고 관에서 슬쩍 흘리면 업소 측에서야 화들짝 놀랄 수밖에 없을 터였다.

그 시절 그이는 웃지 않았다. 언제나 맥이 없었고, 집에 오면 잠만 잤다. 그이는 그때부터 술을 마셔대기 시작했다. 그리고 아이가 태어나자 그 애가 자기 삶을 옭아맸다고 생각했는지 거들떠도 안 봤다. 자기 자식인데 어찌 저럴 수 있을까가 아니라, 남의 자식이라도 저럴 수는 없으려니 싶게 아이를 냉랭하게 대했다.

그래도 나는 그이에게 끔찍하게 잘했다. 마음엔 미안한 감정이 가득했다. 음악을 못하게 해서 미안했고, 술수를 써서 억지로 그이를 차지한 기분이 들었다. 그러나 미안함을 가지고 아무리 그이에게 잘해도 내 마음이 편한 건 아니었다. 마음 한편으로는 불안함이 자리했다. 그이가 지금은 비록 무대에 못 서지만 음악을 떠난 그이 모습은 상상이 안 되는지라 언제고 기회가 되면 다시 무대에 서긴 설 것 같았다. 그이가 다시 무대에 서면 금방 내 품을 떠날 것 같았다. 그런 무대 주변으로는 언제나 젊은 여자들이 득실거릴 것이고, 누구든 수작을 걸어올 것이고, 공연이다 뭐다 해서 집을 비우는 일도 자주 있을 것이라고 여겼다. 그이의 주량은 갈수록 늘었다. 그이가 회사를 그만두고 집에서 빈둥거려도 나는 타박하지 않았다. 나는 그이가 무대에만 안 서면 되었다. 그러려면 내가 뭐라도 해야 했다.

나는 친정 돈을 끌어다가 설렁탕집을 차렸다. 그러나 나는 별로 초조하지 않았다. 내가 정성껏 섬기면 그이도 맘을 잡고 돌아오리라 생각했다. 나에게 마음을 열 것이라고 생각했다. 그이에 대한 나의 섬김은 갈수록 더했다. 한 번도 살가운 눈길을 받아보지 못했기에 그이에게 사랑받고 싶다는 건 광포한 집착에 이르렀다. 그이의 기타 소리와 노래를 나 혼자만 듣고 싶었다. 내가 감기에 걸려 누워 있을 때, 그이가 내 머리맡에서 은은하게 기타를 치며 노래 부르는 장면을 나는 수도 없이 상상했다. 그이는 이런 내 속셈을 아는지 한 번도 내 앞에서 제대로 노래를 부른 적이 없었다. 일부러 그랬겠지만 주로 나훈아 노래를 흥얼댔다.

몇 년이 흘렀다. 휴일 대낮에 하루는 그이가 기타를 둘러메고 슬그머니 집을 나갔다. 나는 그이의 뒤를 밟았다. 나 몰래 그이가 어디서 또 일자리를 구했구나, 가슴이 내려앉았다. 하지만 이번에는 견딜 만

했다. 나는 차라리 그러기를 바랐다. 만약 그이가 무대에 서는 일을 하게 되었다면 이번엔 모른 척할 생각이었다. 나도 그이의 냉대에 슬슬 지쳐가는 때라 그이가 업소 일을 통해 마음이 좀 녹어질 수도 있으려니 바랐다.

그런데 그이는 업소가 아닌 남산에 올라갔다. 산머리 부근의 바위에 걸터앉더니 기타를 꺼냈다. 오랜만에 만져보는 듯 그이는 줄을 고르는 것도 한참이었다. 얼마 만에 쳐보는 걸까. 기타는 자주 끊겼다. 그간의 술 담배로 기관지도 상했는지 목소리도 탁하고 갈라져나왔다. 한동안 용을 쓰던 노랫소리가 뚝 끊겼다. 그이는 노을을 배경으로 해서 한참을 멀거니 앉아 있기만 했다. 왜 그랬는지 나도 그 뒷모습을 계속 지켜만 봤다. 그이는 일어서면서 기타를 바위에 들어 메쳤다. 양손을 흔들거리며 허탈한 듯 걸어 내려가는 그이의 뒷모습은 오래도록 내 눈에 머물렀다. 나는 착잡했다. 그이가 이젠 무대에 설 일이 없으니 안도감이 느껴져야 하건만 전혀 그렇지가 않았다. 내 주위로는 나들이 나온 일가족이 스냅사진을 찍고 있었다. 팔각정을 배경으로, 사진사 앞에서 환히들 웃고 있었다. 아마도 저들은 케이블카를 타고 남산을 올라와 나들이의 마지막 코스로 그렇게 사진을 찍나 싶었다. 나는 그 일가족을 넋이 빠진 듯 바라봤다. 내 앞날에서 저런 일상의 행복을 누릴 기회란 영영 사라진 듯한 기분이 들었다. 화려한 무대에서 그이가 영영 추방되었듯이, 내 앞날도 행복으로 빛날 일이 없으리란 생각이 불현듯 들었다.

그이의 구타가 처음 시작된 건 그날이었다. 내 마음에도 미안함이 가득했기에 맞으면서도 별로 아픈 줄 몰랐다. 그이는 내 앞에서 한 번도 기타를 안 쳤지만 설마 나 없을 때도 안 칠 줄은 정말 몰랐다. 어떻게 그럴 수 있을까? 마음 깊은 곳에서 그이의 분노가 얼마나 컸는지 그제야 헤아릴 수 있었다. 무대에 설 기회조차 봉쇄당한 자의 분노가 새삼 느껴졌다.

그이는 이제 음악과는 완전히 결별한 듯했다. 레코드판은 사지도 듣지도 않았다. 술을 마셨고, 자주 나를 패기 시작했다. 매질은 갈수록 심해졌다. 그이는 차츰 광철이 너한테까지도 주먹을 휘둘렀다. 나는 언젠가는 그이가 변할 거란 믿음이 있었다. 언젠가는 달라질 날이 오리라는 믿음이 있었다. 그러나 나는 그게 얼마나 허황된 바람이었나를 깨달았다. 그이는 자기의 모든 불행을 내 탓으로 돌렸다. 그런 상황에선 내가 애를 써도, 애를 쓰지 않아도 나에게 멀어져갈 뿐이었다. 나는 그때라도 헤어져야 했다. 이즈음에서 그이를 풀어줘야 했다.

그러나 나는 그러질 못했다. 지금껏 기울인 정성이 억울하기도 했거니와 나 또한 오기가 치밀어올랐다. 그래서 이를 악물며 더욱더 일만 했다. 그 당시 내가 악착을 떤 건 그이가 변할 수 있으리라는 기대감이 아니라 오기 때문이었다. 그 오기가 또 몇 년을 가게 했다. 나는 나대로 이제 그이에게 맞서기 시작했다. 나는 시부모들이 보는 앞에서는 더욱 서방을 끔찍이 위했다. 별 볼 일 없는 집안이 큰며느리 하나는 방짜로 잘 얻었다는 말을 듣고 싶었다. 제사가 있어 시댁을 가보면 가끔은 시집 떨거지들이 쑤군거리는 소리들, 깎은 밤처럼 매끈한 서방의 얼굴에 비해 거무칙칙하고 나부대대한 계집 얼굴을 보면 그게 다 알조 아니냐며 킬킬거리는 사람들에게, 아니 결혼을 잘못한 건 바로 나라고, 신세를 망친 건, 한순간의 실수로 아이를 낳고 그래서 인생을 망치게 된 건, 바로 나라고 소리치고 싶었다.

내 이런 노력은 차츰 효과를 거두었다. 설렁탕 가게는 번창했고, 우리가 잘산다는 소문은 저 홍성에까지 들어가서 시댁의 고향 사람들은 잘도 올라왔고, 그러면 나는 싫은 내색 없이 그들을 맞이했다. 고향 사람 누가 와서 아쉬운 소리를 하면 돈을 꿔줬고, 누가 보험 일을 하면 제깍 들어주었고, 누가 와서 딸년 일자리를 부탁하면 가게 종업원으로 써주었다. 하다못해 오가다 일없이 들른 사람들 설렁탕에 수육으로 배불리 먹이기를 마다하지 않았다. 내 소문은 갈수록 좋아졌다. 그즈음 나는 큰고모 딸인 순영이를 불러들였다. 물론 내가 가게일 때문에 가정부가 필요하기도 했지만 내 목적은 그게 아니었다. 그 애는 날마다 그이의 폭력을 지켜봤고, 그걸 또 낱낱이 퍼뜨렸다. 그 애는 내 기대대로 훌륭한 나팔수 노릇을 했다.

얼마 뒤엔 또 노망난 시어머니가 올라왔다. 나는 시어머니를 극진하게 모셨다. 아무리 가면이라지만 이미 그이에게 정이 떨어진 판에 그이의 어머니라고 좋아 보일 리 없었다. 하지만 순영이가 지켜보고 있다는 건 내게 기운을 불러일으켰다. 내가 헌신적이 되어갈수록 그이는 인간 말종이 되어갔다. 순영이가 자기 집에 가서 그이를 인간 말종이라고 한다는 걸 나는 제삼자를 통해서 실제로 듣기까지 했다. 시집식구들이 이걸 모를 리 없었다. 나는 노망난 할머니를 봉양하고, 게다가 처절히 맞기까지 한다. 더구나 집안의 가계를 꾸려간다. 지아비는 밤낮 놀러나 다니는 건들 한량인데. 나는 하늘이 내린 효부 노릇은 혼자 도맡아 했다. 이런 내 가식과 위선을, 내 마음의 불순한 동기를 그이가 모를 리 없었다.

시집 푸네기들을 유난히 챙기는 내 모습을 그이가 얼마나 역겨워하는지 몰랐다. 이제 그이는 내게 좋아하는 여자가 생겼다고 노골적으로 말했고, 들으라는 듯이 수화기에다 대고 여자 이름을 흘렸다. 그이도 나처럼 발악하고 있었다. 너에 대한 매질도 갈수록 심해졌다. 어린 네게 눈을 부라리며 네가 조금만 더듬거려도 사정없이 매를 가했다. 그건 분명히 나에게 가하는 매질이었다. 이래도 니가 천사표로 가면을 쓸 수 있느냐? 자식이 이렇게 맞는데도 니년이 구경만 할 것이냐? 그러나 나는 덤벼들지 않았다. 덤벼들면 내가 패배하는 것이라고 생각했다. 지 자식을 이렇게 패니 더욱더 인간말종이라고 소문이 나려니 여길 뿐이었다. 내가 깨끗이 항복하고 그이와 갈라서면 모든 게 끝난다는 그 단순한 생각이 들지 않았다. 그때 내가 한 일이란 고작해야 광철이 네가 도망가도록 최대한 시간을 끈 것뿐이었다. 나도 미쳐가고 있었다.

매질을 하면서 간혹 그이는 간절히 애원하는 눈빛을 보낼 때도 있었다. 그건 이제 그만하자는 신호였다. 이 위선놀음을 그만 집어치우자는 것이었다. 나는 그쯤에서 멈추어야 했다. 대결을 멈추고 관계를 정리해야 했다. 그러나 나는 더욱 억척을 떨었다. 그이가 돈을 펑펑 쓰면 나는 악착같이 벌었다. 그이가 때리면 나는 군소리 없이 맞았다. 진정 내가 원한 건 무엇이었을까? 무엇 때문에 나는 그 미련을 떨었을까? 그이가 잘못했다고 싹싹 빌길 바랐을까? 나 없으면 못 산다고 애원하기를 바랐을까? 아니면 그렇게 오만정이 떨어졌음에도 단 한 번이라도 그이한테 마음에서 우러나오는 살가운 눈길을 받고 싶었을까?

나는 교회를 다녔다. 물론 처음엔 폭폭한 마음을 위안받으려는 심사였다. 한데 교회는 달콤한 위안뿐 아니라 우군도 만들어줬다. 교인들은 우리 집에 몰려와서 나를 위해 기도했고, 내 기운을 북돋았다. 얼마 안 가 교인들은 그이가 얼마나 대단한 난봉꾼이며 술꾼이고 폭력남편인지를 낱낱이 알게 됐다. 동네 사람들은 전부 그이를 손가락질했다. 친척들도 이웃들도 모두가 다 내 편이었다.

그런데 어느 날부터 광철이 네가 음악을 들었다. 음악에 빠르게 탐닉해 들어갔다. 판을 미친 듯이 모았고, 기타까지 샀다. 까딱해서 네가 기타에 빠지고, 만약 그이가 네게 기타를 가르치기라도 하면 그런 낭패가 없을 것 같았다. 물론 너를 그렇게 미워한 그이가 갑자기 태도를 바꿀 리는 없지만 사람 일이란 모르는 것이었다. 그걸로 해서 그이가 너랑 가까워지는 걸 나는 참고 견딜 수 없을 것 같았다. 어쩌면 그이는 자기의 조각난 꿈을 너를 통해 이루려 할 수도 있었고, 그러면 너를 살갑게 대할 수도 있어 보였다. 그이는 온갖 세간을 다 부수면서도 레코드판은 건드리지 않았고, 기타만은 온전히 놔두었다. 말도 안 되는 시빗거리로 네 말더듬을 꾸짖던 그이가 광철이 네가 음악을 듣는 것만은 허용했다. 나는 두려웠다. 핏줄은 속일 수 없다더니 네가 그이처럼 음악에 빠진다면? 나는 네가 꼭 그이한테 한순간에 홀라당 넘어가 그이 편이 될 것만 같았다. 그 생각이 들자 나는 별안간 폭발했다. 어느 날 나는 미친 듯이 너의 기타와 레코드판을 부쉈다. 그리고 나는 그때부터 그이와 맹렬한 싸움을 벌였다. 우리는 서로의 머리끄덩이를 붙잡으며 격렬하게 싸웠다. 그이가 주먹을 휘두르면 나도 그이의 얼굴을 할퀴었고, 그이가 무릎으로 내 허리를 찍으면 나는 그이의 낭심을 걷어찼다.

그건 명백한 전쟁이었다. 한번 싸움이 도지면 우린 피를 뚝뚝 흘리며 싸웠다. 우린 백중세였다. 그이는 남자였지만 원래 호리호리한 체구였다. 나는 여자지만 힘이 셌고, 뼈마디도 굵었다. 더구나 나에겐 맞으면서 쌓인 엄청난 증오심이 있었다. 그이도 나에 대한 분노가 컸겠지만 맞으면서 쌓인 내 증오만큼은 안 되었다. 그런데 그이는 나의 이런 도발을 환영하는 것 같았다. 내 가면이 부숴지는 걸 환영하는 것 같았다. 이제야 니년이 본색을 드러내는구나, 하는 표정이었다.

그이가 싸움을 하면서 통쾌해하니, 나는 계속 싸움만 할 수는 없었다. 무언가를 또 내와야 했다. 나는 이제 돈을 주지 않았다. 설렁탕 가게 직원들에게 엄명을 내렸다. 만약 아저씨가 예전처럼 불쑥 들어와 금고에서 돈을 가져간다면, 가져가는 걸 말리지 않은 채 멀뚱멀뚱 보고만 있으면 모두가 물어내야 할 것이라고 단단히 명토를 박았다. 내 작전은 효과를 거두었다. 흥청망청 노는 것에 이력이 붙은 터라, 그이도 처음엔 꽤나 힘들어했다. 담뱃값이나 술값에도 졸리는 눈치더니, 얼마 뒤엔 비굴하게 내 지갑에서 돈을 훔치기 시작했다.

마침내 광철이 네가 대학에 입학하자, 그이는 갈라서자고 했다. 나는 그럴 수 없었다. 더 그이를 괴롭혀야 했다. 담뱃값에 급급해하는 그런 하잘것없는 비굴함으론 내 울화가 안 풀렸다. 이 정도로는 한이 안 풀렸다. 화병이 생겼는지 하루에도 수십 번씩 내 가슴에선 시뻘건 불덩이가 솟았다. 그 무렵엔 그이가 덤벼들지 않아서 이제 내가 먼저 확전을 감행하는 형편이었다. 내가 먼저 욕을 해대고, 내가 먼저 집어던지고, 내가 먼저 할퀴려 들었다. 완력을 행사하는 데 여자라서 불리한 줄도 별로 몰랐다. 싸움은 힘이 아니라 분노와 증오로 하는 것이었다. 분노란 건 실로 어쩌나 강렬한 생명력인지 나는 밥을 안 먹어도 기운이 났고, 잠을 안 자도 노곤한 줄을 몰랐다. 그이는 이제 그런 나를 끔찍이 여기면서 후퇴했다. 내가 싸움을 걸어오면 서둘러 대문을 나섰다. 돈만 있으면 당장 방을 얻어 어디라도 나갈 것 같았다. 나는 억울해서 죽을 것만 같았다.

무슨 수를 써야 했다. 나는 내 가게에서 일하는 조선족 주방 아줌마를 통해 은밀히 독약을 얻었다. 그 약은 예로부터 중국의 사냥꾼들이 맹수의 가죽을 얻을 때 쓴다고 했다. 냄새가 약해서 아무리 냄새에 예민한 맹금류도 고기에 그 약을 섞으면 직방이라고 했다. 나는 그걸 쓰기로 했다. 그들한테는 집에 있는 삽살개를, 내 남편이 너무나 귀여이 여기는 그놈의 밉살맞은 삽살개를 제거한다고 둘러댔다. 그이를 죽일 수만 있다면 내가 감옥에 가는 것 따위는 문제가 아니었다. 나는 완전범죄를 바라지도 않았다. 술에 농약이나 쥐약이나 청산가리를 타면 술맛이 달라져 예민한 사람은 알아차릴 수 있다는 말을 누군가한테 들은 기억이 났기에, 오로지 한 번에 확실히 끝내고만 싶었다.

나는 그이가 좋아하는 삼겹살을 고추장 양념을 버무려서 볶았다. 시비도 걸지 않고, 저쪽으로 물러앉았다. 그이는 내가 거실에서 텔레비전에 넋이 빠진 척하자 맹렬하게 음식에 달려들었다. 그이는 오랜만에 식탁에 고기가 있고 소주병마저 보이자 놀란 눈치였다. 급하게 소주를 한 잔 마시더니 젓가락으로 고기를 집었다. 이 마누라가 오늘따라 웬일인가 하는 표정이었다. 그이는 고기를 집다가 거실에 있던 나와 눈이 마주쳤다. 갑작스레 식단이 좋아진대서 무언가 이상한 낌새를 읽었을까? 내 표정에서 묘한 분위기를 감지했을까? 생사의 기로에 서 있자면 사람에겐 위험을 감지하는 특별한 감각이 따로 있는 것일까? 그이는 젓가락 집은 손을 가만 든 채로 한참을 고기를 보다가 나를 보다가 했다. 태연하게 그이를 바라봐야지 하면서도 내 눈은 자꾸만 아래로 향했다. 그이는 천천히 일어섰다. 고기 접시를 들고 마당에 있는 삽살개에게 갔다. 개들은 삼십 분도 못 돼서 피를 토하고 죽어갔다. 그이는 말없이 며칠을 보냈다. 나 역시 며칠을 견뎠다.

그이는 그때부터 소리쳤다. 술상 봐오라니까 이년아. 그건 아마도 술상을 봐오면 자기가 깨끗이 죽어줄 수 있다는 선언 같았다. 그건 백기를 든 투항이었다. 그걸 말할 때 그이는 울부짖었다. 그건 또한 스스로에 대한 회한이며 지나간 세월을 보상받을 수 없는 자만이 내올 수 있는 고함이었고, 고통이었다. 그이는 다시 난폭하게 변했다. 나는 대항하지 않았다. 그이를 죽이려고 했던 마음이 죄의식으로 작용해 내게서 대항할 의지를 빼앗아간 게 아니었다. 술상을 봐오라며 소리치는 것, 니가 원한다면 얼마든지 죽어주겠다는 그 눈빛, 그런 사람 앞에서 같이 분노를 터트리면 나는 그 사람을 죽여줄 수밖에 없을 것 같았다. 며칠 전까지 죽이려고 안달했던 내가 새삼 망설이게 되었다.

매질에 견디다 못해 내가 술상을 봐오면 그는 한동안 응시했다. 그리고 사약을 들이키듯 소주를 마셨고, 사흘 굶은 놈처럼 고기를 욱여 댔다. 이튿날 말짱하게 깨어나면 그이는 또 절망하는 것 같았다. 그이는 다시 매를 들었고, 나는 또다시 맞았다. 술상 봐오라니까 이년아. 그건 그만 끝내자는 분명한 압력이었다. 너의 오기에, 너의 그악스러움에 그만 질렸으니 이제 내가 깨끗이 죽어주겠다는 절규였다.

나는 비로소 안다. 누군가 둘 중에 하나는 쓰러져야 한다. 그리고 쓰러진 자도 쓰러뜨린 자도 승리했다고 말할 수 없음을 안다. 우린 둘다 패배자였다. 그렇지만 나는 말할 수 있다. 누가 더 초라한 패배자인지, 누구 잘못이 더 큰지 나는 말할 수 있다.

나는 늘 저이가 내 인생을 망쳤다고 생각했다. 그러나 생각해보니까 그이의 인생을 망친 건 나였다. 간교를 써서 결혼한 것도 나이고, 그이의 꿈을 꺾은 것도 나였다. 원인제공자로도 나는 먼저 책임이 있었다.

처음에 나는 미안했다. 그의 자유를 제한하고, 그가 좋아하는 음악을 못하게 해서 미안했다. 그래서 나는 처음에 그렇게 때려도 참았다. 내가 참고 참으면 그이도 바뀔 수 있을 것 같았다. 그럼에도 그이가 바뀔 기미 없이 계속 매질을 하자 나는 이제 그만큼이면 되었다고 생각했다. 내가 그만큼 맞아주었으니 나는 이제 충분히 할 도리는 다 했다고 생각했다. 나는 몰랐다. 미안함은 내 미안함이 아니라 상대가 요구하는 미안함이어야 했다. 내 방식으로 미안함을 표하는 건 미안함이 아니었다. 그이는 헤어지길 바랐고 풀려나길 원했다. 그러나 나는 그이의 바람을 무시했다. 그만큼 맞았으니 이제 당신 꿈을 막은 부채청산은 되었다고 생각했다. 그리고 그렇게 생각한 순간, 켜켜이 쌓인 내 지난 감정은 수북하게 일어났다. 미안함이 가셨으면 지난날 맞은 건 상계를 해야 함에도 미안함이 사라진 순간, 내가 맞았던 건 먼지처럼 뽀얗게 일어났다. 군말 없이 맞았던 것, 말 없는 멸시의 눈길, 손상된 자존심, 아니 사춘기 시절부터 받아왔던 사내들의 숱한 키득거림까지 죄 되살아나서 아우성을 쳐댔다.

나는 알았다. 이 세상에 내 미안함은 없다는 것, 미안함은 미안함만 있어야 한다는 것, 내가 내 방식으로 미안할 때 그건 언제나 그만큼의 답례를 바란다는 것을.

나는 이제야 말할 수 있다. 숱한 세월 그이가 나를 때린 게 아니었다. 내가 그이를 때리게끔 만들었다. 그는 패야 했고, 나는 맞아야 했다. 그는 빈둥거려야 했고, 나는 바지런해야 했다. 그는 무능한 지아비로 손가락질받아야 했고, 나는 알뜰한 아녀자로 추앙받아야 했다. 그는 인간말종 폭력남편이어야 했고, 나는 천하에 둘도 없는 효부여야 했다.

나는 두렵다. 이제 끝까지 왔다는 생각이 든다. 더 이상 매를 맞기도 힘들다. 어쩔 수 없이 나는 약을 타야만 할까. 아니 내가 먼저 삶을 마감할지도 모르겠다. 누가 쓰러지든 남은 한 사람은 아마도 광철이 네게 잘못을 빌어야 할 것 같다.

글은 여기에서 끝났다. 나는 노트를 닫았다. 가슴이 먹먹했다. 도대체 이 노트의 말이 사실인지 아닌지도 잘 실감나지 않았다. 다만 어머니의 사고는 단순한 뺑소니가 아닐 수도 있다는 생각이 들었다.

'약을 타고 싶지 않아서…… 그래서 그렇게 차가 오는 데도 뛰어들었던 겁니까?'

나는 어머니를 굽어보았다.

'그래, 나는 죽고 싶었어.'

맘속으로 행한 혼잣말에 대해 갑자기 어떤 목소리가 들려왔다.

'네? 죽고 싶었다구요?'

'그래, 죽을 사람은 니 아비가 아니라 바로 나다. 그러니까 제발 나를 죽여다오.'

그 소리는 내 가슴 한편에서 나는 것 같기도 했고, 내 머릿속에서 들려오는 것 같기도 했고, 누군가 귓전에서 소곤대는 것 같기도 했다. 나는 도무지 혼란스럽기만 했다. 소리는 계속 들려왔다.

'나는 이제 그만 삶을 마감하고 싶다. 이 욕된 삶을 끝장내고 싶어. 얘야, 제발 나를 죽여줘.'

나는 정신이 어질거렸다. 지금 이 소리는 내가 나누는 상상 속의 대화 같기도 했고, 알코올중독으로 인한 어떤 환청 같기도 했고, 내 안의 귀신이 나를 파멸로 이끌려고 충동이는 것 같기도 했고, 어머니가 얼마 남지 않은 생명의 기운을 쥐어짜며 내는 전음 같기도 했다.

'어머니, 진짜 죽기를 바라시는 거예요?'

'모든 건 내가 저지른 일이니, 이제 나는 그걸 받아들여야 해. 제발 광철아, 내가 불러들인 일이니 내가 수습할 수 있도록 해다오.'

나는 이러면 안 되는데 하면서도 무릎걸음으로 어머니에게 다가들었다.

'어머니, 정말 원하세요?'

'그래, 이 욕된 삶을 이제 그만 끝내게 해다오.'

어머니는 갈구의 눈빛으로 나를 바라보았다. 내 몸이 덜덜 떨려왔다. 어머니의 그 눈빛은 바로, 수없이 어머니를 놔두고 혼자 도망친 비겁한 내 지난날을 떠올리게 했다. 숱하게 비겁했으니 마지막으로 어머니를 위해서, 어머니가 원하는 걸 해주어야 하지 않을까 하는 생각을 불러일으켰다.

나는 어머니의 목에 양손을 갖다댔다. 어머니의 목은 닭의 그것처럼 가늘었다. 어머니의 목에서 바르르 떨리는 기운을 감지하자 내 가슴은 더욱 요동쳤다.

방금 전까지 아비를 죽이리라고 다짐했는데, 어떻게 이럴 수가. 나는 차마 어머니의 목을 누를 수 없었다. 언제나 절대악이라고 판결 내렸던 아비, 그 판결의 번복이 너무나 급작스러워서 나는 마지막 안간힘으로 저항했다. 하지만 어머니는 집요했다. 내 마지막 저항선을 무너뜨리려는 듯 어머니는 여전히 나를 흔들림 없이 쏘아보았다. 피 흘린 채 버둥거리는 짐승의 덜미를 놓지 않겠다는 듯 어머니의 눈길은 송곳니처럼 끈질겼다. 나는 어머니의 목을 감싼 채 지그시 눌러보았다. 조금씩 손아귀에 힘을 주었다.

'어서, 광철아, 어서……'

나는 어머니의 목을 졸랐다. 어머니는 얼굴은 금방 붉게 변해갔다. 어머니는 미세하게 입가를 움직였다. 희미한 미소 같았는데, 그건 내가 잘하고 있다는 분명한 표시 같았다. 나는 이를 악물었다. 손아귀에 더욱 힘을 가했다.

그때 갑자기 무언가가, 어떤 소리가, 한줄기 햇살 같은 미약한 음이 들려왔다. 여린 기타음 같은 게 방 안을 울렸다. 그러곤 이어서 어떤 목소리가 허공을 울렸다.

사랑이 무어냐고 물으신다면……

아아 바로 그 노래, 아버지가 지겹게 부르던 바로 그 노래가 라디오에서 흘러나왔다. 나는 퍼뜩 정신을 차렸다. 어, 이상하다. 나는 어머니 목을 조르던 손을 풀었다. 도대체 지금 왜 이게 나오지?

눈물의 씨앗이라고 말하겠어요……

노래는 구성진 목소리로 계속 흘러나왔다. 눈물의 씨앗? 사랑이 눈물의 씨앗? 나는 순간 그 노래를 흡수했다. 그 노래는 내 심장에 오롯이 박히는 것 같았다. 내 눈에선 눈물이 방울방울 떨어져나왔다. 그다음부터 나한텐 노래가 들리지 않았다. 처음엔 어떤 덩어리처럼, 막연한 상념들이 몰려들었다. 어머니의 왜곡된 사랑과 증오와 미움 같은 것들, 아비의 잃어버린 꿈과 절망과 분노들, 그리고 그 사이에 끼어서 보낸 내 지난날이 마구 몰려들었다. 몰려든 상념은 다시 눈물로 풀렸고, 풀린 상념들은 더욱 구체적인 영상으로 떠올랐다. 그러자 눈물은 자꾸 솟아났고, 삽시간에 급류가 되어서 내 안의 둑을 무너뜨렸다. 엉엉, 나는 소리 내 울었고, 통곡을 했고, 방바닥을 꺼이꺼이 쳐댔다. 눈물은 내 눈에서, 더듬대던 혓바닥에서, 막혀 있던 목구멍에서, 꽉 다문 입술에서 줄줄줄 흘러나왔다.

아비의 귀가 시간이 다가올수록 매질을 기다리며 공포감으로 보낸 밤 시간과, 어머니를 남겨두고 대문을 나서던 나날과, 그럴 때마다 짓누르던 내 비겁과, 집을 뛰쳐나와 처마 밑에서 빗줄기를 바라보던 처량함과,

언제나 멍투성이라 여름에도 반팔을 제대로 입어보지 못한 나날과, 책읽기를 시킬까봐 학교를 빠졌던 날과, 뜀틀을 넘지 못했던 체육시간과, 아무리 더듬고 더듬어도 목구멍이 막히던 내 말더듬과, 그렇게 덧없이 사라져간 내 지난 세월과, 아파트 옥상 난간을 걷던 개둥이와, 그의 군대 도피와, 그와 내가 함께 행한 숱한 노래와 대화와, 그렇게 울고 웃던 수많은 시간들이 먼지처럼 피어올랐다. 그건 잇따라서 많은 사람들을, 내가 만났던 사람들, 나를 알았던 사람들, 정희나 미연이도, 군대 시절 김하사도, 셧뽕이나 뺑도 같은 영업할 때 만났던 이들도, 집회 때 키득댔던 학우들도, 나를 고문했던 작자들도 두서없이 떠올랐는데, 아비의 폭력에도 이유가 있었듯이 그들의 말이나 행동도 다 나름의 까닭이 있었으리란 생각이 들었고, 갑자기 그들이 간절하게 보고 싶고, 그들 중 누구도 미워할 수 없으리란 생각이 들었고, 그들의 비웃음과 모욕과 주정과 실수와 비난 같은 것들도 다 눈물겹게 다가왔다. 노래에는 반주가 있듯 그들의 그런 행위도 내가 여기까지 오는 데 저마다 필요한 요소가 아닐까 하는 생각이 들었는데, 그러자 갑자기 모든 건 세상 탓이 아니며, 남 탓이 아니며, 어쩌면 삶에는 생각보다 내 책임이 많으리란 생각이 들었고, 그러자 내 안에서 다시 말더듬은 아비 탓도 군대 탓도 아니라는 생각이 들었고, 개둥이도 그 자신의 삶을 그렇게 만든 게 은기 탓도 아니고, 첩인 그의 어머니 탓도 아니고, 성은이 탓도 아니라는 생각이 들었고, 그렇게 삶은 가혹하고 가혹해서 타인에게 떠넘길 변명거리를 예비하지 않고, 그렇게 삶은 마법도 없고 도약도 없이 스스로 마음먹은 것과 스스로 행한 대로만 나타난다는 생각이 들었고, 그러니까 그냥 이렇게 두더지처럼 굼벵이처럼 지렁이처럼 꾸물꾸물 자기 마음의 흔적을 새기며 나아갈 수밖에 없다는 생각이 들었고, 그렇게 화내며 분노하며 할퀴며 미워하며 짜증내며 나아갈 수밖에 없다는 생각이 들었고, 그렇지만 우리는 마음의 흔적을 지울 기회를 삶에서 이따금씩 갖는다는 생각이 들었고, 그건 우연처럼 행운처럼 축복처럼 그렇게 갑자기 찾아온다는 생각이 들었고, 어느 한 순간에 그 상황에 맞는 노래가 들려나오는 것으로 그렇게 찾아온다는 생각이 들었고, 그 노래는 귀신이 주는 것도 아니고, 어떤 초월적인 존재가 주는 것도 아니라는 생각이 들었고, 그건 바로 노래를 들었던 우리 모두의 마음, 다시 말해 아비가 나를 세뇌시킨 바로 그 마음, 너무나 듣기 싫고 지긋지긋했기에 내게 지금 이 노래가 천둥처럼 들려왔다는 생각이 들었고, 그러니까 이 마음만 잘 선택하고 다스렸으면 그 노래는 진작에 나에게 천둥처럼 쏟아졌을 거란 생각이 들었고, 그러니까 진작에 나는 이 말더듬을 치유할 수도 있었을 거란 생각이 들었고, 그러자니 마음은 진작에 내올 수도 있고 지금 내올 수도 있고, 과거로 현재로 마구 불러낼 수 있다는 생각이 들었고, 그러자니 갑자기 마음은 따로 없고, 마음은 너나가 없고, 마음은 경계가 없고, 마음은 하나이고, 우리는 노래로, 노래를 들을 때 느끼는 그 마음으로 모두 다 하나로 엮일 수 있다는 생각이 들었고, 수염 허연 하느님이 타이밍을 맞추어 노래를 하늘에서 뚝 떨어뜨리는 게 아니라, 노래는 예전부터 있었는데, 나훈아의 그 노래는 수십 년 전부터 있었는데, 지금에야 그 노래를 새롭게 들은 건 내 마음이 그 노래를 불러들였다는 생각이 들었고, 내 마음이 주위 마음의 도움으로 그 노래를 불러들였다는 생각이 들었고, 그러니까 결국 내 마음이 노래도 불러들이고 사건도 불러들인다는 생각이 들었고, 그러자 퍼뜩 그럼 개둥이가 그 순간 절절하게 원해서 은기가 떨어졌다는 생각이 들었고, 말하자면 그때 은기가 떨어져 죽은 건 개둥이 고함에 놀라서도 아니고 바람이 불어서도 아니고 순간의 방심도 아니라는 생각이 들었고, 그건 바로 개둥이뿐만 아니라 우리의 마음, 그 당시 비겁하기만 했던 바로 우리의 마음, 저 새끼 정말이지 뒈져버렸으면 좋겠다고 염원한 바로 우리의 마음이라는 생각이 들었고, 바로 그 마음이 노래도 사건도 그리고 귀신까지 불러들인다는 생각이 들었고, 마음이 불러들이는 그 귀신도 결국 또 다른 마음이라는 생각이 들었고, 망자의 애착과 집착과 고통과 슬픔이 바로 그 귀신이란 생각이 들었고, 나의 두려움과 공포와 죄의식과 분노가 바로 귀신이란 생각이 들었고, 밖의 귀신이나 내 안에 붙은 귀신이나, 망자의 집착이나 나의 두려움이나 결국 다 마음이 안팎에서 왔다갔다 하는 것이란 생각이 들었고, 다시 말해 내가 내 마음의 흔적만 지우면 내 안의 귀신도 풀어줄 수 있으리란 생각이 들었고, 내 마음의 흔적은 결국 마음을 새롭게 하는 것으로 그렇게 할 수 있다는 생각이 들었고, 노래가 새롭게 들려오듯 마음도 얼마든지 새롭게 할 수 있다는 생각이 들었고, 그리 보자면 마법은 없지만 아주 없지만은 않아서 내면의 마법은 있을 수도 있다는 생각이 들었는데, 내 눈물은 어찌된 셈인지 흘려도 흘려도 자꾸 흘러나오는지라 그렇게 나는 울다가 웃다가 생각하다가 날이 훤해서야 잠이 들었다.

그날 이후로 나는 변했다. 마음이 가벼워졌고, 음악을 다시 듣기 시작했고, 전과 달리 꿈 없는 깊은 잠을 자게 되었다. 귀신도 보이지 않았다. 그렇지만 술을 끊는 것까지는 나아가지 못했다. 금주를 결심해도 일주일을 넘기지 못하고 딱 한 잔만 하다가 취하기 일쑤였다. 그래도 개둥이 사건을 수습하려 얼마간은 맑은 정신으로 여기저기 정신없이 뛰어다녀야 했다.
개둥이의 판결이 있던 날 밤에 나는 성은이를 만났다.
"생각보다 좀 덜 받았다 여겨야죠. 힘을 내세요."

"네…… 변호사 선임부터 탄원서를 내는 것까지 정말 광철씨가 애를 많이 쓰셨어요."

일이 벌어진 뒤로 그녀와 몇 번 만나긴 했지만 여유가 없어 나는 그녀를 찬찬히 바라보지 못했다. 가까이서 보니 새삼 성은이도 나이를 먹었다는 생각이 들었다. 푸석한 낯빛이야 그렇다 쳐도 눈 밑에는 기미가 완연했고, 눈가에도 잔주름이 자글거렸다.

"집을 파셨다고요?"

성은이가 물어왔다.

"어차피 팔려고 했습니다. 이 일하곤 상관없어요. 살던 집이 사실 너무 컸죠. 조그만 아파트로 갔어요. 간병인은 두지 않고 아버지하고 저하고 둘이서 어머니를 보살피려구요."

우리는 잠시 말이 없었다.

"내가 한심하죠. 내가 그이 인생을 망친 거예요. 그때 내가 등을 떠밀었으면 군대를 갔을 텐데 맨날 찔끔찔끔 울기나 했으니."

"성은씨?"

"네."

"앞으로 꿋꿋하면 되죠."

그녀가 등을 떠밀었으면 개둥이가 군대를 갔을까? 아마 그럴 것이다. 그러나 그가 군대를 가지 않은 게 꼭 그녀가 찔끔찔끔 울어서는 아니라는 생각이 들었다.

그녀는 당시에 식당 일을 하고 있어서 오전의 개둥이 재판 때 참석을 못했다. 재판이 끝난 뒤, 나는 결과를 알려주려고 점심나절에 무턱대고 전화를 걸었다. 그녀가 마음의 준비를 할 어떠한 배려도 없이 불쑥 이렇게 말했다.

개둥이가 십오 년 받았어요. 그래도 찔린 노인네 하나가 죽지 않고 무사히 살아나서 그나마 그렇게 받은 거랍니다. 군대도피한 여죄도 있어서 그 이상 때릴 줄 알았는데 이만하면 쓸 만한 결과라고 변호사는 엄청 생색을 내더라구요.

전화기에선 아무 소리도 들려오지 않았다. 나는 그녀가 내 얘기를 못 들었나 싶어 목소리를 높였다.

저, 성은씨 듣고 있어요? 십오 년이랍니다, 십오 년.

네. 그녀는 짧게 대답했다. 뒤이어 희미하게 어떤 소리가 새어나왔다. 그건 흐느낌을 가까스로 참는 소리였다. 그제야 나는 십오 년이 실감되었다. 칼로 사람을 찌른 뒤, 전화를 걸어와선 빵에 가면 우리 한동안 못 보겠다고 울부짖던 개둥이의 목소리가 떠올랐다. 한동안이 아니라 십오 년이었다. 난 잠시 십오 년이 어떤 무게감인지 헤아려봤다. 갇힌 몸으로 치면 감옥이나 군대나 마찬가지니, 십오 년…… 흐유, 군대를 적어도 예닐곱 번은 갔다와야 할 세월이었다.

"개둥이 생각 많이 나겠어요?"

나는 흠칫했다. 앞으로 긴 세월이 남았으니 힘들지만 견뎌나가라는 의미였는데 내뱉고 보니 그녀에겐 아주 가혹한 질문이 되고 말았다.

"저녁에 해가 지면 종우씨 생각이 날 것 같아요. 보통 부부들 같으면 결혼하고 애도 생기면 권태기도 오련만 우린 숨어 다녀서 그런지…… 해가 지고 마침내 그이가 방문을 열고 들어오면 내 마음도 환해졌어요. 오늘도 그이가 무사히 일을 마치고 돌아왔구나 안도감도 들었구요. 그리고 그이가 가만 기타줄을 퉁기거나 혹은 소근대는 목소리로 노래를 부를 때, 아이에게 나직나직 자장가를 불러줄 때, 그럴 때면 나도 그 목소리에 포근히 녹아들었어요. 아마 길을 가다가 어디서 그이가 잘 부르던 노래가 들려와도 그이 생각이……"

"창문 너머 어렴풋이 옛 생각이 나는 것처럼 말이죠."

분위기를 눅이려는 내 농담에 그녀는 웃지 않았다. 아니, 웃을 수가 없었다. 그녀의 큰 눈은 벌써 그렁그렁 젖어들고 있었다. 잠시 뒤, 그녀가 나에게 돌발적으로 물었다.

"그이를 살인자라고 생각하세요?"

나는 대답할 수 없었다. 새삼 나는 지긋지긋하던 군생활을 떠올렸다. 나 역시 그때 누군가를 죽이고 싶어서 욱한 적이 많았다. 하물며 난 아버지도 죽일 뻔했고, 어머니도 죽일 뻔했다.

"그이가 죽인 게 아녜요. 세상이 그를 그렇게 만든 거예요."

하지만 나는 성은이의 그 말엔 동의할 수 없었다. 나는 살인을 저지르지 않고 결국 이렇게 생존했고, 그는 살인을 해서가 아니었다. 그의 상황이 더 가혹했고, 내 상황이 더 편해서가 아니었다. 개둥이는 분명 큰 상처를 지니고 있었다. 그러나 개둥이를 살인으로 몰고 간 건 그가 자신에게 저질렀던 수많은 학대일 거라고 나는 생각했다. 그러나 난 아무 말도 하지 않았다. 세상이 그를 그렇게 만들었다는 말은 그녀 나름의 진실이기에.

"전 버틸 거예요. 내가 그이 발목을 잡았으니, 악착같이 그이 나올 때까지 버틸 거예요. 광철씨도 잘 버텨야 해요. 알았죠? 우리 함께 버티는 거예요."

그녀는 목소리를 높였다. 그건 내 대답이 중요치 않은, 앞으로의 힘든 나날을 이겨나가겠다는 스스로의 다짐 섞인 말이었다. 그렇지만 그날부터다. 나는 그날부터 지금껏 술을 한 방울도 입에 대지 않았다. 아마도 나는 그 순간, 신이 편지를 흘린다고 분명히 느꼈던 것 같다.

에필로그

이제 이야기를 끝내야 할 때가 온 것 같다. 시간만큼 주관적인 것도 없다. 닥칠 때는 모르겠는데 회상하자면 금방이다. 술을 마셔댔던 나날도 정신없이 흘러갔지만, 술을 끊은 나날이라고 더디게 흐르지는 않았다. 단조로운 일상이라 그렇게 느끼는 걸까?

개둥이가 감옥에 간 지도 헤아려보니 어언 십 년이다. 오 년의 형기가 남았지만 모범수라 어쩌면 그 기간이 단축될지도 모르겠다.

캐나다에 간 정희는 메일을 보내왔다. 마당의 북슬북슬한 강아지하고 남편하고 잘 산단다. 얼마 전엔 잔디밭을 뛰어노는 그 개의 사진을 보냈는데, 새끼 송아지만 한 큰 개를 어찌 강아지라 표현했는지 어안이 벙벙할 지경이었다. 처음 그녀에게 메일을 받았을 땐 답장을 쓰기가 힘들었다. 쓰는 것도 힘들었지만 쓰기까지도 많이 망설였다. 단지 사죄의 편지라서가 아니었다. 풍차에서처럼 자기도취가 아니라 진정을 담아서 보내느라고 말이다. 그녀는 내 지난날을 이해해준다. 고맙고 고마울 뿐이다. 그녀 또한 내 삶에 스승이다. 개둥이가 나를 자폐에서 구했다면 그녀는 내 말문을 틔워주었다. 그리고 무엇보다도 가요입문을 시켜주었으니 말이다. 요즘도 드는 생각이지만 그때 그녀가 〈사랑하는 이에게〉를 안 걸었으면 내가 그렇게 가요에 입문했을까 싶다. 멀리 있지만 그녀가 내 메일을 받으면 얼마나 기뻐하는지를 나는 잘 안다. 진정을 담은 반응은 그녀 답장으로 알 수 있으니까. 처음엔 서로 연락을 자주 했는데 이제는 많이 뜸해져서 오가는 메일이 일 년에 몇 번 안 된다. 그래도 아쉽거나 서운하지는 않다. 한때의 열정을 추억으로 간직하고 이게 우정으로 변해가는 걸 바라보는 것도 가을나무에 잎이 지는 것처럼 자연스레 여겨진다.

요즘 나는 장사가 안 돼 걱정이다. 작은 카페를 운영 중인데 갈수록 손님이 준다. 처음엔 프랜차이즈 간판을 걸고 도심에서 호기롭게 커피숍을 시작했다가 평수를 줄여 대학가 앞으로 이전했고, 거기서도 고전한 끝에 지금의 변두리로 옮겨왔다. 한마디로 조금씩 까먹는 중이다. 원래 계획은 개둥이가 출소하면 함께 뮤직박스까지 구비한 음악다방을 근사하게 열 계획이었으나 그게 제대로 될지 모르겠다. 내색은 안 했지만 개둥이와 동업을 하면 성은이도 조금은 보태지 않을까 기대하고 있다.

곧잘 눈물을 보이던 성은이는 야무지게 변했다. 식당 일을 그만두고, 공인중개사 자격증을 따더니, 몇 년 전부턴 새로이 보험 영업에 도전 중이다. 자기 연봉이 대기업 과장과 맞먹는다 하니 그녀의 변신이 놀라울 따름이다. 두어 달 전에 통화를 한 게 기억이 난다. 서로의 안부가 오가고 나서 내가 물었다.

"정식이는 잘 있죠?"

"말두 마세요. 내년이면 수능을 볼 녀석이 웬 여자가 그렇게 많은지.

어쩜 그렇게 지 아빠 캐릭터를 판박이로 닮아가는지, 아주 골치 아파 죽겠어요."

나는 키득거렸다. 무엇보다 핸드폰 너머 성은이의 활달한 목소리가 마음에 들었다.

어머니는 칠 년 전에 돌아가셨다. 나중 몇 달은 욕창이 나서 고생했다. 어머니가 자리보전하고 있던 그 기간 동안 아버지는 어머니를 끔찍이 수발했다. 아버지가 어머니 미음을 먹일 때나, 어머니를 돌아누이고 소독솜으로 엉덩이를 닦아낼 때, 나는 자주 안 보는 척하면서 봤다. 아버지는 어색한 표정이지만 그 모든 일을 찬찬히 해나갔다. 미음을 떠먹일 때도 한 숟갈 한 숟갈 정성이 묻어났다. 그렇듯 아버지의 수발로 어머니는 지금껏 받아보지 못한 살가움을 받을 수 있다고 생각했는데, 나를 위해서도 아버지를 위해서도 어머니가 오래 살기를 바랐는데, 생각보다 빠른 이별이 아무래도 서운하다. 때로는 아버지와 나의 마음을 가볍게 해주려고 어머니가 누워 있다는, 그런 생각이 들기도 했다. 어머니는 그렇게 우리에게 풀려날 기회를 주려고 남은 생을 누운 채로 지내는 고행을 택한 것 같다. 어머니가 겪은 고생을 헤아리면 해서는 안 될 생각이지만 당시에는 그런 생각이 들었다.

어머니가 돌아가신 뒤, 아버지도 이태 만에 세상을 떴다. 아버지와는 생전에 별로 얘기를 많이 하지 못했다. 어머니의 노트를 읽고 난 며칠 뒤, 아버지의 책상 위에 그 노트를 올려놓았는데 아버지는 가타부타 말이 없었다. 하지만 그즈음부터 아버지는 음악을 다시 듣기 시작했다. 진종일 어머니를 돌보면서 거실 오디오를 자주 크게 틀어놓았다. 흡사 안방의 어머니도 들으라는 듯이. 인터넷을 통해 골라듣는 재미가 그만인 듯 아버지는 예전 노래를 즐겨 찾았다. 그런다고 잃어버린 세월을 찾을 수 없지만 말년에 그나마 자기가 좋아하던 걸 누릴 수 있으니 다행이다. 자기가 좋아하는 걸 외면해도 죽음은 다가오니까.

"또 밥 딜런이에요? 지겹지 않으세요? 요즘 노래도 듣고 좀 그러세요."

영업을 마치고 밤늦게 들어와서, 내가 말을 붙여보는 건 그 정도였다. 아버지의 선곡을 싫어하지 않으면서도 괜히 그래보는 거다.

"너나 조동진 좀 작작 들어라."

아버지도 그 정도로만 대꾸했다. 워낙에 지내온 세월이 있어서 그런지 아버지는 다정한 몸짓을 내보이지 않았다. 일상에서도 꼭 필요한 말만 할 뿐이었다. 그건 나도 마찬가지였다. 꿈을 잃어버린 자의 절망으로 이해하려니 아버지를 이해 못할 것도 없노라 여기면서도 쉽사리 말문이 열리지 않았다. 그건 어색함이나 서먹함일 수도 있지만 그것만이 다가 아니었다. 하도 오랜 세월 뚱한 채 살아오니 그게 몸에 밴 것 같기도 했고, 아버지에게 생글생글 살갑게 굴면 낯이 간지러운 나머지 내 안에서 뾰족한 무언가가 비어져나올 것만 같았다.

돌아가시기 전까지 아버지는 술을 즐겼다. 매일은 아니지만 사나흘에 한 번 꼴로 취했다. 취하면 예전처럼 거칠어지지는 않았지만, 말없이 나한테 자꾸 술잔을 내미는 게 곤욕이었다. 아버지 역시 한번 마시면 좀처럼 멈추지를 못했다. 전과 다르게 술 마신 다음 날 자꾸 토하고, 복부에 통증이 느껴져 병원을 찾으니 간암 말기라는 판정이 나왔다. 아버지는 한사코 병원을 거부했다. 막걸리에서 와인으로 바뀌었을 뿐, 그 와중에도 나 몰래 홀짝였다. 점점 복수가 차올랐지만 아픈 기색을 드러내지 않았다. 이따금씩 통증이 심해지면, 의사를 불러와 주사를 놓게 했다. 그러면 아버지는 다시 편안한 얼굴로 돌아왔다. 돌아가시기 며칠 전, 아버지가 생애 마지막 주사를 맞은 그날 저녁에 나는 전부터 벼르던 것을 물어

봤다.

"혹시 알코올중독이라고 생각하진 않으세요?"

아버지는 누운 채 말없이 미소를 지었다. 지극히 당연한 걸 왜 물어보냐는 표정이었다.

나는 다시 물어보았다.

"진작에 술을 끊었으면 어땠을까요?"

"좋아졌겠지."

아버지는 간단히 대답했다. 이번에는 좀 쓸쓸한 표정이었다. 천장 한 곳을 멍한 눈길로 응시했다. 좋아진다는 것에는 단순히 건강만이 있는 게 아님을 나는 알았다. 그렇다, 좋아졌을 것이다. 삶의 모든 것들이 말이다.

카페를 운영하면서 음악을 듣는 게 나의 가장 큰 낙이다. 묵은 음악을 듣고 싶지만 그랬다간 손님들이 다 도망갈 것 같아 분위기 봐가면서 튼다. 이 글을 카페에서도 틈틈이 썼는데, 술 생각이 여러 번 간절해져서 혼났다. 그럴 때 나는 노래를 듣는다. 그냥 듣는 게 아니라 노래에 집중하면서 버텨낸다. 그저 몰입하는 게 아니라 노랫말의 대상을 제멋대로 상상해본다. 우리 가요에 숱하게 있는 님이나 당신이나 그이나 그녀가 나에겐 순간순간 달라진다. 어느 때는 정희가 되었다가 미연이 되었다가 아버지가 되었다가 어머니가 되었다가 이윽고 개똥이가 되곤 한다. 그러면 노래가 훨씬 새로운 의미로 다가들고, 그렇게 노래에 젖다보면 나는 알코올의 간절함을 넘길 수 있다. 하긴 이건 하나도 별스러운 게 아니다. 예전부터 사랑에 빠지면 유행가 가사가 새롭게 들려온다고 했으니까.

요즘 내 십팔번은 또 바뀌었다. 얼마 전까지 노사연의 〈님 그림자〉가 좋았는데, 며칠 전부턴 유익종의 〈사랑의 눈동자〉를 즐겨 듣는다. 특히

'이제 난 당신을 알고 사랑을 알고 느꼈어요' 같은 대목에선 짜릿한 전율을 느낀다. 혜은이도 빼놓을 수 없다. 그녀의 목소리로 〈당신은 모르실 거야〉를 듣자면, 그러면 나는 멀리 떠난 정희의 얼굴도 떠오르고, 어머니가 아버지 때문에 애태우던 지난날도 떠오르고, 성은이가 개둥이를 그리는 마음도 떠오르고, 그렇게 당신은 정희도 되었다가 어머니도 되었다가 성은이도 되었다가 한다.

지금도 긴장하면 나는 말을 더듬지만 이제는 그래도 술 대신 노래를 들으면서 잘 버틸 수 있으리라 본다. 물론 이렇게 되기까지 쉬운 일은 아니었다. 카페 창밖으로 내다보면 편의점 파라솔에 앉아 넥타이를 풀어 헤친 샐러리맨들이 퇴근길에 시원한 캔맥주로 땀을 들이는 풍경을 종종 대한다. 저들은 되는데 나는 왜 안 되나, 절로 한숨이 터져나왔다. 그럴 땐 흔들리는 마음을 다잡는 게 적잖이 고통스러웠다.

사실 이 글을 쓰면서 나는 내가 왜 글을 쓰는지 잘 몰랐다. 개둥이에 대한 추억인지, 지난날의 회한인지, 아님 지난날을 흘려보내기 위해서인지. 이제야 겨우 알 것 같다. 나는 의미를 알고 싶었다. 비단 젊은 날의 방황뿐 아니라, 술을 끊은 그 십 년 세월에 대한 의미를 새삼 묻고 싶었다. 헛것도 안 보이고, 술을 끊으니 삶이 전보다 잘 굴러간다는 것 이상의 어떤 의미를 캐내고 싶었다.

술 없이 버티는 건 단순히 견디기만 하는 게 아니다. 한 잔이 두 잔을 내오고, 두 잔이 석 잔을 불러오는 그 끔찍함이 두려워서만도 아니다. 그건 지루함과 마주하는 것이다. 술을 끊은 지난 십 년의 세월이 사실 나는 무료했다. 누구는 크나큰 사건 사고가 없으니 유유자적하다 여길지 몰라도 나에겐 조금 지루한 세월이었다.

지난날 나는 말더듬에서 도피하고자 술을 마셔댔다. 돌이켜보니 그건 단순히 말을 매끄럽게 하기 위해서만은 아니었다. 아버지의 폭력과 그에 따른 말더듬이 너무나 분명했기에 나는 나의 분노에 대해 요만큼의 회의도 없었다. 정당한 분노를 바탕으로 얼마든지 아버지를 비난할 수 있었다. 그건 술이 오를 때의 감정과 비슷했다. 필름이 끊기기 직전, 의식의 스위치가 올라가면서 기분이 급격히 좋아지고, 그럴 때면 술을 주체할 수가 없어 마구 마셔댔다. 나 자신이 생생함과 열기로 휩싸이면서 마음속에선 만트라처럼 아버지에 대한 저주의 말이 터져나왔다. 나에게 분노와 술은 하나였다. 처음엔 나를 돌보고, 개둥이에 대한 미안함 같은 게 섞이면서 술을 마시지 않겠다고 다짐했지만 시간이 지나면서 금주는 하나의 신념이 되었다. 어쩌면 나는 금주를 통해 내 안에 남아 있을지도 모를 분노의 불씨를 다스리려 애를 썼던 것 같다.

그리 보면 분노도 일종의 강력한 중독이지 않을까. 분노가 치밀어오를 땐 오로지 분노만이 생생해지니 말이다. 이상한 활력이지만 자극의 강도를 따지자면 술 담배보다 더 치명적일 수도 있다는 게 내 생각이다. 그게 아니라면 먼저 손 내밀기를 한사코 거부하며 어머니도 아버지도 그리고 나도 그 오랜 세월을 분노로만 보냈을 것 같지는 않다.

지루함은 누구나 느낀다. 그렇지만 지루함을 견디지 못해 중독으로 도망치는 것과 지루함을 받아들이는 건 다른 차원이라고 생각한다. 어쩌면 그 모든 지루함을 묵묵히 받아들이는 자체가 삶의 의미일지도 모르겠다. 감정의 자극에 취하는 법도 없이, 억지로 의식을 고양시키는 일도 없이, 맑은 정신으로 온전한 내 느낌의 삶을 살아가는 것이다. 오랜 세월 어떤 일에 시간을 쏟으면 그 일이 소중해지듯 지금은 금주가 내게 필생의 사명이 되었다. 정말 지루했다면 견디지 못했을 것이다. 가끔은 지루함이 평화로움으로 바뀌기도 한다.

신은 분명 편지를 흘린다. 마음만 새로우면 쉬이 눈에 띄지만 어떤 편지는 오랜 세월 간직하고 있어야 의미가 점점 더 뚜렷해지는 경우도 있다. 그러다보면 어느 골목에서 무심코 흘러나오는 노랫소리가 나를 또 어디론가 데려갈 터이다. 믿음이라면 믿음이다. 이제 다 끝났다.

불을 끄고 눕는다. 잠은 오지 않는다. 십 년을 보냈지만 그래도 남은 오 년 역시 무시 못할 긴 세월이다. 오랜만에 나는 그를 기다린다. 어느 순간 커튼이 살짝 흔들린다. 나는 설레는 맘에 일부러 눈을 감았다가 떠본다. 그는 어느새 내 방 의자에 앉아 있다. 달빛이 반투명의 커튼을 뚫고 들어와 있다. 여린 조명처럼 방 한쪽을 파랗게 비춘다. 그는 다리를 꼬고 기타줄을 고른다. 금세 튜닝을 끝낸 듯 헛기침을 두어 번 한다. 목을 쑥 내밀고 허무감에 휩싸인 표정으로, 예의 읊조리는 음색으로 노래를 부른다.

사랑이 무어냐고 물으신다면……

나훈아 노래를 그는 마치 조동진처럼 부른다. 졸다 깬 목소리로 나른하게 부른다. 그도 그 어색함을 알련만 아랑곳하지 않고 나직나직 불러나간다.

눈물의 씨앗이라고 말하겠어요……

형식 실험, 화려한 수사를 압도한 묵직한 진정성과 뚝심 돋보였다

제1회 황산벌청년문학상에 응모된 작품은 총 56편이었다. 첫 번째 공모인 데다 전작 장편을 대상으로 하는 문학상임을 고려할 때 적은 수라고 할 수는 없었다. 당연히 심사 또한 쉽지는 않았는데, 그 이유가 단지 적지 않은 응모작의 편수 때문만은 아니었다.

우선 신인들만이 투고하고 단편이나 중편을 대상으로 하는 신춘문예나 문예지 공모와는 달리, 응모된 작품들 중 '허수'라 할 만한 작품이 많지 않았다. 응모작들의 수준이 골랐다는 말인데, 이는 상대적으로 많은 시간과 노력, 그리고 짧지 않은 습작 기간을 필요로 하는 장편소설의 특성 때문이었던 것으로 생각된다. 이미 어느 정도의 기량을 갖춘 (예비) 작가들이 작품을 보내온 셈이다.

그러나 한편으로는 단박에 심사위원들의 눈을 사로잡을 만한 작품을 고르기도 어려웠다. 미등단 신인의 작품들도 많았던 데다, 기등단 작가들의 것으로 보이는 작품들에서도 긴 글쓰기 이력이 감지되지는 않았다. 말하자면 이번 심사는 고려할 작품들은 많으나 특출한 작품은 없는 상태로 진행되었다. 결국, 한 달여의 긴 예심을 거쳐 본심에 오른 작품은 《꿈꾸는 사냥꾼들》《게리 쿠퍼가 될 거야》《페퍼랜드》《노래는 누가 듣는가》 이렇게 네 작품이었다.

《꿈꾸는 사냥꾼들》은 일종의 메타소설이자 액자소설이다. 공모전 사냥꾼들을 소재로 한 이 작품은 몇 명의 무명작가들이 모여 공모용 장편소설을 쓰면서 일어나는 에피소드들을 흥미로운 서사 속에 담아내고 있다. 일단 착상이 발랄하고 문체도 경쾌해서 가독성이 있었다.

그러나 결정적인 흠은 액자 내부의 이야기와 액자 외부의 이야기를 중첩시켜 '글쓰기'에 대한 반성적 주제를 담아내려던 작자의 의도가 제대로 관철되지 않는다는 점이었다. 액자 외부의 이야기에 비할 때 액자 내부의 이야기는 너무 작위적이어서 집중도가 떨어졌다. 아울러 작품 말미에 주어지는 교훈 또한 그다지 깊거나 새롭지 못했다.

《게리 쿠퍼가 될 거야》는 군더더기 없이 깔끔한 성장소설이자 피카레스크소설이다. 야무지고 오지랖 넓은 중학생 화자가 지난 시절의 빈민촌을 배경으로 크고 작은 모험들을 벌이고 사랑하고 지인의 죽음도 경험하면서 성인들의 세계에 진입하게 되는 서사다. 에피소딕 구성이 작품에 가독성을 더하고 문장도 안정적이었다.

그러나 결점 또한 작아 보이지는 않는데, 이 작품은 아무래도 너무 익숙했다. 김소진, 양귀자, 조세희 같은 작가들을 쉽게 연상시켰고, 따라서 이전 성장소설의 관습에서 벗어난 새로움을 찾기가 힘들었다.

《페퍼랜드》는 어느 정도 소설적 기교를 익힌 작가의 작품으로 보였
다. 일단 착점이 좋았는데, 작품 초반부 성인용품 노점상 청년과 정체가
쉽게 드러나지 않는 두 노인, 그리고 되바라진 여고생이 우연히 만나 함
께 '노란 잠수함'을 찾아 떠나게 되는 상황 설정이 흥미를 끌었다.
　그러나 작품 중반 이후로 접어들수록 그들의 여행에서는 필연성이 떨
어지고 이야기에서는 개연성이 떨어졌다. 결국 초반의 흥미가 후반까지
이어지지 못하고 서사가 갈팡질팡하다가 결말을 맞게 되는 단점이 도드
라졌다. 아울러 로드무비 형식의 서사와 노란 잠수함의 상징성 또한 관
습적이었다.

　결국, 긴 논의 끝에 당선의 영예는 《노래는 누가 듣는가》에게 돌아갔
다. 물론 이 작품 또한 단점이 없는 것은 아니었다. 무엇보다도 이 작품
에는 소설적 장치들이 거의 없었다. 서술은 연대기적이었고, 유려한 수
사나 형식적 실험 같은 것들을 찾아보기는 힘들었다.
　그러나 다른 힘이 있었다. 그것은 묵직한 '진정성'이었는데, 작품 속
주인공이 술에 취하는 장면에서는 실제로 취기가 느껴졌고, 말더듬이로
고통받을 때는 실제로 그 고통이 읽는 이에게 고스란히 전달되었다. 주
인공과 아버지, 주인공과 개둥이, 주인공과 여인들과의 관계에서 빚어
지는 여러 에피소드들도 마찬가지로 강한 흡인력을 뿜어냈는데, 아무래
도 이 작품의 여러 소재들은 자전적인 경험과 무관하지 않아 보였고, 바
로 그 경험에서 우러난 진솔함이 이 작품의 힘이었다.

심사위원들은 결국 다른 작품들의 기교를 포기하고 이 작품의 뚝심을 선택하기로 했다. 당선자에게는 축하를, 다른 응모자들에게는 격려와 위로의 말을 전한다.

—제1회 황산벌청년문학상 심사위원

박범신(소설가), 성석제(소설가), 김인숙(소설가), 김형중(문학평론가, 대표 집필)

作家의 말

늦은 출발,
이제 바람이 심하다고 숨지 않겠다

한동안 바람이 심하게 불었다.

그럴수록 나는 두더지처럼 꽁꽁 안으로만 파고들었다. 그러면서 스스로에 대한 합리화를 부지런히 내왔다. 어차피 포도는 따먹지 못할 높이에 있었고, 하여 저 포도는 시어터진 것이려니 단정했다. 소설은 읽지도 쓰지도 사지도 빌리지도 않았다. 창조성이 막힌 자에게는 읽기도 중독이었기에 정신세계 책들만 탐독했다. 마음의 정화는 육체의 정화가 선행되어야 한다는 믿음으로 일 년에 몇 차례씩 녹즙 단식을 했고, 임맥 독맥을 뚫어야 한다는 욕심에 진종일 기를 수련했고, 다른 이들은 어떻게 수행을 하나 알고 싶어 이상한 명상 모임을 기웃거리기도 했다.

잘된 일이야. 젊었을 때 운 좋게 등단했어봐, 또 얼마나 폼을 잡았으며, 폼 잡느라 술은 또 얼마나 퍼마셨을 거야. 소설 쓰면 남는 게 뭐야. 골

236

치만 아프고, 머리털은 빠지고, 줄담배나 피워대지. 한때는 충만함이 화두였기에 자기변명은 더욱더 늘어만 갔다. 인터넷 게시판에 글을 읽고, 반박하려는 마음에 댓글을 달았다가도 지우기 일쑤였다. 이런 게 다 허영심이자 에고 같았다.

그런데 어느 순간부터 나는 자꾸 글에 손이 갔다. 마음의 평온도 중요하지만 나는 삶의 생기를 되찾고 싶었다. 충만한 글쓰기란 명분으로 손가는 대로 죽죽 일기를 써댔지만 그런 걸로는 성이 안 찼다. 나는 교통사고 후유증 환자가 재활 물리치료를 받듯이 날마다 조금씩 소설을 매만지기 시작했다.

그리 보면 한동안의 내 방황도 의미는 있었다는 생각이 든다. 나는 이 소설에서 거창한 깨달음까지는 못 가더라도, 한 개인이 살면서 쌓아온 내면의 어두움을 어떻게든 해소해 보이고 싶었다. 한 인간으로 보자면 이런 식의 정화도 있을 수 있지 않겠는가 세상에 질문을 던지고 싶었다.

지금은 고인이 되셨지만 예전에 이문구 선생님께 일 년 남짓 소설을 배운 적이 있다. 첫 단편을 냈을 때 살아남은 문장이 없을 정도로 여백에 빽빽이 붉은 글씨로 선생께서 수정해준 걸 보면서, 아 소설 문장이란 게 이런 거구나, 어렴풋이 깨우쳤던 것 같다.

"모름지기 작가라면 술 마시다가도 누가 재미난 표현을 말하면 받아 적을 줄 알아야지. 상대를 앞에 놓고 적을 수는 없으니, 까먹기 전에 얼른 화장실 가서 메모해놔야지."

한 번도 행동으로 옮긴 적은 없지만 작가의 자세를 알려준 그 말씀만큼은 두고두고 잊어지지가 않는다.

김유정 채만식 등 선배 작가들의 소설을 읽으면서 구수한 우리말의 표현에 밑줄을 긋기가 여러 번이었다. 우리말을 갈고 다듬지는 못할망정 우리말을 오염시키는 글은 쓰지 않겠노라 가만 다짐해본다. 하여 바람만큼은 나의 글도 누군가가 밑줄을 그을 수 있게 되기를……

문을 열어준 논산시와 은행나무 출판사, 부족하고 거친 글을 뽑아주신 네 분 심사위원께 머리 숙여 감사드린다. 이제야 겨우 사람이란 내면과 외면의 조화가 중요하다는 걸 깨닫는다. 아니 미워했기에 아마 평생을 가도 그 사실을 몰랐을 터인데, 기회를 주셨기에 작은 깨우침이나마 얻은 것 같다. 출발이 늦었기에 바람이 심하다고 숨지 않겠다.

젊은 날 문학을 한다고 건들건들 술만 마실 때도 묵묵한 눈길로 지켜봐주신 부모님, 싫은 기색 한 번 없이 말없이 응원해준 아내, 난 네 글 재밌더라 하며 한결같은 믿음을 보여준 형, 그리고 취해 늘어진 나를 몇 번이나 떠메오면서까지 문학의 불씨를 되살려준 벗에게도 오롯이 감사의 마음을 전합니다.

2015년 봄을 열며
이동효

제1회 황산벌청년문학상 수상작

노래는 누가 듣는가

1판 1쇄 인쇄 2015년 4월 2일
1판 1쇄 발행 2015년 4월 9일

지은이 · 이동효
펴낸이 · 주연선

책임편집 · 강건모
편집 · 이진희 심하은 백다흠 이경란 오가진 윤이든 강승현
디자인 · 이승욱 김서영 권예진
마케팅 · 장병수 김한밀 정재은 김진영
관리 · 김두만 구진아 유효정

(주)은행나무
121-839 서울특별시 마포구 양화로11길 54
전화 · 02)3143-0651~2 | 팩스 · 02)3143-0654
신고번호 · 제 1997-000168호(1997. 12. 12)
www.ehbook.co.kr
ehbook@ehbook.co.kr

잘못된 책은 바꿔드립니다.

ISBN 978-89-5660-854-9 03810